三日月邸花図鑑

花の城のアリス

白川紺子

講談社
タイガ

イラスト――ねこ助
デザイン――坂野公一（welle design）

目次

第一章　半分の約束……7
第二章　人喰いの庭……105
第三章　金の鈴鳴らして……207
第四章　朽ちる日まで……299

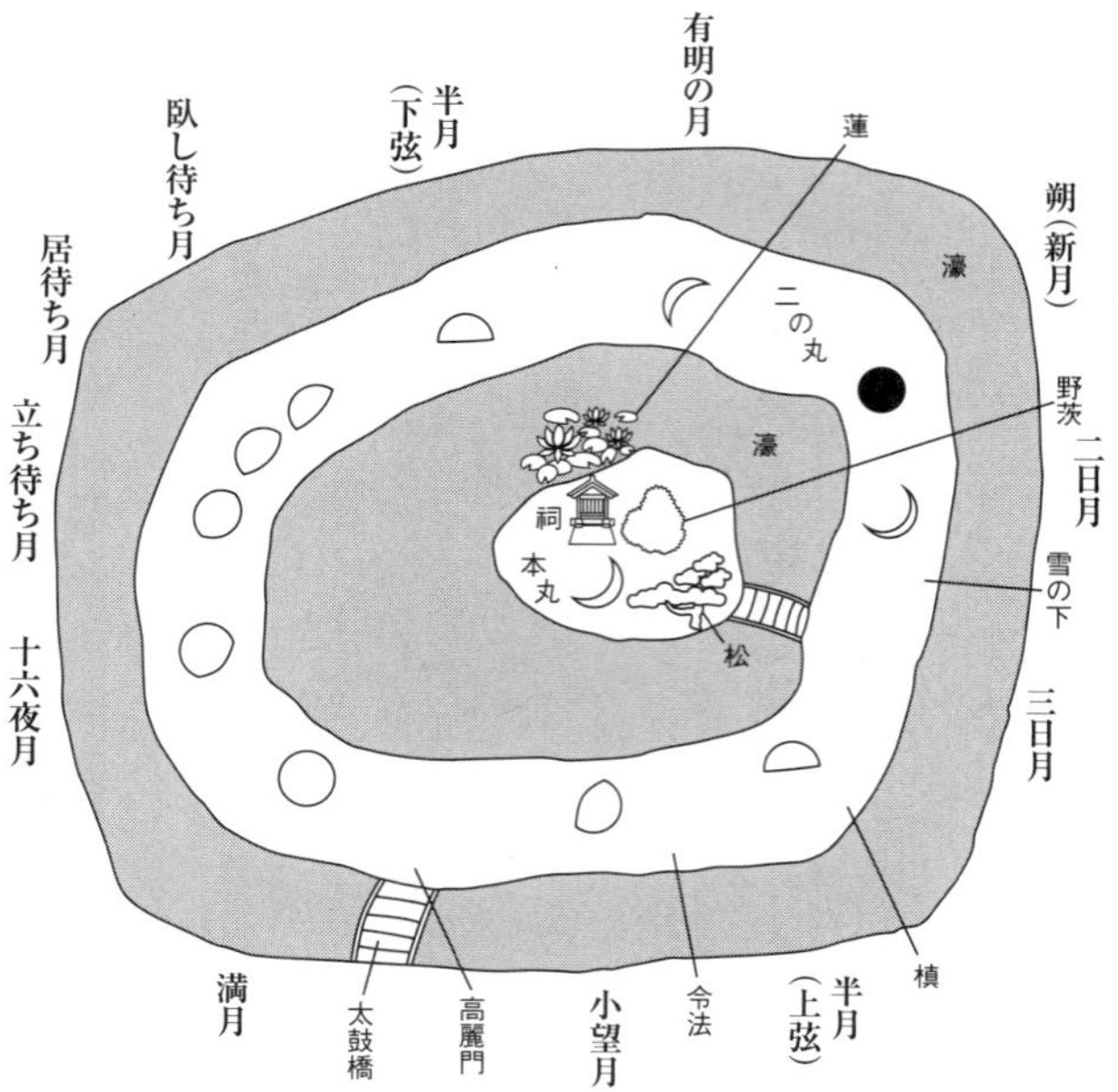

有明の月
半月（下弦）
臥し待ち月
居待ち月
立ち待ち月
十六夜月
満月
太鼓橋
高麗門
小望月
令法
半月（上弦）
槙
三日月
雪の下
二日月
野茨
朔（新月）
蓮
濠
二の丸
濠
祠
本丸
松

三日月邸花図鑑

花の城のアリス

第一章

半分の約束

桜が散るのを待っていたかのように逝《い》ったのは、いかにも父らしかった。

風流とまではいかないが、四季の花を愛したひとだった。家の数寄屋門《すきやもん》のそばには樹齢二百年をこえる山桜《やまざくら》の古木があり、光一《こういち》の父はそれをことのほか好んだ。葉が赤く芽吹きだすと、朝な夕な梢《こずえ》を見あげては、蕾《つぼみ》がふくらんでゆくのを見守っていた。

四十九日の法要を終えて遺品の整理をしていると、その山桜のスケッチが出てきた。父が描いたものだ。素人ながら、なかなかにうまい。開いている医院が休診日の日曜になると、父はスケッチブックを持ちだしては山桜や庭の花々を黙々と描いていたものだった。父の背中は薄く、さびしく、それは妻に去られたせいだったのか、もとからだったのか、光一はよく覚えていない。なにせ、母が父とひとり息子の光一を捨てて家を出ていったのは、光一がまだ小学三年生のときだ。

父は何事につけても強く主張するということのないひとで、光一が東京の大学に、それも医学部ではなく商学部に進学を決めたときも、うさんくさい探偵事務所に就職したときも、意見ひとつ口にしなかった。光一は大学に入ってから三十二歳になるいままで盆正月さえろくに帰省しなかったが、それについて不満を述べられたこともない。むしろその辺でうるさかったのは親戚《しんせき》連中である。やれ八重樫《やえがし》家の跡取りは先祖代々医者と決まっているだの、八重樫家は藩の御用医だったのだから恥ずかしい真似《まね》はするなだの。幼いころから聞かされすぎて、もはや念仏と変わらない。

べつに父に反発して医者にならなかったわけでも、父子関係が悪かったわけでもない。おたがい、そう密に親しくしたがるたちではなかったというだけのことだ。すくなくとも光一は父が嫌いではなかったし、それは父もわかっていたと思う。

遺品の整理といっても、家のなかはよく片づいていた。父が患《わずら》いついてからさすがに光一は何度か帰省していたが、そのときすでに医院のほうも、屋敷のほうも、あらかた整理されていた。入院前に片づけたらしい。

光一はスケッチブックをぱらぱらとめくる。山桜に楓《かえで》、桔梗《ききょう》、凌霄花《のうぜんかずら》、秋明菊《しゅうめいぎく》、万両《まんりょう》、庭七竈《にわななかまど》……スケッチはどれも鉛筆だけで色がつけられていなかったが、細かく丁寧な筆致は父の几帳面《きちょうめん》な性格をよく表していた。

——妙だな、と思ったのは、書斎の棚に並んだ数冊のスケッチブックをひととおり見終えたときのことだった。

庭のなかのスケッチがない。

光一は窓から下を眺《なが》める。ここからは庭を一望できた。庭と言うと軽い。広大な庭園である。濠《ほり》が二重に巡らされ、その内側では四季折々の花が咲く。濠の向こう側は築山《つきやま》と松林だ。濠には太鼓橋《たいこばし》がかけられているが、光一は子供のころ、『渡ってはいけない』ときつく言われていた。誰にだったか。祖母、いや、母だ。『もうあちら側に行ってはいけない』と叱《しか》られた。濠に落ちるのをおそれてだろう。よく覚えていない。

橋の手前にも庭はあり、そこにも木々が植えられていた。躑躅《つつじ》、庭七竈、万両、それから蹲《つくばい》の脇に秋明菊。父のスケッチにあるのはこれらの草木や、門から玄関までのあいだに植えられたものたちである。橋の向こう側にはこれ以上に多くの草木があるのに、それらはひとつも描かれていなかった。なぜだろう。そういえば、とあらためて思い返すと、父が橋の向こう側に渡ってスケッチしている姿は一度も見ていない気がした。

——どうしてだろう。

それは、父のあの奇妙な『遺言』とかかわりがあるのだろうか、と思った。

〈庭に誰も立ち入らないこと〉。

父が光一に遺《のこ》した約束事は、シンプルだった。弁護士に託された書状には、光一の守るべき約束事として、それだけ記されていた。この場合の〈庭〉というのは、橋より先の場所のことだ。

光一も、庭師ですらも入ってはいけないという。それでは庭が荒れてしまうだろうに——と思うのだが、父の真意はわからない。

光一は書斎を出て、一階におりた。書斎があるのは医院として使っていた洋館の二階で、ふだんの生活に使っているのは棟続きになった日本家屋のほうである。この家の造りは少々変わっている。

洋館が建てられたのは明治時代だそうで、白い下見板張りの壁に天然スレート葺《ぶ》きの屋根の、木造二階建てだ。帽子のような屋根のついた八角形の塔屋や、深緑の窓枠が洒落《しゃれ》ている。のちに日本家屋のほうが増築されて、それからも改築を重ねているらしい。洋館と純和風の日本家屋がくっついているのに違和感がないのは、よほど建築家の腕がよかったのだろうか。

しかし変わっているといえば屋敷に輪をかけて変わっているのが庭のほうで、こちらは『望城園《ぼうじょうえん》』という仰々しい名がついている。仰々しいのも当然で、ここはもともと藩主の別邸だったのである。別邸は、昔は花畠御殿《はなばたけごてん》とか単に御殿などと呼んだらしいが、現在の通称は『三日月邸《みかづきてい》』。門に藩主の家紋、三日月紋があることによる。

三日月邸の望城園、といえばこの辺りの者なら誰でも知っている。望城、とあるのは庭が城を模《も》しているからだ。二重に巡らされた濠は二の丸、本丸を囲う濠。濠にかけられた橋のさきには、ちゃんと門がある。むろん、本物の城門のような代物ではないが、扉も瓦屋根《かわらやね》もある、高麗門《こうらいもん》である。その向こうには御殿の代わりに種々の草木が植えられ、天守閣にあたる場所には祠《ほこら》があった。

いわゆる江戸時代に流行《はや》った大名庭園なのだが、これが故《ゆえ》あって御用医であった祖先に褒美《ほうび》として下されたという。故あって、というがどんな故があれば御用医とはいえ一介の医者風情が藩主の別邸をもらえるのだろう。そのうえ、そんないわれがあるのに、屋敷のほうは明治に入ってあっさりつぶして洋館にしている。謎だと思う。父にそう言ったことがあるが、父はなんとも答えなかった。光一と一緒になってこうした疑問を論じてくれたのは、歳の近い叔父だけだった。

一階におりたとき、ちょうどブザーが鳴った。古い呼び鈴なので、音はきわめて素《そ》っ気《け》ない。玄関は洋館のほうにしかないので、待合室にしていた部屋を通ってそちらに向かった。

呼び鈴を押した人物は、鍵《かぎ》のかかっていない扉をすでに勝手に開けていた。

「荷解《にほど》き、手伝いに来たぞ。ひとりじゃたいへんだろ」

兄の四十九日を終えたばかりとは思えない、のんびりとした陽気な声で彼は言った。叔父の周平《しゅうへい》だ。やたらと縦に長いひとで、手足も長ければ、顔も面長《おもなが》だ。くっきりとした二重瞼《ふたえまぶた》で彫りの深い顔のせいか、四角い黒縁眼鏡《めがね》がよく似合う。愛敬《あいきょう》のある面差しは、硬質な二枚目だった父とは似ていなかったし、淡白な塩顔の光一にも似ていない。

叔父は法要のときの喪服から、コットンシャツにチノパンという普段着に戻っている。光一は喪服の上着を脱いだだけの格好で、暑いので袖《そで》をまくっていた。着替えるのが面倒だったのだ。喪服はクリーニングに出すが、着替えれば着替えた服を洗濯しなくてはならない。

「家具や家電のたぐいはあっちで処分してきたから、荷物は服くらいだけど」

手伝ってもらえるなら、頼むに越したことはない。光一は広々とした玄関の片隅に置かれた段ボール箱ふたつを指さした。

「え、これだけ？　服にしたってもうちょっとあるだろ」

「ない。着るものなんて、あれこれあると迷って面倒なだけだから」

周平はあきれたように口を開けて光一を見た。

「おまえはそういうとこ、昔から変わらないなあ」

言いながらも段ボール箱をひとつ抱えあげる。「どこに運ぶ？　高校まで使ってた部屋か？」

「うん。ありがとう」

「どういたしまして」

周平は笑って板間にあがる。叔父といっても父とは歳が離れていて、光一とのほうが近い。十歳違いだ。光一にとっては叔父というより兄のようなひとだった。

光一の部屋は日本家屋の二階にあった。帰省のたびに使っていたが、こうして荷物を運びこむとやはり『戻ってきた』という感じがする。

そう、戻ってきたのだ。光一の住まいは今日からここである。

「探偵事務所だっけか、すんなり辞められたのか？」

周平がガムテープを無造作に剝《は》がしながら訊いてくる。

「まあ、穏当なほうだったんじゃないかな。思ってたよりは」

「よかったのか？　ここをほっとくわけにもいかないから戻ってきたんだろ」

「それもあるけど、べつにそれだけじゃない」

光一もテープを剝がし、なかから服をとりだす。パジャマにしているスウェットの上下に、使い勝手のいいグレーの薄手のニット、くたびれたジーンズ。

「ここ最近、事務所の方針が合わなくなってきてたんだ。それにアパートの契約も更新の時期でさ。そういう巡り合わせだったんだと思う」

淡々と言う光一に、周平は感心したような、あきれたような息を吐《は》く。

「そういうところも、相変わらずだよな」

「そういう?」

「動じないっていうか、悟り澄ましたところ」

光一は叔父の顔をちょっと眺めた。

「動じてなくはない」

「そりゃそうだろうけど」

そう見えないんだよなあ、と周平は言い、空になった段ボール箱をつぶした。

「これからどうするんだ? 仕事とか。まあ不動産があるから、働かなくても食ってはいけるか」

「働くよ」

「お、めずらしく積極的な発言だな。働き口のあてはあるのか? 兄貴の知り合いや親戚連中に頼めば紹介先には困らないだろうけど」

「いや、紹介はいらない」

「だよなあ」周平はくっくっと肩を揺らした。「お堅いとこばっかだろうから、前職が探偵なんて言ったら目を白黒させそうだよな」

「前職じゃなくて、現職」

「え？」

「ここで探偵事務所をやろうと思ってる」

周平は目を丸くした。

「探偵事務所？」

「そう」

「ここで？」

「そう」

「……客来んの？」

周平は心配そうな顔をする。

「事務所開くなら、駅前とかのほうがいいんじゃないのか？　こんな郊外じゃなくってさ」

「あんまり繁盛しても疲れるから、客はすくないほうがいいんだ」

きっぱり言った光一に、周平は眼鏡を指で押しあげた。

「おまえなあ……おまえらしいと言えば清々《すがすが》しいくらいおまえらしいけど」

兄貴はあんなに堅実で勤勉なひとだったのになあ、と続けた。

「だから診察を休めずに、自分は病院に行きそびれたんだろ」

光一の言葉に、周平は笑みを引っ込めた。光一は窓に目を向ける。畳に座った位置からでは、空しか見えない。雲ひとつなく、濃淡もない、のっぺりとした青空だった。

「周平さん、庭のことなんだけどさ」

『叔父さん』と呼ばれるのをいやがるので、光一は子供のころからずっと『周平さん』と呼んでいる。

「庭？　ああ、兄貴は誰も入るなって書き遺したんだって？」

「そう。それって、なんで？」

「俺が子供のころも言われたけどなあ、父さんに。いや、祖父《じい》さんだったかな。あの庭には入るなって。おまえも言われてたんじゃないか？」

「……母さんにそう言って叱られたことはある気がする」

周平は『母さん』にちょっと眉《まゆ》をひそめて、すぐに素知らぬ顔に戻った。「そうだろ。いまさら、わざわざ書き遺すようなことでもないと思うのになあ」

「叱られたってことは、たぶん俺はあの庭に入ったことがあるんだろうけど、よく覚えてないんだ。周平さん、子供のころの俺からそういう話、聞いたことなかった？」

「さあ……」周平は首をかしげる。「なんでご先祖さまは藩主から庭をもらえたんだろうとか、そんな話はしてたよな」

光一が子供だったころ、周平はまだこの家にいて、一緒に住んでいた。父より光一のほうが歳が近いとはいえ、十歳違うと遊び相手にはならない。そのぶん、話し相手にはなってくれた。出ていった母や、忙しい父に代わって。

「ご先祖がよっぽど名医だったのか、藩主がよっぽど変わり者だったのか。不思議だよなあ。あれだけの大名庭園が名勝指定を受けてないのも変な話だしな。曾祖父のころからそんな話が持ちあがるたびに、屋敷にしろ庭にしろ、あちこち手を加えてあるから文化遺産的価値がないとかどうとか理由つけて突っぱねてたらしいんだけど。俺も興味があって調べてた時期があるけど、よくわからないことが多いんだよ」

べらべらと周平はよくしゃべる。舌がなめらかなのは、彼は郷土史の研究をするのが趣味だからだ。あくまで趣味で、仕事にする気はなかったらしい。彼は城址《じょうし》の近くにある市役所に勤める公務員である。不安定な生きかたはしたくないのだそうだ。

「……なんでなんだろう」

あの庭はなんなのだろう。父が光一に最後に遺したのがあの庭のことだったのは、どうしてなのか。訊こうにも、答えてくれるひとはもうこの世にはいない。

「庭について知りたかったら、書庫に古文書とか本草《ほんぞう》図鑑みたいなのがあるぞ。あと古い写真もあったかな」

「庭の？」

「うん。本草図鑑は、江戸時代の後期ぐらいだったかな、ここの当主が庭の草木を写生したのを集めて綴《と》じてある」

「へえ……」

高校までこの家にいて、そんなものがあるのを知らなかった。そもそも洋館にある書庫自体、あまり足を踏み入れたことがない。洋館は父の仕事場という認識だったのと、古い本特有のかびくさいにおいが苦手だったのだ。

「俺もあの庭には興味があるんだけど、なんか足を踏み入れる気になれないんだよな。子供のころの言いつけが染《し》みついてんのかな」

そんなことを言って、周平は段ボールを手に立ちあがった。

「ま、あの兄貴が入るなって言うんなら、そうしたほうがいいんだろ。——荷解きがないんなら、もう帰るよ。三食ちゃんとご飯食べるんだぞ」

「わかってるよ」

「それから髪は切れよ。それじゃ前が見づらいだろ」

光一は前髪をつまんだ。そういえば、このところ切っていない。

「客商売するんなら身綺麗《みぎれい》にしとかないと。髪はぼさぼさ、顔色も悪くて不健康そうないまのままだと、うさんくさくてせっかく来た客も帰っちまうぞ。そんでもうちょっと愛想《あいそう》よくしろ。笑えよ」

顔は無駄にいいんだからさ、と言って周平は帰っていった。

玄関先で周平を見送ったあと、光一は前髪をかきあげて、空を見あげてみた。さきほどよりも明るい。初夏の青空は瑞々《みずみず》しく、まるで生まれたてのように清らかだった。

光一は視線を庭のほうに向ける。濠の上にかかった太鼓橋、その先にある高麗門。門の扉は閉じている。――あの扉を開けて、なかに入ってはいけない。そんな警告とともに、たぶん俺はあのなかに入ったことがある、という思いが混じりあう。妙な気分だった。落ち着かないような、ちくちくと胸を刺されるような気分だ。忘れてはいけない何かを忘れている。

予感があったのかもしれない。庭を巡って、面倒事に巻きこまれる予感が。

その面倒事が出来《しゅったい》したのは翌日のことで、それをもたらしたのは、小さな客人だった。

三食ちゃんと食べろと周平には釘《くぎ》を刺されたが、ひとりぶんの食事を作るのは正直言って面倒くさい。夜はカップラーメンですませて、翌朝、朝食はコンビニでサンドイッチでも買ってこようと思ったところで、近所にそんなものはなかったのを思い出した。いちばん近いスーパーまで車で十五分。車は父が使っていたものがあるし、免許も持っていたのはここで暮らしてゆくうえで幸いだった。

スーパーで買ってきた千切りキャベツとコロッケを食パンにてきとうに挟んで頬張《ほおば》ると、ひさしぶりに食事をした気分になった。昨日は法事で八重樫家御用達《ごようたし》の豪勢な松花堂弁当を食べたのだが。

即席コロッケパンを半分ほど食べたところで食パンを剝がして、濃口ソースをさらにかける。ソースを一緒に買ってきたのは正解だった。コロッケの衣がソースを吸ってふにゃふにゃになるくらいがいいのだ。そうこうしているあいだに湯が沸いたのでインスタントのコーヒーを淹れる。台所には父が愛用していたコーヒーサーバーがあったが、光一は面倒で一度も使っていない。食器棚には、光一が高校のころ使っていたマグカップや湯呑《ゆのみ》がまだ残されていた。茶渋《ちゃしぶ》で汚れていることもなく、きれいだ。この家では自分が使った食器は自分で洗う決まりだったが、光一はしょっちゅうマグカップを放置して茶渋をつけた。それを黙々とまめに漂白してくれていたのは父である。父子でどうしてこうも性質が違うのだろうと不思議だったが、光一は母に似たのだと、中学のときに亡くなった祖母は憎々しげに吐き捨てていた。

食パンの耳をコーヒーで流しこんで、光一は立ちあがった。流しに食器を置いて台所を出ようとして、戻る。流しに置いたものを洗ってから、光一はあらためて台所を出た。

洋館の書庫に向かおうかとも思ったが、とりあえず庭を見てみることにした。玄関を出ると、左に折れて、北側に向かう。『望城園』があるのは屋敷の北だった。

外側の濠に沿って、丸く刈りこんだ躑躅《つつじ》が並んでいる。花の盛りは過ぎて、赤紫の花が緑のあいまにまばらに咲いていた。色褪《いろあ》せた花弁《はなびら》が地面に落ちている。その手前には楓、松に柏《かしわ》と、新緑が午前の白い陽に照り映えて清々《すがすが》しい。濠の向こうに視線を投げれば、木賊《とくさ》が生け垣代わりにぐるりと巡らされている。その奥には白い花をつけた山法師《やまぼうし》がひっそりと佇《たたず》み、梶《かじ》の木や栴檀《せんだん》の姿も見える。谷空木《たにうつぎ》が紅色の花を重たげに枝に連ねているのが目に残った。

躑躅の脇を通って、太鼓橋に向かう。古びた木橋のかたわらには楓が植えられており、橋の上に青紅葉《あおもみじ》の影を落としていた。この時季の影は緑に色づいているような気さえする。

橋を渡っていた光一は、足をとめた。橋の先には、門がある。苔《こけ》むした瓦屋根に、色褪せた柱。閉じた扉には閂《かんぬき》がかけられていた。足をとめたのは、門の前にこぶしくらいの大きさの石が置かれていたからだ。石は蕨縄《わらびなわ》で十字に縛られていた。日本庭園でしばしば見かける、『これより立ち入り禁止』を示す関守石《せきもりいし》だ。古いものらしく、黒い縄はところどころ白茶けて、腐りかけている。

光一は扉を眺め、木賊の向こうに見える木々を一瞥《いちべつ》したあと、きびすを返した。屋敷に戻り、二階にあがる。階段の踊り場で一度立ち止まり、窓から庭を見おろした。濠に囲まれた、城を模した庭。濠の水面に陽光が反射し、まぶしさに目を細めたとき、呼び鈴が鳴った。

また周平だろうかと階段をおりて玄関の扉を開けようとした光一は、手をとめた。大きな扉は、上半分ほどが磨《す》りガラスになっている。いまそこに映っているシルエットは、背格好からいって、どう見ても子供だった。

——なんで子供が？

シルエットからすると保護者がかたわらにいるでもなく、ひとりだ。誰だろう。近所の子だろうか。

ともかく扉を開けた。いたのは、やはり子供だった。女の子だ。胸もとまで伸びた長い髪に、猫のようにやや吊《つ》りあがった目が印象的な整った顔立ち。その顔立ちのせいで大人びて見えるが、せいぜい小学三、四年生くらいだろう。どこぞのご令嬢だろうかと思うような育ちのいい雰囲気があるのに、光一はなんとなく引っかかりを覚えた。ワンピースならともかく、白いレースのブラウスに白いプリーツスカートという組み合わせに加えて、フリルのついた踝《くるぶし》丈《たけ》の白い靴下、白いエナメルシューズ、耳の下でふたつにくくった髪を飾るサテンのリボンも白。見事なまでに全身白だ。服装に強いこだわりのある子なのかもしれないが、それが見る者に妙な迫力を感じさせた。

少女はその大きな目で光一をじっと見あげていた。相手がちゃんとした大人かどうか、見定めるような目だ。光一は自分がむさくるしい姿のままだということに思い至った。ひげは剃《そ》っているものの、髪はぼさぼさだし、服は襟《えり》の伸びた綿麻のカットソーに着古したジーンズだった。子供からしたら、仏頂面《ぶっちょうづら》のうさんくさいおじさんだろう。

光一と少女は、しばし黙ったまま見合っていた。こちらから声をかけるべきなのだろう、と思い、光一は口を開いた。

「あ……ええと、何か用?」

光一は腰をかがめて少女に目線を合わせた。少女の瞳《ひとみ》がはっと揺らいで、また見定めるような視線に戻る。

「……コーイチ?」

「え？」

——光一、と言ったのか？

なぜ名前を知っているのか、という疑問よりも、光一は少女の発した声音に引きつけられていた。妙な懐かしさを覚えたのだ。この幼《おさな》い声を、すこし舌足らずな呼びかたを知っている。

「あなた、コーイチでしょう？」

幼い声音に似合わず、少女は大人びた口調で言った。

「——そうだけど」

「コーイチは、探偵になったんでしょう？」

光一はまじまじと少女を見た。——なんだろう、この子は。

「君は、誰だ？」

会ったことはないはずだ。たぶん。それなのになぜ、懐かしさを覚えるのだろう。

「探偵じゃないの？」

少女は光一の問いを無視して、訝《いぶか》しむように眉をひそめた。

「いや、まあ、探偵だけど」

表の門に看板をかけてある。もともとあった《八重樫醫院《いいん》》という看板を外して、《八重樫探偵事務所》と書いた看板にかけかえたのだ。それを見てやってきたのだろうか。

「……探偵に用事？」

そう問うと、少女はこっくりとうなずいた。光一は頭をかく。

「君、ひとりで来たの？　親御さんは？」

「ひとり」

少女はそれから思い出したようにつけ加えた。

「わたしは、サキ」

「サキ？　名前？」

少女はまたうなずく。「花が咲く、咲《さき》」

「ああ――『咲』？　咲ちゃんか」

苗字《みょうじ》は？　と尋ねたが、これには首をかしげただけだった。苗字がわからない歳でもなかろうに。苗字がわかれば、この子の正体もわかるかと思ったのだが。光一がちらりと考えたのは、この子は小学生時代の同級生の娘なのではないだろうか、ということだった。それなら懐かしさを覚えるのも道理だと思ったのだ。だが、どう記憶をひっくり返してもこの子に似た同級生を思い出せない。苗字を聞けばあるいは、と思ったが、答えてくれないならどうしようもない。

「ひとりで来たんなら……近所の子かな。この辺に住んでるのかい」

咲はすこし考えるように目をしばたたいたあと、うなずいた。

「じゃあ、送っていくから、帰りなさい」

それを聞くと、咲は信じられない、といった顔で光一を見た。

「わたしは、コーイチに頼みに来たのに」

「依頼なら、親御さんを連れてきなさい。子供の依頼は受けないよ」

「わたしは子供じゃない」

咲は頰《ほお》を赤くして怒った。子供と言われて怒るのは子供だけである。光一は腰をかがめているのに疲れて、背を伸ばした。見おろすと咲はますます小さく見える。こんな小さな子が、よくわからない探偵の家にやってくるのは勇気がいったろう。よほど深い悩みがあるのだろうか。光一は頭をかいた。ふたたび腰をかがめて、膝《ひざ》に手をつく。

「……まあ、話くらいは聞くよ。お客さん第一号だからな」

咲の顔が明るくなった。光一は彼女を招き入れ、玄関の横にある応接室に通す。医院だったころには待合室として使われていた部屋である。年代物の長椅子《ながいす》とテーブルが置いてある。建築当初からある調度品だ。椅子の布地はさすがに張り替えてあるそうだが、アールヌーヴォーの曲線が窓からの陽射《ひざ》しにやわらかく映えて、美しい。咲をそこに座らせて、光一は台所に向かった。そしてはたと困る。子供向けの飲み物など用意がない。ジュースがないどころか、お茶もない。あるのはインスタントコーヒーくらいだ。何かなかっただろうか、と台所を見まわしたところで、思い出した。以前帰省したさいに、アイスクリームが食べたくなって買ったことがある。スーパーで買った大容量のバニラアイス。あれが残っているはずだ。

冷凍庫を開けると、やはりあった。光一は江戸切子《きりこ》の小鉢にアイスを盛り、応接室に戻った。

咲は長椅子にちょこんと膝をそろえて座り、窓のほうに顔を向けていた。そこからは庭が見える。

「バニラアイスは好きか？」

向かいに腰をおろしつつテーブルに小鉢を置くと、咲はきょとんとした顔でそれを見つめた。

「バニ……？」

咲はアイスと光一の顔を見比べた。

「……食べ物？」

光一はあっけにとられた。そりゃそうだよ、と言いかけて、ひとりで来たことといい、格好といい、裕福そうに見えて複雑な家庭環境なのだろうか、と思って口をいったん閉じる。咳払《せきばら》いをして、「ああ」とだけ言った。

咲は添えられたスプーンを手にとると、アイスをすくい、おそるおそる口に入れた。一瞬、ぎゅっと目を閉じる。冷たさにびっくりしたのか。それからそっと目を開く。その瞳は無垢《むく》な赤ん坊のように輝き、頬は紅潮していた。咲は興奮した様子でつぎからつぎへとアイスを口に運ぶ。その勢いに光一は、急いで食べるとお腹《なか》を壊すぞ、などという注意の言葉も挟めず、ただ眺めているのみだった。

アイスはあっというまになくなった。からになった器を眺めて、咲は名残惜《なごりお》しそうにしている。光一は何と声をかければいいのかわからなかった。

「それで」

光一が口を開くと、咲はようやくアイスの器から目を離して顔をあげた。その表情を見ると、いまのいままで光一の存在を忘れていたらしい。咲はうろたえたように視線をさまよわせたあと、背筋を伸ばして膝の上で手をそろえた。

「ごちそうさまでした」

どういたしまして、と答えるほかない。

「それで、用事っていうのは?」

あらためてそう尋ねると、咲はまた窓のほうに顔を向けた。その横顔がふと、老いさらばえた、男とも女ともつかぬものに見えた気がして、光一はぎくりとする。まばたきの間もなく横顔は幼い少女に戻っていた。——光の加減で、おかしなものに見えたのだろうか。

窓に顔を向けたまま、咲は言った。

「——コーイチ、『半分この約束』って、なんだかわかる?」

は?　と思わず声に出ていた。「半分こ?」

咲は光一のほうに顔を戻した。「半分こ」

「…………」

子供は突拍子もないことを言いだすものである。とはいえ、まるでわからない。

光一はすこし身をのりだして、両手を前で組んだ。

「その、『半分この約束』ってのが何なのか、それが知りたいってこと？　それを俺に頼みたいと？」

咲は小首をかしげて、瞳をちょっと横に動かしたあと、うなずいた。光一は天井を仰ぐ。なんだそれは。テレビアニメの話題なのか、それとも学校で流行っている何かの関連か。なんにしろ、わけがわからない。

「でもね」と咲は付け足す。

「わたしも事情をぜんぶ知ってるわけじゃないから、本人から聞いてほしいの」

「本人？」

「うん。十六夜から」

そう言ったかと思うと、咲はぴょこんと椅子からおりた。

「だからついてきて、コーイチ」

「え——」

どこに、と訊く間もなく、咲は長椅子の背後にあった掃き出し窓を開けて外に出ていった。光一はあわててそのあとを追う。

咲は前庭の躑躅《つつじ》のそばを駆けていた。

「おい、危ないから走るな」

躑躅の向こう側は濠だ。躑躅があるから、足をすべらせて落ちるということはないだろうが、転べば怪我をするし白い服が汚れる。光一の制止も聞かず、咲はぐんぐんと走ってゆく。新緑と木洩《こも》れ日《び》のなかを、白い服がひらひらと揺れた。地面の凹凸や石を避けてか、咲は左右にぴょこぴょこ動きながら走る。兎が跳ねているようだった。

「おい！」

咲が太鼓橋に足をかけたので、光一はぎょっとした。駆けよって、その腕をつかむ。

「痛い！」

咲が悲鳴をあげたので、光一は手を放した。そんなに強くつかんだつもりはないのだが、子供相手では加減が難しい。

咲は抗議するように光一をにらんだが、文句は言わなかった。ただ、指さした。庭の門のほうを。

「ほら、行こう」

光一は愕然《がくぜん》とした。――門の扉が、開いている。その向こうに緑の木々が見えた。

「なんで――」

咲はふたたび駆けだす。「あっ」光一は手を伸ばしたが、遅かった。咲は門の前に置かれた関守石をひょいと飛び越えて、扉の向こうに入ってしまった。そこで一度、咲はくるりとふり返る。

「早く、コーイチ」

手招きをして、咲は走っていった。待て、と声をあげたが、咲はふり返りもしなかった。あっというまにその姿は木々のあいまに隠れてしまう。

「噓だろ」

――〈庭に誰も立ち入らないこと〉。

光一は髪をかきあげ、顔をしかめた。子供が入っていってしまったのだ。放っておくわけにはいかない。庭のなかは広く、迷子になりかねない。濠もある。たしか、毒のある草木も――これは誰に聞いたのだったか。

光一は咲のあとを追って、門をくぐった。槙《まき》や梶《かじ》の新緑が左右から覆《おお》いかぶさるように生い茂り、まるでトンネルのようだ。枝から垂れさがった蔓《つる》が顔にあたるのがうっとうしい。これはなんだ、実葛《さねかずら》か、野葡萄《のぶどう》か。そういえば、この辺りは秋になれば野葡萄が極上の宝石のような実をつける。藍色《あいいろ》、瑠璃色《るりいろ》、翡翠色《ひすいいろ》、臙脂色《えんじいろ》。それらはすべて虫こぶで、虫が寄生していると思うとどこか薄気味悪い。だが、秋の黄昏《たそがれ》に輝く実はやはり美しかった。いや、なぜ俺はそんなことを知っているのだろう。光一は混乱した。花の香りがする。奥に白い花が咲いているのが垣間見《かいまみ》えた。あれは定家葛《ていかかずら》だ。蔓を伸ばし、小さな白い花をつける。ねじれた、プロペラのような花弁――。

やはり俺は、ここに入ったことがある。

かすかな花のにおい、濃い新緑のにおい、湿った苔のにおい、土と水のにおい。混じりあったにおいで息がつまりそうだ。木洩れ日がちらちらと目を眩《くら》ませ、ときおり木々のあいまに現れる咲の白い姿を見失わせる。おい、と何度も呼ぶが、咲はとまらない。こんなに走っているのに、子供の脚に追いつけないのはなぜだろう。

足を速め、ひらめく白い服に追いすがる。疾駆する兎のような少女にようやく追いつき、手を伸ばした。さきほど痛がっていたことを考慮して、なるべくやんわりと、引っ張らないように細腕をつかんだ。捕まえるというよりは触れるというに近いつかみかただったので、ふり払われるかと思ったが、咲はあっさりと足をとめた。

「やっと来てくれた。コーイチ」

光一を見あげた咲は、あれだけ走ったのに息ひとつ乱していなかった。咲は目を細める。薄紅色の唇《くちびる》が弧を描いた。白いレースのブラウスは、こうして見るとレースひとつひとつのモチーフが薔薇《ばら》の形になっているのがわかる。八重ではない、昔ながらの一重の薔薇——野茨《のいばら》。

「野茨」

光一がつぶやくと、咲はうれしそうに笑った。

「思い出した？」

咲は光一の腕を逆につかみ直して、引っ張った。

「こっちよ」

両手で光一の腕をぐいぐいと引いて導く。その先は木々が途切れ、開けているようだった。明るい。新緑の影が咲の顔に落ち、腕をすべり、光一の視界を翳《かげ》らせる。木洩れ日は白くまぶしく、光一の目を刺す。その落差に瞳がついていけず、光一は何度もまばたきをくり返した。木立から抜け、開けた場所に出る。木陰《こかげ》がなくなり、明るさが一気に襲ってきた。目を開けていられず、咲に手を引かれるまま、歩を進める。ようやく目が慣れてきて、光一は辺りを見まわした。ぎょっとして、足をとめる。

声も出ない。

——なんだ、これは。

見たことのない光景が広がっていた。

「コーイチは、こっちに来るのははじめてよね」

——こっち?

「ここは、わたしたちのお城。梶坂城《かじさかじょう》。といってもにせものだけど」

咲の声は右から左へと流れてゆく。光一は呆然《ぼうぜん》と目の前の光景を眺めていた。

城がある。

まず目を奪われたのは、陽光に照り輝くたくさんの甍《いらか》だった。次いで、青空にくっきりと映える白壁。鱗《うろこ》のようにきらめく甍の向こうには、端整な天守閣が見える。五重の天守、手前に小天守、いくつもの櫓《やぐら》。それを守るように取り囲む甍の波は、建ち並ぶ御殿の屋根だ。

光一は背後をふり返った。今しがた抜けてきた木立は影も形もなかった。その代わり、そこにあったのは門だ。扉は開いている。大きな櫓のついた桝形門《ますがたもん》。城でよく見る大仰な門である。ご丁寧に、時代劇から抜けだしてきたような門番までいた。髷《まげ》を結い、小袖《こそで》に袴《はかま》姿で腰には大小、手には棒をたずさえている。あれは誰だ。ここはうちの庭ではないのか。もはや光一は、狐《きつね》にでも化かされているのではという気すらしてきた。

「ここは二の丸。あっちは本丸」

と、咲は天守閣のほうを指さす。

「わたしはいつもこっちにいるの。十六夜《いざよい》もそう。コーイチ、案内してあげる」

咲は光一の手を引いて歩きだそうとする。「ちょっと待て」と光一はその手をふり払った。

「これは……白昼夢か？」

「はくちゅうむ？」

「ここはどこだ。うちの庭じゃないのか。俺は——起きてるのか？」

光一は髪をかきむしった。

「君はなんだ？」

咲はすこしかなしそうな顔をした。

「思い出したんじゃないの？」

「なにを」

「野茨。一緒に遊んだでしょう？　橋を渡って、庭のなかで、一緒に」

野茨——。

光一の脳裏に、小さな祠とそのそばに植えられた木が浮かんだ。白い小さな花をつけた木。野茨だ。それから、かたわらに座りこむ少女と少年。少女は咲で、少年のほうは子供のころの光一だ。

光一は額を押さえた。子供のころの記憶か？

「……どういうことだ」

「コーイチ、大きくなったね。あのころはわたしより背丈《せたけ》が低かったのに」

無邪気に笑う咲を、光一は息をのんで見つめた。頭が破裂しそうだった。

「ひとはあっというまに大きくなって、いなくなる。コーイチはもうあの家に戻ってこないのかと思ってた。でも、戻ってきたのね」

うれしい、と咲ははにかむ。

「最初はね、コーイチをこっちにつれてくるつもりはなかったの。でも、十六夜はもうだめだから」

「だめ？」

「もうもたないの。急がないと、消えてしまうから」

光一は息を吐き、ゆっくりと首をふった。「……なにからなにまで、まるでわからない」

順序立てて、ちゃんと説明してくれ、と言った。そう言えたのは、いくらか落ち着いてきたからだろう。いや、頭のなかはとっ散らかったままだが、落ち着かなくては、と肝を据えただけだった。

咲は両手を広げた。

「ここは、お殿様の庭だけど、庭じゃないの。お城」

「お城」

光一は復唱する。

「庭は、お城の形に造られているでしょう。だから、ここはお城なの」

「………」

光一はこめかみに指をあてた。

「君は――なんというか、説明が下手だな」

婉曲《えんきょく》に指摘しようと思ったのだが、直球になった。

咲は憤慨《ふんがい》した。

「コーイチ、前はそんな失礼なこと言わなかったわ」

「ごめん」光一はしゃがみこんで、咲の顔を見あげた。

「ここが城だってのはわかったよ。どう見ても城だもんな。なんでそんなものが、うちの庭のなかにあるんだ？」

「庭のなかにあるんじゃなくて、庭がお城なのよ。コーイチはわたしと一緒に門を通ってきたでしょう。わたしがつれてきたの。ふつうは、入れない。ここはわたしたちのお城だから」

光一は城門のほうをふり向いた。

「門っていうのは……あれのことか？」

咲はうなずいた。

「あれがお城と外をつなぐ門」

「外……」

光一は咲につれられ、木立のなかを通っていたはずだった。だが、通り抜けてみると城門だったのだ。あれが通路。外と、この『お城』とやらをつなぐ——。

馬鹿馬鹿《ばかばか》しい、と悪態《あくたい》をつきたくなるのをこらえて、光一はうなだれた。地面には白砂《しらすな》がまかれている。光一の履き古した黒いスニーカーが不釣り合いだった。

「……『わたしたち』っていうのは？」

光一は顔をあげて尋ねる。咲は小首をかしげた。

「わたしは、野茨」

「君は咲だろ」

そう言うと、咲はうれしげににこりと笑って、

「わたしの名前は、咲。それで、野茨なの。庭の祠のそばに、野茨があったでしょう？覚えてる？」

「ああ……」さきほど脳裏をよぎった光景を思い出す。

「わたしはその、野茨」

咲の言わんとしていることが、うっすらとわかってきた。だが、理解の外であった。またうなだれそうになる顔を両手で支えて、光一は「あの野茨」とつぶやいた。

「が、君」

「そう」

「……あれは？」

と、光一は門番を指さした。子供の前でひとを指さすような真似をしてはいけない、などという規範意識は彼方《かなた》にすっ飛んでいた。もうなにが常識でなにが非常識なのかわからない。

「あれは、梶」

「梶……木の？」

「そう。庭にたくさん植えてあるでしょう。梶は門番」

光一は立ちあがった。周囲を見まわす。建ち並ぶ御殿、奥には天守閣。

「本丸のまわりにはお濠があって、橋と門があって、そこにも梶がいるわ」

「……殿様がいたりするのか？」

これには、咲は首をふった。「いない」

城はあるが、殿様はいない。変な話だ。

「変というならぜんぶ変なんだけどさ」ひとりごちると、咲は首をかしげた。

「──君は、野茨。門番は梶。ほかには？」

「ほか？　ほかに誰がいるかってこと？　たくさんいるわ。奥女中の花海棠《はなかいどう》、谷空木《たにうつぎ》、乙女百合《おとめゆり》、雪の下《ゆきのした》……」

咲は指折り数えあげる。光一は途中でとめた。「わかった。その辺でいい」

つまり——庭は『城』で、庭の植物たちが、ここにおいては『ひと』なのだ。光一はそう理解した。

光一は腰に手をあて、空を見あげた。春から夏に移り変わるころの、すこしずつ青の濃度を増してゆく空だった。外も、ここも、空はおなじだ。天地がひっくり返っているわけではない。

息を吸いこんで、吐いた。

「わかった」

いや、なにもわかってはいない。しかし、『わかった』と思うことにした。

「それで、君は『十六夜』のために俺をここにつれてきたわけだろ。会わないと帰らせてもらえないんだな?」

「そういうつもりじゃないけど」咲は不安そうに光一を見た。「帰りたいの?」

「そりゃ、帰してもらわないと困るけどさ。用があって俺に来てもらいたかったんなら、俺は用をすませてから帰るよ」

咲は安堵《あんど》の笑みを浮かべた。うれしそうだ。

「じゃあ、十六夜に会って。こっち」

光一の手をとり、ぐいぐいと引っ張る。向かう先には御殿があった。ひしめきあうように建つ御殿のなかでもひときわ大きい。堂々たる入母屋造《いりもやづくり》の屋根を見れば、軒丸瓦《のきまるがわら》に三日月の意匠が――いや、三日月よりももっと細い。二日月か。そんな意匠が彫りこまれていた。

御殿のまわりは築地塀《ついじべい》で囲まれ、玄関の左右にそれぞれ冠木門《かぶきもん》が立っている。立派な構えの玄関から入るのかと思いきや、咲は光一を左側の冠木門のほうへとつれていった。そこを抜けると御殿の縁先で、広縁がずっとさきまで続いている。咲は白い靴を脱ぎ捨てると、広縁からなかにあがりこんだ。それでいいのか。

「コーイチ、早く」

咲は光一を急《せ》かす。「お菅《すげ》に見つかるとうるさいんだから」

「おすげ？」

光一が訊き返すと同時に、辺り一帯を震わすような声が響いた。

「姫様！」

中年女性の声だった。咲が「ひゃっ」と跳びあがる。開け放された板戸の向こうに畳を敷いた廊下があり、そこに面して花鳥を描いた襖《ふすま》がずらりと並んでいた。すぐそばの襖が音もなくすばやく開く。きりりとした顔立ちの婦人が立っていた。四十代くらいだろうか。髷を結い、冴《さ》えた瑠璃色の小袖に緑の縞《しま》の帯を締めている。小袖の裾《すそ》をしゅ、しゅ、と引いて婦人は咲の前に歩み出た。

「お姿が見当たらないと思えば姫様、またそのようなお召し物で！　お髪《ぐし》まで、まあ――」

婦人は眉を吊りあげる。対する咲は「だって」と言い訳するように唇をとがらせた。

「庭を出るならこういう格好じゃないとおかしいのよ、お菅。これがふつうなんだから。ね、そうでしょ?」

咲は光一をふり返り、同意を求めた。婦人は——お菅はそこではじめて光一に気づいたようで、ぎょっと目をみはった。

「何奴《なにやつ》」

「コーイチよ、お菅。お屋敷のいまのあるじは彼なの」

「では、八重樫のご当主でございますか」

これが、という目でお菅は無遠慮に光一を眺めている。咲はその視線を遮《さえぎ》るようにあいだに割って入り、光一の腕を引っ張った。

「十六夜のところへ連れてゆくの。いいでしょ。ほら、コーイチ、あがって」

咲にぐいぐい腕を引っ張られ、光一は靴を脱いで広縁に足をのせる。板のきしむ音が響いた。

「ですが、姫様——」

「お小言ならあとで聞くわ。いまは邪魔しないで」

咲がぴしゃりと言うと、お菅はそれ以上口を開くことはなかった。こうべを垂れて一歩うしろに退く。咲は光一の腕を引いて廊下を進んだ。いくらか進んだところでふり返ると、お菅は顔をあげて光一たちを見ていたが、その表情はどこか心配そうだった。

『姫様』なのか？」

「うん」咲の返答は短かった。

「あの『お菅《やますげ》』っていうのは」

「お菅は、山菅」

「山菅……」

どんな植物だったか。

「ジャ《じゃ》ノヒゲって名前もあるけど、お菅はいやがるの。無粋《ぶすい》な名前だって」

蛇の髭《ひげ》。

「ああ、葉が髭みたいな……白い花で、青いきれいな実がつく？」

「うん。二の丸のお濠近くにいるの」

ゆるやかな斜面に茂る細い葉と、青い実が思い浮かぶ。見た覚えがある気がした。

「お菅はねえ、しきたりとか礼儀とかにうるさいから、つかまるとたいへんなの」

光一は、靴を脱ぎっぱなしにしてきてしまったことをちらりと思った。

「十六夜がいるのは、この奥——」

廊下の突き当たりを曲がったところで、光一は何かに足をとられて転びそうになった。

見れば、どこから出てきたのだろう、小さな子供たちがわらわらと周囲を取り巻いていた。五、六人ばかりいるだろうか。皆おなじ顔をした女の子たちだ。咲よりずっと幼い。

前髪を絞りの縮緬《ちりめん》でちょんと結びあげ、身を包む薄緑の小袖は肩上げと腰上げをしてもだぶついている。少女たちは口々に「姫様」「姫様」と声をあげた。

「あとでね、鳴子《なるこ》」

咲は足をとめることなく進む。少女たちは不満そうにまとわりついてくる。

「今日は貝合わせをしてくださる約束だったのに」

「こやつは何者でございますか」

それぞれが勝手にしゃべるので、かしましい。まさに鳴子が触れ合って音を立てているようだ。鳴子——鳴子百合《なるこゆり》か。緑がかった白い小さな花がいくつも連なっている草である。

「急いでいるのよ。おだまり」

咲がそう言い放ったとたん、鳴子たちの姿は一瞬にして掻《か》き消えた。光一は周囲を見まわすが、騒がしい少女たちの姿は影も形もない。辺りはひっそりとしている。咲は一顧だにせず先を急いでいた。足早に歩くたび、風圧でか、襖がかたかたと揺れる。牡丹《ぼたん》、芍薬《しゃくやく》、菊に石蕗《つわぶき》、南天《なんてん》、水仙《すいせん》。金地に濃厚な筆致で描かれた花々が目に鮮やかだった。狩野派《かのうは》だろうか。よく知らないが。花には雉《きじ》、目白《めじろ》、山雀《やまがら》、小瑠璃《こるり》といった鳥が添えられている。見事な襖絵を横目に歩いていると、鳥が小首をかしげ、花弁が震えたような気がして思わず足をとめた。

「コーイチ?」

咲が急かすように呼ぶので、何も言わず先へ進む。が、やはり目の端《はし》で花々がおしゃべりをするかのように動き、鳥はつぶらな瞳をこちらへ向けているように思う。顔を向けると静止する。——気にするだけ無駄かもしれない。そもそもすべてがおかしいのだから。

咲は突き当たりの襖を開け、座敷に入る。床の間もない、四方を襖に囲まれただけの、がらんとした座敷だった。そこを突っ切って、さらに奥の座敷に入る。それを何度かくり返した。どの座敷もおなじに見えたが、襖絵や欄間《らんま》がすこしずつ異なるようだ。いま入った座敷は襖に秋の花々が描かれ、欄間には蟋蟀《こおろぎ》や松虫《まつむし》が彫りこまれている。さきほど通った座敷の意匠は唐子《からこ》であった。興味深いが、じっくり眺める間もなく咲は進んでゆく。

「急がないと……」

ぶつぶつとそうつぶやいている。白い服の咲をまたぞろ追いかける形になった光一は、自分が白兎を追いかけるアリスになった気分だった。三十過ぎの男を喩《たと》えるのにアリスというのもどうかと思うが。

「ここよ」

咲は襖の引手に手をかけ、光一をふり返った。白鷺《しらさぎ》が描かれた襖だった。鷺の目がぎょろりと光一に向けられた気がしたが、見なかったことにする。からりと襖が開かれた。

その座敷の襖は、それまでの金地濃彩と打って変わって、薄墨《うすずみ》で蓮池《はすいけ》が描かれていた。固い蕾、ほころんだ蕾、開いた花、花弁を落とした敗荷《はいか》——さまざまな蓮がある。それらに囲まれて、中央に若い娘が寝かされていた。髷は結っておらず、細面の顔は青白い。二十歳過ぎくらいに見えた。娘は咲を見ると、かぶっていた夜着をのけて起きあがろうとした。咲はそれをとめて、寝ているようううながす。

「十六夜よ」

咲は光一にそう紹介して、娘の枕《まくら》もとに座った。光一は襖の前に立ちどまったまま、横たわる娘の顔を眺める。

十六夜というらしい彼女は、もともとはふっくらしていたのであろう頬がこけて、唇も白っぽくかさついていた。やさしい顔立ちなのだが、瘦《や》せて顎《あご》がとがり、目ばかり大きく目立ってしまっている。

光一は、病床の父の顔を思い出していた。亡くなる前、父もこんなふうに瘦せて白茶けた顔をしていた。最後に見舞いに行ったとき、光一は面変わりした父の顔を見て、病室の扉の前でしばらく立ち尽くしていた。

「ここに座って」

咲は光一をふり返り、ぽんぽんと自分の隣をたたいた。光一はおとなしくそれに従う。十六夜はただ静かに光一の動きを目で追っていた。水気を失った顔のなかで瞳だけが潤《うる》みをたたえている。

――もう長くないのだろう。

光一はちらりと咲の横顔をうかがう。だから急いでいたのか？

「内濠《うちぼり》に蓮《はす》があるのを覚えてる？」

「蓮……」光一は不確かな記憶をさぐる。「祠の裏手から見おろせる――」

「そう、それ」咲はすこしうれしそうにした。咲と話していると、記憶は断片的ながらよみがえってくる。逆に、どうしていままで忘れていたのだろうと思うほど。

「十六夜は、その蓮。とてもきれいな蓮よ。夏になると薄紅の蕾がふくらんで、ゆっくり花開くの」

咲は両手を丸め気味に合わせて、蓮の蕾を象《かたど》る。どこか誇らしげにしていた咲は、十六夜に目を向けると、とたんにその顔を曇らせた。まるで太陽に突然雲がかかったみたいだ。

「すこし前に、大雨が降ったでしょう」

咲は十六夜の顔を眺めたまま、光一に語りかけた。

「大雨？　ああ、たしかひと月くらい前にひどい雨が降ったんだったな」

この辺ではかつてなかったくらいの大雨だったと聞いた。そのころ光一は父の死後の手続きと仕事の後始末とで、こちらと東京とを行ったり来たりしていた。この前ひどい雨が降ったのだ、という話を保険会社の担当者だったか銀行の行員だったかから聞いた気がする。

「ここのお濠は相生川《あいおいがわ》から水を引いているでしょう、その川が増水したものだから、こちらにも水が流れこんできたの。お濠から水があふれるようなことはなかったけど、いろんなものが流れこんできて……土砂とか、木の枝とか」

咲は自分の膝小僧《ひざこぞう》に目を落とした。

「それが、蓮の茎や根をずたずたにしてしまったの。そうすると、そこから腐ってしまうから……あっというまで……なんにもできなくて……」

咲の声は小さくなる。うなだれて、スカートの端を握ったり放したりしていた。

「姫様」

細い声が咲を呼ぶ。十六夜だ。十六夜は夜着の下から手を伸ばすと、咲の手に重ねた。青白く、薄紙のようになった手だった。

「昔から嵐《あらし》と旱《ひでり》だけは、どうにもならないものでございます。これも寿命というものでございましょう」

咲は唇を嚙《か》み、うつむいている。十六夜は光一に目を移した。

「あなたさまは、八重樫のご当主でございますか」

『ご当主』などと言われると据わりが悪いが、光一は「ああ、まあ」とうなずいた。

「姫様が、あなたさまならおわかりになるはずだから、呼んでくるとおっしゃって――」

「俺ならわかるって……」光一はちらと咲を見て、「あの、半分こがどうたらっていう？」と問うた。

十六夜は痩せこけた頰にほのかな笑みを浮かべた。

「よくわからない問いでしたでしょう。――わたくしもわからないのでございます」

「え？」

「先般の雨でこの身が傷つき、失われてしまったがために、わたくしのなかから記憶までいくらか抜け落ちてしまったのです」

「記憶が……？」

十六夜は目を閉じて、夜着の上から胸に手をあてた。

「大事な思い出の一部でございます。それがどうにも思い出せず……。わたくしが消えるのはしかたのないことでございますが、せめてそれを思い出せないものかと、わがままを申しあげてしまいました」

「わがままだなんて」咲はそれだけ言って、唇をきゅっと引き結んだ。

光一は咲の様子を横目に見て、腕を組む。

「……忘れてしまったものを思い出させるなんて芸当は、俺にはできないんだが」

咲は泣きそうな顔で光一を見あげる。光一は目をそらした。頭をかく。

「いや、だから――『半分この約束』とやらが何なのか、ってことだったか？　それだけじゃ、さすがにわけがわからない。詳しく聞かないと」

咲は十六夜を見た。

「わたくしからお話しいたします。ほんのすこし、昔のことでございます。長くなりますが、お許しくださいませ」

そう断ってから十六夜は話しはじめた。

「この城内には、ふつう、ひとは入れません。ですが、ときおり迷い込むかたがおられます。あのかたも、そうしたおひとりでした。八重樫のお屋敷で書生をなさっておいでのかたで――」

書生？　と口を挟みそうになったが、こらえた。書生がいる時代となれば、『ほんのすこし』ではなくけっこうな昔の話ではないのか。感覚が違うのか。だがいまはとりあえず話を聞かねばならない。

「迷い込んだかたを、わたくしどもは歓待いたします。めずらしくもございますし、皆、興味を持っているのでございます。そのときも、お濠の近くでぽかんと立っていたあのかたを見つけたわたくしは、声をおかけしたのでございます」

『もし、そこのかた』――。

「そう声をかけられたあのかたは驚いた様子で、わたくしの姿を見てまた驚かれたようでした。眼鏡を手ぬぐいで何度も拭《ふ》いて、たしかめてらっしゃいました。わたくしはお城のことやわたくしどもについてお話しして、それでもあのかたは唖然《あぜん》としておいででしたが、なんとか納得してくださったようでした。『ようするに、竜宮《りゅうぐう》のたぐいだと思えばよいのですね』とおっしゃって――そういう不思議なお話がたくさんあるのだそうでございますね。面白いお話を聞かせてくださいました」

書生は、名を佐久間甚六《さくまじんろく》といった。

「八重樫の分家のある村のご出身だとおっしゃっていました。博識なかたで、わたくしが蓮だと知ると、蓮を美人の顔になぞらえた漢詩を教えてくださいました。『芙蓉《ふよう》は面の如《ごと》く、柳は眉の如し――』古くは蓮を芙蓉といったのだそうでございますね。甚六さまのお話は面白うございました。甚六さまがお帰りになるとき、わたくしは片袖をちぎってお渡ししました。それは外に出ればただの花びらに変わってしまいますが、持っていればまたここに来ることができる印なのです」

お菅さまには叱られました、と十六夜は微笑した。

「迷い込んだ者を歓待はしても、呼び込んではならぬと。ひとと我らは違うのだから、偶《たま》さかの出会いを楽しみはしても、親しんではいけないのだと。――それでもたびたび、わたくしは甚六さまとお会いしました。甚六さまは、わたくしに名をくださいました。ただ『蓮』というのではなく、わたくしだけの名で呼びたいとおっしゃって。夜、月に照らされた庭でのわたくしの姿を甚六さまはご覧になったことがあったそうで、その晩が十六夜だったからと、その名をくださいました。甚六さまとおなじ『六』も入っておりますから、わたくしも気に入りました」

十六夜は言葉を切り、細く長い息を吐いた。疲れたようだ。しばらく目を閉じて休んだあと、ふたたび目を開け、話を続けた。

「失った記憶はいくつかございますが、甚六さまのことで失った思い出は、たったひとつでございます。――お別れのときのことです」

お別れ、と光一はつぶやいた。

「季節がひと巡りしたころ、甚六さまは八重樫の家を出て、職に就くことになりました。尋常小学校の先生になるのだと。書生でなくなっても八重樫の家を訪れることはできましようし、二度と会えないわけではございませんでしたが、わたくしは片袖を返していただきました。どうであれ、わたくしは甚六さまのおそばにずっといられる身ではございません。お菅さまの叱責《しっせき》が、ようやく身に沁みたのでございます。それから――」

十六夜はふつりと言葉をとめた。まばたきをして天井を見ている。

「……それからの記憶が、途切れ途切れになっているのでございます。甚六さまは……最後にわたくしに何かをくださったように思うのです。ですが、それが思い出せません。ふたりのあいだの約束だとおっしゃっていた――はず……。『半分こしよう、約束だ』、そうおっしゃったのです。でもそれがどういうことなのか、まるで思い出せないのです……」

十六夜は光一のほうに顔を向ける。不安げな顔だった。

「わたくしがお話しできるのは、これぐらいです。甚六さまがおっしゃったことの意味が、ひとであるあなたさまなら、何かおわかりになりますか?」

光一はうなった。――わかるわけがない。が、十六夜も咲もすがるように光一を見ている。

「……『半分こしよう、約束だ』というのが、佐久間甚六が口にしたとおりの言葉なんだな?」

「さようでございます」

「何かを半分にして、君にあげた。もう片方は甚六が持っている。そういうことかな」

十六夜は力なく首をふった。「わかりません」

「……正直、いま聞いた話では俺にも答えはわからない」

十六夜は目をつむり、咲は絶望的な顔をした。そんな反応をされても、わからないものはわからない。そう言ってしまえば楽だが――。

横たわる十六夜の削《そ》げた頬や、薄い肩を見ていると、どうにも喉《のど》がふさがるような思いがした。死を迎える直前の父が思い出されて。

「ただ」

気づくと、言葉を続けていた。

「ただ、うちで書生をしていたのなら、そのひとについていくらか調べられることはあるかもしれない。それによって、彼の言葉の意味がわかる可能性も」

あるだろうか？　言いながら、望みは薄いと思っていた。下手に期待を持たせるのも酷だろう。だが、わかるかもしれない。それはほんとうのことだ。

「……まことでございますか？」

紙のような顔色だった十六夜の頰に、ほのかに血の気が戻った。命の熾火《おきび》がぽっと燃えあがったように思えた。

「たぶん、消息はわかる。でも、それで君が求めている答えまでわかるかは不明だ。ひょっとしたら、くらいの可能性だと思っておいてほしい」

名前もわかっているし、八重樫家の書生で、分家の村出身で、尋常小学校の教師だったなら、消息をたどること自体はそう難しくない。何せこちらは探偵である。

十六夜は微笑を浮かべてうなずいた。

「ありがとうございます。じゅうぶんでございます。——それでは、お早くお戻りくださいませ。わたくしの長話で時間をとってしまいました。そろそろ刻限でございます」

「刻限？」光一が問うと同時に、「あっ」と咲が声をあげた。あわてたように立ちあがる。

「いけない、コーイチ、急いで」

「え？」

戸惑う光一の腕を咲は引っ張り、無理やり立たせる。「いいから、走って！」と光一の腕を引き、駆けだした。襖を開いて、次の間に飛びこむ。そのまま座敷を突っ切り、襖を開ける。来たときにくり返したことを、今度は逆方向にやっている。走れというのだから、光一はおとなしくそれに従った。ここでは咲に従うのが無難《ぶなん》である。

座敷を抜けると、広縁を飛び降りた。靴がないので、敷きつめられた砂利が足の裏に痛い。しかし、靴は、と言いだせる様子ではなかった。咲は焦っている。見るともなく空を見た光一は、驚いた。

「——夕陽？」

朱色の夕陽が築地塀の向こうに沈みかけている。西の空が燃えるように輝いて、東のほうはもうひんやりとした菫色《すみれいろ》だ。

——おかしい。ここに来たのはまだ昼前だったはずだ。

陽が沈むほどの時間はどう考えてもたっていない。そして、陽が沈むからといって、咲はどうしてこうも焦っているのか。

「ここの時間は……外とは、違う、から……」

走りながら、咲は言葉を紡ぐ。

「陽が沈んで、しまったら……帰れない」

なんだって。

「門が閉まる前、に……出ないと」

行く手に城門が見えている。扉は閉まりかけていた。それを門番が押し戻している。

「姫様、お早く！」

咲に手を引っ張ってもらっている場合ではない。光一は咲を抱《かか》えあげると、全速力で走った。

「門を出ればいいんだな？」

「そう、外門までわたしをつれていって」

城門は内門と外門の二段構えである。光一は咲を抱えたまま、閉じかけた内門の向こう側に飛びこむ。直角の位置に外門があり、光一はそこまで走った。辺りは藍色を帯びて薄暗い。陽はほとんど沈んでいた。ひとひとりが通れるかどうか、というくらいまで門は閉じかけている。光一はまず足を入れた。閉まりかけた扉を肩でとめる。咲を抱えていたことを思い出し、体をずらそうとすると、「わたしはここまでだから」と口早に言って、咲は光一を突き飛ばした。腕から咲の体が離れる。あっ、と思ったときには、光一は門の向こう側にうしろざまに倒れこんでいた。

一瞬、目の前が真っ白になる。強烈な夏の陽をうっかり見あげてしまったときのようだった。

「いっ……てえ……」

腰をしたたかに打ちつけていた。しばらく悶絶《もんぜつ》したあと、ようやく痛みが引いて起きあがる。目の前に関守石があった。顔をあげると、庭の高麗門がある。扉はきちんと閉じて、閂もかかっていた。

光一は頭をかきながら立ちあがる。辺りを見まわすと、古びた高麗門に木賊《とくさ》の生け垣、外濠。変わらぬ庭の入り口の風景だ。光一は息をついた。

──まさか、寝ぼけていたわけじゃないよな。

そんな思考を読んだように、ジーンズのポケットに突っ込もうとした手が痛んだ。見れば、ポケットに花をつけた木の枝が入っていた。引き抜くと、棘《とげ》がある。これが指を傷つけたのだ。鮮やかな緑の葉に、枝先にぽつりぽつりと咲く可憐《かれん》な一重の白い花。

野茨だった。

光一は門を見あげる。

「……わかったよ。ちゃんと調べるから」

庭に向かってそう告げると、太鼓橋を渡って前庭に戻る。白い陽がのぼり、足もとに薄い影を落としていた。朝方の清々しい陽光だ。

光一はぴたりと足をとめる。空を見あげた。太陽はまだ中天にはほど遠い。朝の陽。咲につれられ、庭に入ったのは昼前だった。城の時間は外と違っていて、あっというまに夕方になった。では、いまのこの朝陽《あさひ》は？

「おおい、光一。そっちにいたのか」

玄関のほうから周平が手をふり、やってくる。光一は野茨の枝をジーンズのうしろポケットに挿しこんだ。

「早起きだな。昨日はどこ行ってたんだ？」

「昨日？」

「いなかったろ。車は置いてあるから、近くを散歩でもしてるのかと思って待っててもいっこうに帰ってこないし、電話も通じないしさ」

それで心配して、朝から訪ねてきたという。出勤前だそうだ。

「……今日って、何日？」

「寝ぼけてんのか？　五月二十九日。火曜日だよ」

翌日になっている。咲がやってきたのは二十八日の月曜だった。つまりあの城に滞在していたのがすこしの時間に思えても、こちらでは一昼夜たっているのだ。

ふと、佐久間甚六のことを考えた。彼はたびたびあの城へ行っていたようだが、そのたびいまの光一のように、一昼夜行方知れずという事態になっていたのだろうか。書生がそれでは、問題になる気がするが——だから一年たって家を出されたのだろうか？

いろいろと疑問がわく。だが、ともかくまず調べるのは佐久間甚六の消息である。

「――周平さん。この家に書生さんがいたころっていうと、いつだろう」

「は？」

周平は目を丸くした。「なに？　書生？」

「そう」

「いきなりそんなこと訊かれてもな……いたことあんの？　いたのなら明治とか大正とか、まあ戦前までじゃないのか？」

「聞いたことはない？」

「さあ」と周平は首をひねる。「大叔母さん辺りなら知ってるかもしれないけど」

昔のことなら、やはり親戚の年寄りたちに尋ねるのが早いか。気がすすまないが。

「それか、アルバムに残ってないかなあ」

「アルバム？」

「書庫にあるぞ。こないだもちょっと言ったろ。家族写真とか、屋敷や庭の写真とか、古いやつ。たしか、大正のころのじゃなかったかな。書生がいたなら、写ってるんじゃないか？　――あ、まずい。遅刻するかも」

腕時計を見た周平は、じゃあな、とあわただしく去っていった。勤務先の役所とは逆方向なのに、わざわざ来てくれたのである。実はそうとう心配しているのかもしれない。

――周平さんは、あの城のことはまるで知らなそうだな。

では、父は？

〈庭に誰も立ち入らないこと〉。――なぜ、そんな言葉を遺したのだろう。父は知っていたのだろうか。あの庭に、あんな秘密があることを。

光一は屋敷に戻り、洋館の二階に向かった。もともと昨日は書庫で庭について調べるつもりだったのだ。階段をあがろうとして、ジーンズのポケットに挿しこんだ枝を思い出した。竹の花入れがあったはず、と納戸《なんど》のなかをさがして持ってきたものの、生け方など知らないのでただそのまま入れた。祖母は古銅や色鍋島《いろなべしま》など値の張る骨董《こっとう》の花入れに生けた花で屋敷中を飾ることに余念のないひとだったが、父はそれを好まず、祖母の死後、花器のたぐいはすべて納戸にしまいこんでしまった。切り整えた花よりも、庭に咲くままの花が好きだったのだ。

ついでに台所でコーヒーを淹れる。たちのぼる香りをかぐと、急に空腹を覚えた。一昼夜、飲まず食わずだったことになるのだろうか。ふと見るとチョコレートや菓子パンのたぐいが調理台の上に置かれ、冷蔵庫を開けると惣菜《そうざい》や卵、納豆に野菜ジュースといった品々がつめこまれていた。どうやら周平が買ってきてくれたものらしい。あとでよくよくお礼を言わねばならない。

調理台にもたれかかり、メロンパンの封を開ける。懐かしいパンだった。子供のころ、家政を取り仕切っていた祖母はスーパーの安価な菓子も菓子パンも蛇蝎《だかつ》の如く嫌っていたので、家のなかでは目にすることもほぼなかった。が、周平は母親の怒りもどこ吹く風で、お気に入りのこのメロンパンを買ってきては光一にもわけてくれたものだった。父は――父はおそらく、光一がこのパンを好んでいることも知らなかっただろう。

メロンパンとコーヒーの簡単な朝食を終えて、光一は洋館の二階にあがる。書庫は昔と変わらず古い本特有のかびくさいにおいがした。窓を開けて風を通す。本の保護のためだろう、日当たりの悪い部屋で、薄い明かりに埃《ほこり》が舞っていた。光一は端の棚から順に本の背表紙を眺める。職業柄、医学書が多い。ひび割れた革張りのドイツ語の古書や、『瘍科《ようか》新選』『内科秘録』といった和本の医学書もあれば、本草学の本なのだろう、植物図鑑のようなものもある。和本は傷まないように巻《ま》き帙《ちつ》に収められていた。芯《しん》に厚紙が入った布張りの保存装具である。光一は巻き帙の背に『花畠御殿本草図譜』という題字のあるものを見つけた。花畠御殿――三日月邸の古称だ。帙の小鉤《こはぜ》を外して開き、和綴じの本をとりだす。めくってみると、帳面に望城園のさまざまな植物が手描《てが》きしてある。父の描いていたスケッチ帳のようなものだ。ただこれは彩色も見事で、絵の横には生薬《しょうやく》としての効能などが記されている。あとでゆっくり見よう、とそれを棚に戻し、アルバムをさがす。

「……これかな」

光一は棚からスケッチブックくらいの大きさの帳面を引き抜いた。表紙を開くと白黒写真を貼りつけたページが出てくる。いまのような固い台紙にフィルムを重ねるようなアルバムではなく、スクラップ帳のように紙に直接写真が貼りつけられていた。撮ったひとかあるいは整理したひとが几帳面だったのか、写真はきっちり並び、細かな字で説明も添えられている。紙は茶色く変色してところどころ虫食いもあったが、写真はきれいなものである。光一は一ページずつ丁寧に確認していった。写真に年月日が添えられているのが助かる。アルバムの写真は大正十二年からはじまっていた。八重樫家の当主が高祖父だったころで、写真を撮ったのは曾祖父《そうそふ》らしい。家族の集合写真からはじまり、晴れ着姿の妹を撮ったもの、庭や屋敷を背景に撮ったもの、旅先の写真などというのもある。最初の集合写真には書生らしき人物も写っていたが、佐久間甚六ではない。写真の添え書きに写っている人物の名前がきちんと記されているのだ。万年筆で書かれた文字は女性の手蹟《しゅせき》らしく見える。高祖母辺りが書いたものだろうか。文中に甚六の名が出てこないか注視しながら、ページをくる。たびたび家族写真が出てくる。ほぼ年に一度の頻度で撮っているようだ。

その写真も、家族写真だった。屋敷を背に、二列に並んでいる。昭和四年の但し書き。写っている人々の名も記されている。そのなかに、《佐久間甚六》の文字があった。人物と照らし合わせてみると、二列目の端に立っているのが彼らしい。寄り添う家族たちとはほんのすこし距離をとって、控《ひか》えめに立っている。絣《かすり》木綿に袴姿で、かしこまった表情ながら、親しみやすい温厚そうな顔立ちだ。眼鏡をかけた目が聡明《そうめい》そうな光をたたえていた。

べつの写真もあった。甚六が小さな祠のかたわらに立って、はにかんでいる。これは――庭の祠だ。野茨のそばにある祠。《大風で壊れた祠を修繕してくれました》との文が添えてある。その横に壊れた祠の写真もあった。屋根も扉も吹き飛び、ほとんど土台の石垣が残っているだけだ。修繕というより、建て直しであろう。新たな祠はこぢんまりとしてはいるものの、ちゃんとした造りである。甚六は大工《だいく》の心得でもあったのだろうか。

翌年以降の家族写真に甚六は写っていない。写真のみで判断するなら、甚六が書生をしていたのは一年前後のようだ。

光一はアルバムを閉じると、ふたたび書棚の前に立った。アルバムはほかにもあるが、用があるのはそれではない。光一は一冊の本を手にとった。函《はこ》に入った布張りの本である。金字で《森小学校百周年記念誌》とある。光一も通った地元の小学校の創立百年を記念して作られた私家本だ。創立からいままでの沿革とともに、卒業生の記念写真がかなり古いものからおさめられている。この地域でこれほど歴史のある小学校はここくらいだ。甚六が教師として勤めるとしたらこの学校だったのではないか、というのは十六夜から話を聞いた時点で思っていた。

函から本をとりだし、ぱらぱらとめくる。校長のあいさつ、市長、教育委員会教育長の祝辞。記念式典の写真。この辺はどうでもいい。学校の沿革年表。創立は明治九年。二十三年に尋常小学校と改称。その後、統廃合があったり、国の教育制度がたびたび変わったり戦争があったりと紆余曲折《うよきょくせつ》を経《へ》つつも無事現在に至る。なるほど。光一はページをめくっていた手をとめる。

卒業生の名簿と集合写真が載っているページだ。昭和六年の尋常科の写真。写っているのは、絣の着物に学生帽をかぶった少年たち、銘仙らしき華やかな柄行《がらゆき》の羽織に身を包んだ女生徒たち。それら生徒たちがずらりと並ぶ最前列には、教師と見られる男性たちが三《み》つ揃《ぞろ》いのスーツ、あるいは羽織袴姿で座っている。そのなかに見覚えのある顔があった。甚六である。やさしげな風貌《ふうぼう》はそのままに、髪をきっちりとうしろに撫《な》でつけ、いかにも一張羅《いっちょうら》といった着慣れないふうで三つ揃いに身を包んでいる。ネクタイがやや曲がっているのは愛敬《あいきょう》というものだ。

やはり、この小学校の教師になっていたようだ。さらにページを行きつ戻りつして、光一はまたべつの箇所で指をとめた。

歴代校長が在任期間とともに紹介されている。写真が現存するものは写真も載っている。光一の目がとまったのは、第十九代の校長のところだった。在任期間は昭和三十七年から四十三年まで。写真は眼鏡をかけてやわらかく微笑した、髪が半白になった男性だ。名前は《佐久間甚六》。――校長になっていたのか。年代からいって、定年を前に校長として戻ってきたのだろう。

校長だったなら、しめたものだ。この狭い片田舎《かたいなか》でつながりをたどるのは難しくない。光一はまず檀那寺《だんなでら》に電話をかけた。父の葬儀でも世話になった寺で、檀家《だんか》総代の八重樫家とは昔から懇意だ。光一も住職には子供のころからかわいがってもらった。住職ならば顔が広い。

「小学校の校長だった、佐久間先生?」

少々耳が遠くなっている住職に、光一は佐久間甚六を知らないか訊いてみた。在任期間を計算してみると、若干、父が在校生だった時期と重なっていたので都合がいい。

「父が小学生のころ、校長だった先生なんです。お世話になったそうなので、親族のかたがいらしたら喪中葉書だけでも出しておきたいと思いまして」

「ああ、知らせは出しておくといいからなあ」

長年の読経のせいかしわがれた声で住職は言う。「お父さんには世話になったひとがたくさんいるだろうから、線香だけでもあげたいってひとがこれからもきっと訪ねてくるよ」

人徳だねえ、うん、などと感心したように言っている。

「それで、佐久間先生の親族のかたをどなたかご存じじゃありませんか?」

「佐久間先生ね。うちの上の子が通ってたときの校長先生かなあ。そのとき私がＰＴＡの会長をやったことがあってね。たいへんだったなあ。そういえばあのときの校長はやさしい先生だったなあ。あのひとかな?」

「佐久間先生のこと、ご存じなんですか」

「うん、そう、たしか、あの先生だと思うんだけどなあ……どうだったかなあ……」

どっちだ。

「まあいいか」と住職はあっさり思い出すのを放棄する。せっかちなので、すぐに思い出せないといやなのだ。「なに、親族の住所って言ったかな。親族ねえ。校長先生の」

知ってたかなあ、とぶつぶつ言いながら住職は電話台の住所録やらメモ帳やらをひっくり返しているらしい。横合いから「ほら、お義父《とう》さん、これじゃありませんか」と声が聞こえる。寺のお嫁さんの声だ。「岩長《いわなが》の佐久間さんのとこでしょう。ここに載ってますよ。佐久間甚六先生のご親族」「ああ、ほんとだ。ああ、岩長の甚六先生ね」という会話がやや遠くに聞こえる。すぐに住職のしわがれ声が響いた。

「あったよ、あった。甚六先生のことだね。ほら、たしか、いつもお気に入りの扇子《せんす》を持ってた先生だ。それ片手にいつもにこにこしててさ。いい先生だったよね、うん。うちの子が同級生とケンカしたときもさ、あの校長先生が話を聞いてくれてねえ」

住職はせっかちなわりに自分の話は長い。甚六の話が聞けるかと思いきや、ひとしきり子供が小学生だったころの苦労を聞かされた。ようやく親族の住所を聞きだせたのは、ふたたび有能なお嫁さんが口を挟み、電話を代わってくれたからである。彼女の実家近くに岩長という集落があり、そこの住人の苗字は九割がた佐久間だという。そこから校長になった人物がいたのを覚えていたので、すぐわかったそうだ。ありがたい。岩長のある町は市内でも港のほうで、親族というのは甚六のすぐ上の兄の息子——つまり甚六からすると甥《おい》だった。

電話をしたら喉が渇いたので、台所へ行って周平が買ってきてくれた野菜ジュースを飲む。飲みながら洋館の応接室に向かった。そこのテーブルに、野茨を挿した花入れを置いてあった。長椅子に腰をおろして、白い花を眺める。葉の緑の濃さに比べて花は小さく薄く頼りないほどで、棘があるのが安心なようでもあり、アンバランスで不安を掻き立てるようでもあった。

花に目を据えたままジュースを飲みきると、パックをゴミ箱に捨てて光一は前庭に出た。そのまま太鼓橋のほうに歩いてゆく。相も変わらず橋の先には関守石があり、門の扉には門がかかっている。光一は太鼓橋を渡り、関守石をまたいで扉の前に立った。門を外して、扉を押し開ける。その向こうに見えるのは、まぶしいくらいの新緑だった。光一は門の前にたたずみ、庭の木々を見まわす。足を踏みだすことに、抵抗があった。咲を追いかけたときは、子供を放っておくわけにはいかなかったから、細かいことは考えずになかに入った。だが、ひとりで入ろうと思うと体がこわばる。なぜだろう。父の言いつけがあるからか？　違う気がする。もっと根本的な、恐れだ。

光一はひとつ息を吐き、足を踏み入れた。ここでじっとしていてもしかたがない。庭でたしかめたいことがあるのだ。

梶や槙の木々の下を過ぎ、野葡萄のかたわらを通り、濠に沿った園路を進む。木々や草花のあいまに、鶴亀《つるかめ》かなにかを象っているのだろう、大小の岩があり、苔むして侘びた風情の石灯籠《いしどうろう》があった。しばらく行くと木賊《とくさ》の生け垣と内濠が見えてくる。本丸を模した小島とのあいだに木橋がかかっていた。小島にあるのは、松と野茨、小さな祠だ。

光一は木橋を渡り、本丸に入った。ふり返ると、二の丸よりこちらのほうがすこし高い。庭のもとになった城、梶坂城が小高い丘陵地だった森を切り拓《ひら》いて造られた平山城だからだ。本丸に行くにつれて高くなる。それを再現しているのである。

天守の位置には祠。それに寄り添うようにあるのが、野茨だった。光一の背丈ほどにも生い茂った野茨は、葉が混《こ》みあって翳を作り、奥まで見通せない。小さな一重の花の白さが痛々しいほど冴えている。

光一は祠に近づいた。写真で見たとおりの祠だ。甚六が修繕して以降、手を加えられてはいないらしい。光一は身をかがめて、小さな祠を検分した。木製なので雨風にさらされて傷みはあるが、腐っている箇所もなく、まだまだ壊れそうにはない。しかし、正面の扉にとりつけられた金具が錆《さ》びている。これでは扉を開けるのは難しいかもしれない。切妻《きりづま》屋根にはなんの飾りもなく、あまり祠らしくなかった。祠というより、小さな家のような雰囲気だ。扉の上部、屋根の妻部分はぽっかりと空間があいており、そこから容易になかが見えそうだった。のぞきこもうかと思ったが、やめておいた。祠のなかなど、のぞくものではなかろう。そういえば、修繕前の写真のあの壊れっぷりはひどかったが、なかに納められていたご神体は大丈夫だったのだろうか。

裏手に回ると、背面に家紋の飾りがあった。三日月形に刳《く》り貫《ぬ》いたところに、ガラスが嵌《は》めてある。洒落ている。祠に洒落っ気が必要なのかどうかは知らないが。甚六の趣向なのか当主の趣向なのかわからないが、このまま残されているのだから、当主の意には沿っていたのだろう。

光一は祠のうしろに立ち、内濠を見おろした。その一帯にちょうどたくさんの蓮が水面を埋めるように葉を広げて――いたはずなのだが。

辺りの蓮はほとんどが葉を落とし、折れ曲がった茎が水上に突き出ているだけだった。ぽつりぽつりと数えるほどしか残っていない葉も、縁から枯れはじめている。もちろん蕾などひとつもない。無惨なありさまだった。

光一はポケットから携帯電話をとりだすと、カメラを起動させて蓮の様子を写真に収めた。長年この庭園の管理を任せている庭師に、枯死をとめる手立てはないか相談してみようと思ったのだ。水面に陽光が反射して、さざなみが立つのに合わせて揺らめいている。

祠の嵌めガラスを透かして、三日月形の光も落ちていた。きれいだ。

何枚かの写真を撮り終えたとき、かたわらで声がした。

「コーイチ、それはなに?」

ふり返る。咲が野茨のそばに立っていた。前とおなじ、上から下まで白い服装だ。

「……急に現れるんだな」

驚いて、携帯電話を落とすところだった。咲は小首をかしげる。

「ずっと前からいたのに、コーイチが気づかなかったのよ」

光一は咲の顔を眺める。ふと疑問がよぎった。「そういえば、君はこうしてこちら側に現れるけど、ほかの――たとえばあのお菅さんとか、十六夜とか、みんなもそうなのか?」

咲は首をふった。

「ううん。わたしだけ」

「どうして」

「知らない。――ねえ、それはなに？　って訊いてるのに」

光一の問いを興味なさそうに跳ねつけるいっぽうで、咲は好奇心に満ちた目で携帯電話を見ている。

「これは、……携帯電話ってわかるか？」

咲はきょとんとする。「携帯？『でんわ』ってなに？」

そこからか、と思う。光一は腕を組み、「カメラは？」と問いを変えてみた。

「カメラは知ってるわ」咲は胸を張って答えた。「これまで、この庭を撮っているひとが何人かいたのよ。変な箱みたいな形の。それがなんだかわたしは知らなかったけど、コーイチが教えてくれたんじゃない、カメラっていうんだって。コーイチもカメラを見せてくれたわよ。それまでのひとが持っていたものよりずっと小さかった」

「俺が？」

覚えがない。カメラを手にここに来たことがあるのだろうか。たしかに子供のころ、家にあるカメラに興味を示していじりまわし、その辺のものを手当たり次第に撮っていたことはあった。子供の触るものじゃないと祖母に怒られてとりあげられたが。父もそうして祖父のカメラを持ちだしていじっていたことがあったうえ、分解して壊してしまったそうで、祖母は光一もそんな真似をしでかすのではと警戒していたのだった。

「それもカメラなの？　うんと小さくなったのね」

「ああ……」まあその理解でいいか、と思い、光一は写真画面を見せる。

「蓮を撮ってたんだ。庭師に見てもらって、どうにかならないか相談しようかと」

咲は鮮明な画像に驚いた様子で目をみはっていたが、光一の言葉に表情を曇らせた。

「十六夜は……」静かに首をふる。「あのね、土がもうだめなの。大雨で土が流されて変わってしまったから、新しい根が出ないの。傷ついただけなら、すこしずつ治っていったかもしれないけど……」

「……一応、相談だけしてみるよ」

沈痛な表情の咲を前に、光一はとりあえずそう言うしかなかった。咲は弱々しく笑う。

「ありがとう。コーイチはやっぱりやさしいね」

咲は顔を濠の向こう、松の木が生い茂る林に向ける。

「でも、いつか枯れて、土に還《かえ》って、それがわたしたちの求めるものでもあるの。お別れはさびしいけど、それでようやくわたしたちはあのお城から出られるんだから」

「え？」

「だから、十六夜がいなくなるのは、わたしにとってはさびしいけど、喜ばしいことでもあるの。でも、思い出だけはとり戻してあげなくちゃ。それがなかったら、十六夜は『あ、よかった』って消えてゆけないもの」

だからお願いね、と咲は光一を見あげる。

「……努力する」

「うん」

光一は身をかがめ、咲のふたつにくくった髪に手を伸ばした。

「これ、ほどけかけてるぞ」

片方の白いリボンがゆるんでいる。サテン生地《きじ》だから、すべりがよくてゆるみやすいのだろう。光一が端をつまむと、しゅるりとほどけてしまった。ゴムでくくっているわけでもなく、リボンを直接結んでいただけのようだ。

「いつも虎《とら》に結んでもらうのだけど、あまり上手でないの。あの子はリボンなんてよく知らないものだから」

「トラ？」

「女中なの。丘虎《おかとら》の尾《お》」

ああ、と納得する。その名のとおり、しっぽのように花の房が垂れ下がる植物だ。二の丸のどこかに群生していた記憶がある。

「これをきれいに結ぶのは、慣れてても難しいと思うぞ。ゴムでくくってからリボンをかけたほうがいいんじゃないか」

言いながら、光一はリボンを結んでやる。咲の髪もやわらかくすべるし、リボンもつるつるとすべるしで、苦戦した。

「ごむ？」

「ヘアゴム。……うちにあったかな。今度やるよ」

「ほんと？　うれしい」

咲は顔を輝かせる。ゴムくらいで、と思う。何気なく言ったことをあまりに喜ばれると、妙にきまりが悪い。

なんとか結び終えたリボンは形がゆがんでいた。難しい。

「虎に結び直してもらえ」

「ううん、いい。ありがとう」

咲はうれしそうだ。

「このリボン、覚えてる？　コーイチがくれたのよ。髪をくるといいって」

——覚えていない。

しかしそう口にするのも気が引けるくらい、咲は喜んでいた。子供のころのことはいえ、記憶があやふやすぎる。幼いころの記憶というのは、こんなものだろうか。どうしてこんなにも忘れているのだろう。たしかにこの庭を散策し、咲と遊んだ覚えもあるのに。

——思い出したくないことがあるのだろうか。

「コーイチ？」

硬い表情の光一に、咲は首をかしげている。光一は自分への疑問はいったん頭の外に追いだした。

「十六夜に頼まれたことは、もうすこし調べないといけない。彼女は待てそうか？」

咲は神妙な顔でうなずいた。「夏まではもたないと思うけれど……」

「わかった」

短く答えて、光一は橋に足を向ける。

「お城に来たいときは、わたしの枝を持って門をくぐって。そうしたら、入れるから」

光一は再度「わかった」と答えて、橋を渡った。それから足早に二の丸を抜け、庭の出入り口である高麗門をくぐる。その足で光一は庭師の家に出かけることにした。隣町にある庭師のもとへは、車でほんの五分ほどだ。

車庫から車を出して、センターラインも路側帯もない細い道をゆっくりと走る。道は背の高い槙の生け垣に挟まれて、どこか薄暗い。生け垣の向こう側は、敷地のだだっ広い、古くて大きな家屋敷が多い。だいたいが昔からここに暮らす農家である。八重樫の家が花畠御殿と呼ばれていた藩主の別邸であったころからだ。過去帳をたどれば江戸前期にまで遡《さかのぼ》る。八重樫家とのつきあいも古く、いまは趣味程度の兼業農家になった家も多いものの、それでも作った米や野菜を八重樫家に届けてくれる。父が亡くなったあとも『先生には世話になったから』と光一のもとに野菜を持ってきてくれるが、医者だった父と違い、光一は何を返せるわけでもないので心苦しくもある。医院の看板を外し、探偵事務所などという胡乱《うろん》な看板をかかげた光一を、彼らが内心どう思っているのかは知らない。その彼らの田畑が広がる一帯を過ぎ、橋を渡ると隣の集落だ。

この辺りの集落はかつての村単位で固まっている。村ひとつに寺がひとつあり、まわりは田畑に囲まれているというのがお決まりだ。四つ辻には道祖神《どうそじん》が祀《まつ》られていて、お供え物も欠かさない。槙や山茶花《さざんか》の生け垣が迷路のように続く道を通り、光一は一軒の家の前で車をとめた。きっちりと剪定《せんてい》された槙の生け垣に囲まれた家だ。生け垣も、伸び放題にしている家もあれば、枝がぴょこんとところどころ飛び出ている家もあるし、一角が枯れたままの家もある。山茶花が咲く時季などは、散った花を道にそのまま放置する家もあれば、几帳面に掃除する家もある。家主の性格が出るようで、気をつけて見てみると面白い。

この家の生け垣がどの角度から見ても整然と美しいのは、庭師の腕のよさを物語っていた。庭仕事を頼むために訪れた者ならば、生け垣を見ただけで安心するだろう。門はなく、敷地に入ってすぐ左手に庭が見える。丸く刈りこまれた躑躅《つつじ》の奥に、梅《うめ》と老松《おいまつ》が趣《おもむき》のある枝ぶりでたたずんでいた。玄関近くには背の低い棕櫚《シュロ》の木があり、ゆるい風に吹かれて葉擦れが雨垂れのような音を立てていた。

玄関の大きな表札に、《西矢《にしや》》という苗字といくつかの名前がある。住人の名前をすべて記してあるらしい。そこから察するに二世帯が暮らしている。光一が訪ねようとしている庭師は、先頭に書かれている《義雄《よしお》》氏だった。

家を出る前に、庭のことで相談したいと電話を入れてある。蓮の件が第一だが、父の遺言のこともあるので、今後の庭の世話についても話をしなくてはならない。インターホンのたぐいがないので、直接声をかけようと光一は玄関の引き戸に手をかけた。

「あんた、八重樫の家の息子だね」

横合いから突然声をかけられて、はっとそちらを向く。ひとりの老婆が縁先に立っていた。八十代も後半くらいだろうか、手ぬぐいを姉さん被りにして、木綿の割烹着《かっぽうぎ》を着ている。よく日に焼けた顔には深い皺《しわ》が刻まれ、垂れ下がった瞼《まぶた》に目が埋もれていた。両手をうしろに回して胸をそらしているのは、曲がった腰を伸ばそうとしているからのようだ。彼女は細い目で不審そうに光一をじろじろと眺めている。

「——八重樫光一です。あなたは？」

光一は老婆に向き直った。表札からすると、この家に暮らしているのは六十代の義雄氏を筆頭に、彼の妻、息子夫婦と孫の五人と見受けられた。この老婆は誰だろう。

「義雄はまだあの庭の世話をしてるんだね。やめろと言っても聞きやしない。あの子の父親もそうだったよ。あの庭は人喰《ひとく》いの庭だって、あたしがいくら言ったって聞かなかった」

老婆は誰何《すいか》には応《こた》えず、ぶつぶつと文句をつぶやいている。耳が遠いのかもしれない。しかし——『人喰いの庭』？

「あんたは八重樫のだんな様の若いころそっくりだ。すぐわかったよ。あのひとはもっとおしゃれで、ちゃんとした格好をしていたけどね」

光一は昨日の服のままである。一日たったという感覚がないので、着替えていない。さすがにジーンズでよその家を訪ねるのはまずかったか。

「伯母さん！」

あわてたような声が縁側からした。六十代くらいの男性が座敷を出てきて、縁側をおりてくる。歳のわりに身のこなしが軽い。小柄《こがら》で痩身だが、下顋がふっくらとしているので貧相な感じはしない。垂れた細い目が老婆と似通っていた。彼は西矢義雄だ。庭師として八重樫家に来た彼と何度か会っているので、光一も見知っている。

「いつからここに？　八重樫さんに何か失礼なこと言ってないだろうね？」

「義雄、あんたはまだあの庭に出入りしてるんだね。だめだって言っただろう。あの庭は——」

「わかったから、それはあとで聞くから」

義雄は光一に申し訳なさそうに会釈をしつつ、老婆を向こうへと押しやる。そちらには古い納屋のような小屋があるが、その奥が裏の出入り口になっているようだ。老婆はまだぶつぶつ言いながらもそちらへ歩いていった。腰は曲がっているが、足どりはしっかりしている。

「すみません。父の姉なんですが、近所に住んでまして」

義雄は汗でもかいたのか額をぬぐい、ふうと息を吐く。

「父はもう五年も前に亡くなりましたが、ときどき畑でとれたものを手みやげにやってくるんです。だいぶ耳も遠くて、会話にならないんですが……何か失礼なことを言いませんでしたか。最近は変なことをよく言うもので」

「いえ」

光一はかぶりをふった。人喰い云々《うんぬん》は気になるが、年老いた伯母の言動に手を焼いている義雄にわざわざ訊くのも悪い気がした。

「じゃあ、どうぞなかへ」

義雄がすすめるのを、光一は縁側でもいいかと頼んだ。

「こちらのほうが、庭がよく見えるので。いい庭ですね」

義雄は破顔した。目がさらに細く垂れる。ひとのよさそうな笑顔だ。

「先祖が造った庭です。八重樫さんのお宅の庭とは比べものになりませんが、私もいい庭だと思いますよ。家のほうは新しく建て直しましたが、庭は昔のままです」

すすめられた座布団に腰をおろし、義雄の妻が運んできた茶を飲む。ひと息ついたところで、「庭のことなんですが」と切り出した。

「先生からお聞きしてますよ」

光一が話すよりさきに、義雄は委細承知しているようにうなずいて言った。医者だったために、だいたいどこでも父は『先生』と呼ばれている。

「あの庭の管理はやめてしまうんでしょう。もったいないですが、私らがお客さんの決めたことにどうこう口を出すことじゃないんで」

「前庭はこれまでどおり、西矢さんに世話をお願いすると思いますが」

「ええ、そちらはもう、きちっとやらせてもらいます」

「どうして父は、庭への立ち入りを禁じたんでしょう。聞いてますか？」

「先々の管理が大変だから、と聞きましたよ。たしかにねえ。あれだけの庭、維持管理するだけで大変ですよ。自分の代だけならともかく、子供やら孫やらの負担を考えるとね。ほんとはつぶして、更地にするところまでやりたかったのかなあ」

それなら遺言でそこまで書くのでは、と光一は思った。父が遺した言いつけは、庭に誰も立ち入らないこと。ようは、放棄だ。打ち捨てて、荒れるにまかせよ、ということだ。

光一は義雄の様子を横目に見やる。庭師というと職人気質なのかと思いきや、彼はひとあたりのいい商売人という感じだった。あの庭の世話を放棄することに関しても至極あっさりしたものだ。――あっさりしすぎている、という気がしなくもないが。

それをいま追及してもしかたないか、と光一はポケットから携帯電話をとりだした。蓮の写真を義雄に見せる。

「電話でも言ってた、蓮のことなんですが……」

写真を見た義雄は渋い顔をした。

「ああ、これは……ひどいなあ」

「大雨で茎や根が傷ついて、土も流されてしまったようなんです。再生は難しいでしょうか」

「どうでしょうねえ。今年はもう無理だろうし、これじゃ種もできないだろうし……まだ残ってる根茎をとって植え替えて育てて、また戻す、という方法はとれるけど、戻したところで根本的に環境が変わってたら根付かないでしょうし。琵琶湖《びわこ》の蓮が突然、枯死したのを知ってますか？　あれだって専門家があれこれ調べても、結局助けられなかった」

表情も口ぶりも芳《かんば》しくないところからすると、やはり助けるのは難しいようだった。

「それに、先生との約束では――」

庭に立ち入らないこと。庭の植物が枯れようと、放置する方針だ。

光一は写真を眺めて頭をかく。これからも枯死してゆくのをただ見ていろというのだろうか。悪趣味だ。

――『いつか枯れて、土に還って、それがわたしたちの求めるものでもあるの』。

咲の言葉が頭をよぎる。『お別れはさびしいけど、それでようやくわたしたちはあのお城から出られるんだから』。

わからない。光一は携帯電話をポケットに押しこむと、立ちあがった。

「どうも、ありがとうございました。お邪魔してすみません」

「いや、こちらこそお役に立てなくて申し訳ない」

そう言いながらも、帰る光一に義雄はどこかほっとしているようにも見えた。気のせいだろうか。

立ち去りかけて、つと足をとめる。「あの」ふり返ると、義雄は光一の座っていた座布団を抱えて片づけようとしているところだった。中腰のまま、「はい？」と義雄は光一のほうに顔を向ける。

「たぶんご存じないとは思うんですが、うちで昔、書生をしていた佐久間甚六さんてかたのこと、何か覚えてませんか。森小学校の校長になったかたなんですが」

　年代からいって、義雄が小学生だったときの校長だろう。書生当時の話は知らなくとも、校長だったころの甚六のことは覚えているかもしれない、と思ったのだ。が、義雄は意外にも、書生としての甚六の話を知っていた。

「祠を直したかたじゃありませんか。父から聞いています。あの校長先生は昔、八重樫家で書生をしていたんだよ、と。校長先生としてのそのかたのことは、申し訳ないですが直接話をしたこともなかったんで、ほとんど記憶にないんですが。実家が大工だったそうで、壊れた祠をきれいに直したんですよ。凝《こ》った造りでね。当時の八重樫のだんな様が自由に造らせなさったそうで」

　思わぬ収穫だった。

「祠なのに、自由にさせたんですか」

「ええ、そう聞いてますよ。当時、あの庭のお世話をしていたのは祖父でしたが、祖父もあんまり見事に造ってあるんで感心したそうです。祠らしくはないですが。なんというかこう、ハイカラっていうんですかね、当時の感覚からすると。屋根には千木《ちぎ》もないし、嵌めこみのガラスがあったり」

「……あの祠には、何が祀られているんですか？」

　神を祀っているのだろうに、それでいいのだろうか、と思う。

「氏神様じゃないんですか？　三日月の家紋だから、八重樫家じゃなくて昔の藩主の」

「藩主の氏神……梶坂神社でしたか」

「それは初代藩主の氏神じゃなかったかな。ここは大名家がたびたび替わってますからね」

転封やら改易やらで、数回、藩主の家は替わっている。あの庭を造った藩主は、たしか二代目じゃなかっただろうか。

――何から何まで、疑問の多い庭だ。

義雄が甚六について知っている話はその祠についてだけだった。今度こそ暇《いとま》を告げて、西矢家をあとにした。

車に戻り、さてこれからどうしよう、と思案する。甚六の甥のところにも行きたいのだが、時計を見ると十二時前。昼どきにお邪魔するわけにもいかない。しかし、出てきたものを家に引き返すのも面倒だ。そうだ、とふたたび携帯電話をとりだす。十二時を回ってから、光一は周平に電話をかけた。昼休みの時間である。

「おう、どうした？」

周平はすぐに出た。昔から休憩時間はきっちり守るひとだ。

「いま外に出てるんだけど、一緒にお昼でもどうかと思って電話した」

「お、活動してるんだな。そりゃよかった」

ひとを動かない生物のように言う。そんなことはない。

「市役所の近くに喫茶店があるの、わかるか？　昔からやってる『山ざくら』っていう」

「裏通りの角にある店？　瓦屋根の、レトロな感じの」

「そう、それ。そこのオムライスがうまいんだ」

そこで待ち合わせることにして、光一は車を走らせた。市役所までは十分とかからない。広い道に出てしばらく行けば田畑は消え、大きな橋を越えると市役所のある城下町に入る。城はもうないが、石垣と鎮守の森が姿をとどめていた。小高い丘に築かれた城なので、いまでもこの辺りはゆるやかな坂道だ。かつては木綿商いを中心に商人の町として大いに栄えた城下町も、いまはその名残をいくつかの史跡に見るだけだった。市の景観計画の賜物《たまもの》で、郊外と違ってけばけばしい商業施設が建つこともなく、御城番だった藩士の屋敷も残っている。水を打った石畳の道や槙の生け垣、鎮守の森は、ひっそりとした風情があって心地よかった。静かで、のんびりとしているのがこの町らしい。観光地にもなりきらず、商業開発からも取り残されているところが、かえってほどよいのである。

喫茶店に着くと、周平は店の奥の席で待っていた。軽く手をあげて光一を招く。水を持ってきたウエイトレスに、光一に希望を訊くこともなく「オムライスふたつ」と注文した。

「パンとかジュースとか、ありがとう。すごく助かった」

おしぼりで手を拭きながら、まず礼を言った。ぺこりと頭をさげた光一に、周平は「じゃあここはおまえのおごりな」と笑う。

「午前のうちから、どこに出かけてたんだ?」

「ちょっと、西矢さんのとこに」

「庭師の? 庭のことで?」

「うん、まあ。頼まれごとがあって」

「ああ、なるほど」

周平は納得したようにうなずく。

「なるほどって、何が」

「いや、昨日も今日もやけに活動的だからさ、仕事か何かだろうと思ってたんだよ」

「べつに仕事じゃなくても活動はするけど」

「そうか? おまえは自分のことじゃ動かないよ。面倒がって」

光一はすこし首をかしげた。そうだろうか。

「おまえは面倒くさがりだけど、他人に関しては面倒がらない。むしろ面倒見がいい。おまえって、おひとよしなんだよ」

そう言って周平は笑う。ときどき、周平が叔父であることを思い出す。年上の身内というものは、わかったふうなことを言うものである。

運ばれてきたオムライスは、たしかにおいしかった。玉子がふわふわなわけでも、凝ったソースがかけられているわけでもない。ケチャップライスを薄焼き玉子でくるんだ、いまではかえってめずらしいくらいの、昔ながらのオムライスだ。しかし、これがきっちりとおいしい。玉子のほんのりとした甘さとケチャップがちょうどよい塩梅で、なかに入った鶏肉もぱさぱさしておらず、かといって脂がしつこいわけでもなく、ご飯とよく馴染む。過不足なくまとまりのいい味だった。料理はバランスが大事なのだなと、目玉焼きひとつ作れない光一はぼんやり思った。

「おいしい」

シンプルにそう言うと、周平は「だろ」と得意そうだった。

「真似して作ってみても、この味にならないんだよなあ」

「ここで食べられるんだから、わざわざ作らなくてもいいんじゃないの」

「休みの日にどうしても食べたくなるってときがあるんだよ」

なまじ料理ができるとそんな悩みが出てくるんだな、と思う。周平は『他人と四六時中一緒にいるとか想像しただけで疲れる』とのたまって独身を謳歌《おうか》しているが、実際、ひとりでなんでもできるひとだ。母親が——光一にとっては祖母だ——箸《はし》の上げ下ろしまで自分の思いどおりにしたがるひとだったから、その反動なのかもしれない。光一は逆らうのをあきらめて、すべてを億劫がるようになってしまったが。

「この店、あるのは知ってたけど、入ったのははじめてだ」

光一は店内を見まわす。古い町屋を改装したという雰囲気の造りで、梁《はり》も柱も黒ずんでつやを帯び、壁は白い漆喰《しっくい》だ。吊りさがった花形の照明の光もやわらかな暖色で、店によく合っていた。

「俺が小さいころからあるから、この辺の店のなかでも古株だな。もとは紺屋《こうや》なんだよ。ここは木綿の商売が盛《さか》んだったから、明治のころまでは紺屋も多かった」

店名の『山ざくら』は江戸時代、この城下町に住んでいた国学者が山桜を愛したことからつけられたのだという。敷地に山桜があるのかと思いきやなかったので、由来はなんだろうと不思議に思っていた。

「その学者が山桜を詠んだ歌があるんだよ。そこからとってるんだな」

食後のコーヒーを飲みながら、周平が詳しく解説する。へえ、と光一は感心した。

「さすが文学部出身。詳しいんだな」

「いや、文学部だけど史学科だぞ、俺は」

周平が注釈をつけるのを聞き流して、光一はそういえば、と思い出したことがあった。

「蓮を詠んだ漢詩ってあるのかな。昔は芙蓉と言ったんだっけ。なんだったか、蓮を美人の顔に喩えたっていう……」

十六夜が語っていたことである。甚六が、そういう漢詩を教えてくれたと。

「俺もそう詳しくないから有名どころしか知らないけど、それなら長恨歌《ちょうごんか》かな。白居易《はくきょい》の」

するりと周平は答えた。

「長恨歌」

「『太液の芙蓉、未央《びおう》の柳、芙蓉は面の如く、柳は眉の如し、此《こ》れに対して如何《いかん》ぞ涙の垂れざらん』て一節があるけど」

芙蓉は面の如く——十六夜が口ずさんだ言葉だ。

「それだ。さすが文学部」

「いや、だから史学科だっての」

「どういう詩なんだ？」

「……楊貴妃《ようきひ》のことを詠んだ詩だよ」自分の言葉を聞き流す光一に憮然《ぶぜん》としつつも、周平は答える。「楊貴妃と玄宗《げんそう》皇帝くらい、商学部のおまえでも知ってるだろ」

光一はうなずいた。

「芙蓉——蓮の花に楊貴妃の顔を喩えてるんだ。それは詩のごく一部だけど。すごく長いんだよ。物語だな。皇帝の命令で道士が死んだ楊貴妃の魂をさがしにいって、仙女になった楊貴妃と会う、ってところをよく覚えてる。楊貴妃はさ、玄宗皇帝への愛情の証《あかし》に金のかんざしと小箱をくれるんだ。それも半分にして」

「半分？」

「自分と相手とで半分ずつ持っていようってことだよ。ふたたび再会して、結ばれることを願って。『長恨歌伝』って、この詩をもとにした物語があって、そっちに詳しく書かれてるよ」

光一は頭を殴られたような衝撃を受けていた。

半分。半分この約束——そうか。

そういうことか、と思った。

——たしかめなくては。

光一は立ちあがると、あわただしく財布をさぐってテーブルに札《さつ》を置いた。

「ごめん、用事があるからもう出る。ありがとう、周平さん」

周平はぽかんとした顔で、「どういたしまして」と応じた。光一は店を出ると車に乗りこみ、エンジンをかける。向かうさきは、佐久間家——甚六の甥の家だった。

佐久間家から帰宅した光一は、応接室の花入れから野茨の枝をとると、庭に向かった。外濠にかかる橋を渡り、門の閂を外して、扉を開ける。木々の新緑が目にまぶしい。木洩れ日が園路に落ちている。足を踏み入れ、木々のあいだを進んだ。しばらく行くと、突如として目の前に大きな城門が現れた。櫓門《やぐらもん》だ。大きな門を見あげ、光一は扉に触れた。

扉が開いた。ゆっくりと、向こう側に開いてゆく。はじめは明るい陽に目が眩んだが、徐々に景色が見えてくる。奥に天守があった。手前には二の丸の御殿。そして開いた門のすぐそこに、咲がいた。

「答えがわかったのね、コーイチ」

白い服に身を包んだ咲は、大人びた笑みを浮かべる。髪を結ぶリボンは、光一が結んだときのまま、ゆがんでいた。

「ああ」

光一は門の内側に足を踏み入れる。咲は光一の手をとって、御殿のほうへと導いた。冠《かぶ》木門《きもん》をくぐり、前とおなじく縁側からあがりこむ。屋敷のなかはしんとしていた。ふたりはお萱に見とがめられることもなく、鳴子たちにまとわりつかれることもなく、十六夜のもとにたどり着いた。

襖を開けると、十六夜は敷布団《しきぶとん》の上で正座して待っていた。かたわらに年若い女中がいて、十六夜を支えている。咲が駆け寄り、寝かせようとするが、十六夜はそれを制した。

「このままお聞きしたいのです」

「……うん」

咲はうなずくと、目で女中をさがらせて、自ら十六夜の背に手を添えた。十六夜の体は見るからに薄く、いまにもくずおれそうだった。光一に向けられた視線は、期待よりも不安のほうが勝って見える。

「『半分この約束』が何なのか、わかったと思う」

光一も十六夜の前に正座した。ジーンズのポケットに入れてあった携帯電話を脇に置く。

「甚六さんから、君は漢詩を教えてもらったと言ってた。蓮が出てくる漢詩だ」

十六夜はうなずいた。「蓮の花を美人の顔に喩えた詩だと……」

「その詩について、ほかのことは覚えてる？」

「いいえ」十六夜はすこし考える顔をしたが、かぶりをふった。

ってくるんだ」

「この詩には、愛情の証としてかんざしと小箱を半分ずつ、おたがいが持つという話が出てくるんだ」

半分、と十六夜は細い声でつぶやく。

「甚六さんは、これをもとに『半分こしよう、約束だ』と言ったんじゃないか」

十六夜は失った記憶をさがすように視線をさまよわせる。「じゃあ」と咲が口を挟んだ。

「その半分って、何を半分にしたの？」

「うん、それだよな。何を半分にしたんだろう、って俺も考えた。で、甚六さんのことで聞いた話を思い出したんだ。——甚六さんは、いつもお気に入りの扇子《せんす》を持ってた、って」

住職の話である。

「扇子？」

「そう。それで、甚六さんの甥にそれをたしかめに行ってきた。甚六さんのすぐ上のお兄さんの息子だよ。名前からしてわかるけど、甚六さんは六番目の子供で、きょうだいはたくさんいたんだ。甚六さんに子供はいない。生涯独身だったそうだ。——その甥御さんの話だけど、甚六さんは大事にしていた扇子があったらしい。ほとんど肌身離さず持っていて、亡くなったときも本人の希望で棺《ひつぎ》に入れたくらい。扇子には蓮の花が描かれていたそうだ。甚六さんが描いたもので、そう上手ではない絵だった、と甥御さんは言ってた。それでも甚六さんはとても大事にしていて、ときおりそれを広げて眺めていたって」

咲が十六夜の顔をちらりとうかがい、「それが……半分とどうつながるの?」と疑問を口にした。甚六が蓮を大事に思っていたらしいことはわかるが、この話から『半分』の姿はまだ見えない。

「あともうひとつある。祠だ。一度壊れたあれを直したのが、甚六さんだ。祠にしては変わった造りだと思って、気になってた。扉の上部に空間があって、裏側の壁には三日月形に刳り貫いた穴にガラスが嵌めこんである。当時の八重樫家の当主——俺の高祖父が好きにやらせたらしいけど、それにしたってどうしてあんな造りにしたんだろうと不思議だった。でも——」

光一は畳の上に置いていた携帯電話を手にとり、アルバムのフォルダを開く。選択した写真を十六夜と咲に見せた。蓮の写真だ。

「『写真』はわかるか?」

十六夜に確認すると、彼女は自信のない様子ながらうなずいた。

「甚六さまに、見せていただいたことがあります。これとは全然違った形だったように思いますが……」

「甚六がいたころからずいぶんたってるのよ」と言ったのは咲だ。「こういうのはね、あっというまにシンポするものなのよ」

訳知り顔で説明する。十六夜はそれで納得したようだった。

「これは蓮を写したものだけど——といってもほとんど枯れてしまってるけど、蓮がある辺りは、祠の裏側になる。それはわかるか？」

「はい」

「この写真をよく見てくれ。拡大するけど」

光一が画面を操作して写真の一部を拡大してみせると、咲も十六夜も目を丸くしていた。

「……かくだい？」

「大きく見えるだろ」

うん、と咲は言うが、頭のなかが疑問符でいっぱいのようだった。

「虫眼鏡で見るようなもんだよ」

虫眼鏡がわからないか、と思ったが、咲は「あ、そっか」と晴れやかな顔をした。

「小さいのが、大きく見える道具でしょう？　前にコーイチが見せてくれたことがあるわ」

こういうの、と咲が両手で丸い形を作る。虫眼鏡なんて、持っていただろうか。いかんせん子供のころのことは記憶が薄い。

「まあ、そういうものだと思ってくれ」

「わかった。大きく見えるのね」

咲はじっと画面を眺めた。十六夜ものぞきこむ。

「濠の水面《みなも》に光が落ちてるのがわかるか？　陽光が射《さ》してるんだ。水面だからわかりにくいけど、蓮の葉が辺りを埋めつくしてるときには、もっとはっきり見えていたはずだ」

水面はゆらゆらとさざなみが立っているが、そこにかすかに陽光が落ちている。

「――三日月？」

さざなみでゆがんで見えるが、それは小さな三日月の形をしていた。

「扉の上部から入った光が、嵌めこんだガラスを通って映ってるんだ。おそらく午前中の、陽がまだ低いところにあるうちだけ。陽の入る角度と透過した光が落ちる先を計算して作ったんだろう、甚六さんは」

蓮の上に三日月が落ちるように。

「どうして？」

咲が訊く。

「扇子と三日月。甚六さんが扇子を、十六夜には三日月を。扇子は末広《すえひろ》とも言う。広げた形が、こう、末広がりだからだ」

光一は手振りで扇子を広げた形を示した。

「末広がりってわかるか？　裾のほうが広がってる形を言う。八の字もそうだ。漢字の八」

ああ、とふたりは納得している。字はわかるらしい。

「いいか、この『八』と、三日月の『三』だよ。――十六夜と甚六。十、六の半分は八で、六の半分は三だ」

光一は指を折って数を示す。ふたりはおなじように指で数を数えた。

「わかるか？」ふたりはうなずいた。

十六夜の半分――扇子を甚六が、甚六の半分――三日月を十六夜が。

「それぞれ、おたがいの半分を持っていよう、っていう約束だ」

咲は十六夜を見あげた。十六夜は、目をみはってぼうと宙を見ていた。何かを思い出したように。

「――『天に在りては願わくは比翼の鳥となり、地に在りては願わくは連理の枝とならんと』……そう、そうでした。そう誓ったのです。離れても忘れないと――」

十六夜は両手で胸の辺りを押さえた。

「そうでした」

ぽつりとくり返し、視線をうつむける。まつげの影が落ちる瞳は、喜びに満ちているというよりは、戸惑いに揺れていた。

「何か間違いが？」

光一が尋ねると、十六夜は首をふった。

「いえ――いえ、何ひとつ、間違ってなどおりません。ですが、ああ……まさか、思い出せると思っていなかったのです。いえ、答えを見つけていただけるとも、実のところ信じていなかったのです」

申し訳ございません、と十六夜は謝る。

「そして、甚六さまが約束を忘れずにいてくださるとも、わたくしはおそらく信じていなかったのです。わたくしにとって約束はただひとつのものでしたが、甚六さまにとってはいくつもある約束のひとつだろうと――ひとにとっては『約束』という言葉も、数ある言葉のひとつに過ぎないのだろうと。失った思い出を取り戻したいと願いながらも、甚六さまに忘れ去られている約束なら、わたくしは失ったまま消えてゆきたいとも願っていたのです」

咲が驚いたように十六夜を見あげた。光一は、だからさきほど十六夜は不安そうな目をしていたのだろうか、と思った。

でも、と十六夜は言う。瞳に薄い水の膜が張った。

「甚六さまは、ずっとあの扇子を持っていてくださったのですね」

十六夜は目を閉じる。閉じた瞼が震えている。十六夜は嗚咽《おえつ》を洩らすこともなく、ただ静かに頬を濡《ぬ》らした。その様子を、光一と咲は黙って見守る。そうするほか、何もできなかった。しばらくすると、ひっそりとかすかな息を吐いて、十六夜は濡れて光るまつげをあげた。

「ありがとうございます。おかげで、大事なものを取り戻せました」

光一に向かって手をつき、深々と頭をさげる。身を起こす力がないらしく、咲が抱え起こそうとするのを光一は手伝った。そのまま十六夜を寝かせて、夜着をかける。十六夜は細く瞼を開けて、中空を見ていた。そこに何が映っているのだろう。

咲がさきほどの女中を呼び、十六夜を任せる。うながされて、光一は咲のあとについて座敷を出た。

「ありがとう、コーイチ」

座敷を通り抜けながら咲は言った。

「探偵ってすごいね」

純粋な称賛に、光一は面はゆい気分になる。そうたいしたこともしていない。

「子供のころに言ってたものね、探偵になりたいって」

「ああ――」

それはなんとなく覚えている。子供のころ、咲と庭を探検しながら話したこと。野葡萄の蔓が垂れさがる下を歩いて、とりとめもないことを語っていた気がする。祖母への文句。学校で流行っている遊び。読んでいた子供向けの探偵小説。医者が犯人だったから、医者よりも探偵に憧《あこが》れた。母の――このころ母は、もういなくなっていたのだったか、それともまだいたのか。そこに思い至ると妙に胸が重くなって、光一は思い出すのをやめた。

縁側に出たとたん、足もとに小さな子供たちがまとわりつく。鳴子だ。鳴子たちは笑いさざめき、光一と咲にくっついてくる。「殿」「殿」とふざけて光一を呼ぶのは、光一が男だからか。

「コーイチは帰るのだから、邪魔をするのはおやめ」

またしても咲がぴしゃりと言うと、鳴子たちは掻き消えた。こういうときの咲の口ぶりは、ろうたけた女性のようだ。いや、実際のところ、咲は見た目どおりの歳でもないのだから、そちらのほうが自然なのかもしれない。どうも見た目に引っ張られてしまう。

——この城はいつからあって、咲たちはいつからいるのだろう。

望城園ができてからだろうか。いったいなぜ。疑問しか浮かばない。

縁側をおり、城門を目指す。今回も陽は傾いていたが、いますぐ暮れてしまいそうなことはなかった。ここの時間軸はいまいちよくわからない。

内門をくぐり、咲は外門の前で立ちどまる。

「また来てくれる？　コーイチ」

光一は返答に窮した。用がなければ、来たいとは思わない。

「何か——また、困ったことがあればな」

迷いつつもそう答えると、咲はうれしそうに笑った。罪悪感を覚える。それをふり払うように光一は門をくぐった。門の外は霧が出ているわけでもないのに白っぽく、不思議とよく見通せなかった。

「またね」

背後から聞こえた咲の声が、鐘のなかにいるかのように頭のまわりで反響する。光がわっと覆いかぶさるように周囲から迫ってきて、思わず目を閉じ、両手で耳をふさいだ。

目を開けると、太鼓橋の上に立っていた。

ふり返れば、高麗門の閉じた扉に、かけられた閂。光一は息を吐いた。太鼓橋の欄干にもたれかかる。ポケットから携帯電話をとりだし、日付をたしかめてみた。

翌日になっている。午前七時半。

「……なるほど……」

あちらから戻るときには、入った時間にかかわらず、ひと晩たっているということか。時間軸がめちゃくちゃすぎる。

——ひょっとして、俺はふた晩徹夜したことになるのだろうか。

急にめまいを覚えた。光一は欄干にもたれかかったまま、ずるずるとその場に座りこむ。寝不足のとき特有の疲労感があった。手足がだるい。頭が朦朧《もうろう》とする。家に戻って、さっさと寝よう。そう思うのに、なかなか動きにつながらない。

携帯電話が震えた。緩慢に画面を見ると、周平からの電話だ。

「……もしもし」

「おう、光一。起きてたか？」

「うん」

「いま家にいるのか？」

「そうだけど……なんで？」

「いや、おまえ、昨夜も家にいなかったろ。昼間会ったときもちょっと顔色悪かったし。なんでもないならいいけど——大丈夫なんだろうな？」

「大丈夫だよ」

そう答えるものの、眠すぎてとりあえずいまは大丈夫ではなかった。電話の向こうで、周平はしばらく沈黙していた。

「周平さん？」

「……おまえ、昨日は庭のことでどうとか言ってたよな。まさか、庭に入ってないよな？」

今度は光一が沈黙する番だった。

「入ったんだな」

ため息が聞こえる。

「四十九日が終わったばかりで兄貴との約束破ってどうするんだよ。……まあ、入っちまったもんはもうしょうがないけどさ。いっときはあんなにいやがってたのに」

「いやがってた？」

「覚えてないのか。一時期、庭を見るのもいやがってたろ。義姉《ねえ》さんが――おまえの母親が出ていってすぐのころ」

「……覚えてない」

「まあ、小学生のころだもんな。おまえが庭で遊んでるときに義姉さんは出ていったもんだから、庭で遊ばなきゃよかったってずいぶん言ってたんだぞ、べそかいて。熱も出してたし」

光一は額を押さえた。

「俺からすりゃ、義姉さんがひどいと思うけどな。おまえにひとこともなく出ていってさ。せめてもうちょっと——」

「……たんだ」

「え？」

つぶやきがかすれて声にならない。光一はつばを飲みこんだ。

「周平さん、もう出勤しないといけないんだろ」

「え？　ああ、うん」

「もう切るよ。それじゃ、また」

口早に言って、通話を切った。

——母さんは、俺に声をかけたんだ。

思い出した。どうしてあの庭でのことを、咲のことを忘れていたのか。


庭へは行かないように、と父からは言われていた。だが、子供のころの光一は橋の先に何があるのか知りたくてたまらなくて、こっそり橋を渡り、門をくぐったのだ。当時は、扉は閉じられていなかったし、門もかかっていなかった。

初夏だったと思う。山法師が白い花を咲かせて、梅檀《せんだん》が淡い紫の花を散らしていた。光一は木々を見あげ、地面に落ちた花を眺め、奥へと進んだ。二の丸を過ぎ、内濠の橋を渡り、祠をしげしげと眺めていたところで、咲に声をかけられたのだ。

『なにしてるの、コーイチ』

突然知らない声で名前を呼ばれたので、光一はびっくりしてふり返った。自分よりもすこしばかり年上らしい少女がいた。それが咲だ。白い服を着ていた。

『誰?』

と訊くと、

『咲よ』

と答えたので、

『サキヨ?』と確認したら『咲!』と怒られた。気が強そうな感じに光一は臆《おく》した。どうして自分の名前を知っているのか、と訊きたかったが、また怒られそうで訊けなかった。が、咲は戸惑っている光一にかまわず笑いかけて、『一緒に遊ぼう』と誘ってきたのだ。それから庭のあちこちを散策した。咲に教えてもらって草苺《くさいちご》の実をとって食べたり、木の洞《うろ》に手を突っ込んだりして、陽が暮れるまで遊んでいた。

たびたび庭で遊ぶ光一に、母はいい顔をしなかった。母は庭を怖がっていた。なんだか気味が悪いと言って。『あの庭で遊ぶのはやめて』と光一に訴えたが、光一は聞かなかった。咲のことも黙っていた。家の庭によその子がいるのは、たぶん、いけないことなのだろうと子供心に思っていた。

母が家を出ていったときも、光一は庭で遊んでいた。光一を呼ぶ声が聞こえて、門のところまで走っていった。橋の向こうに母がいた。母はとくに大きな荷物を持つでもなく、ちょっと近所のスーパーまで買い物に行ってくる、という格好で、小さな鞄《かばん》を手にしていた。

『光一、こっちへおいで』

母の顔は、こわばっていた。いま思えば、家を出てゆく緊張と不安でいっぱいだったのだろう。だが、光一は母のその様子に尋常でないものを感じて、怯《ひる》んだのだ。

『どうして来ないの。こっちへいらっしゃい』

いらだった様子で母は呼びかけた。声はうわずり、ひきつっていた。

『どうして言うことを聞いてくれないの。おまえはあたしの子供でしょう。あたしの味方になってよ』

目を吊りあげ、そう金切り声をあげる母は恐ろしかった。口が裂けて牙《きば》が出てくるのではないかと思った。光一はあとずさり、庭の奥へ逃げた。母は追いかけてこなかった。あのとき母は、光一をつれていきたかったのだろう。だが光一は彼女を拒絶したのだ。陽がとっぷり暮れてから家に戻った光一は、母が出ていったことを祖母から聞かされた。体が冷えたのか、そのあと風邪をひいて熱を出し、数日寝込んだ。母が光一に恨みごとを述べ、去ってゆく姿をくり返し夢に見た。

光一が悪かったのだ。母をひとりで去らせて、かなしい思いをさせた。やめろと言われていたのに、庭で遊ぶのをやめなかった。母を拒絶し、庭へ逃げこんだ。

あのとき、庭へ逃げこまず、母のもとへ行っていたら――。

何か変わっていただろうか。

――そんなことはないだろう。

光一は目を開け、しばらくぼんやりと天井を見ていた。あれから家に戻り、ベッドに直行した。どうやら横たわると同時に眠りこんだらしい。起きあがってみると陽はすでに天頂を過ぎ、時計を見ると午後三時を過ぎていた。

一階におりてシャワーを浴びると、ネイビーのサマーニットとカーキのパンツに着替えた。タオルで髪を拭きながら冷蔵庫を開け、野菜ジュースを飲む。菓子パンのなかからクリームパンを選んで、かじりついた。

あの庭は、光一が母に背を向けた記憶と直結している。だから、忘れ去っていたのだ。思い出したくなかったのだ。

あのとき光一は、母を拒絶し――もっと言うなら、裏切った。周平にこれを言ったらきっと、それは違う、と言うだろう。光一も他人からこんな話を聞いたら、子供が罪悪感を持つような言いかたをした母親がどうかしている、と言うかもしれない。だが、これは自分の話だった。自分の過去の行動を、客観的に判じるのは難しい。子供のころの行いは、そこでとまったまま、子供のころの気持ちで考えてしまう。

光一はパンの袋とジュースの紙パックをゴミ箱に捨てると、玄関を出た。ご飯が食べたくなったのだが、炊《た》く米がない。面倒だったが、どのみち必要なのでスーパーに買い出しに行く。手早く買い物をすませて家に帰ると、炊飯器に米をセットした。これくらいは光一にもできる。米が炊けるまでのあいだ、光一は思い立って庭に向かうことにした。橋の前でいったん立ちどまる。門扉は閉じられ、その向こうに青々とした緑が見える。光一は橋を渡り、扉を押し開けた。咲からもらった野茨の枝は持っていないので、ただ庭に入るだけだ。

二の丸を過ぎ、内濠にかかる橋を渡る。石垣の上に建つ祠を眺めた。

返す返す思うに、祠を書生の好きに造らせるというのはおかしなことだ。そのときの当主である高祖父にしろ、屋敷をつぶして洋館にした先祖にしろ、そして庭の放棄を決めた父にしろ、いったい八重樫家の当主というのは、三日月邸を壊したかったのだろうか。藩主にもらったものだというのに、とても後生大事に守ろうという気概は感じられない。

——何かがおかしい。

あの城を抜きにしても、どこか奇妙なのだ。いや、あの城を抜きには語れないが——。

「コーイチ、また祠に用事なの？」

少女の声にふり返る。咲がうしろで手を組んで立っていた。小首をかしげている。

「……いや、用っていうか、考えごとをしてただけだ」

「何を考えてたの？」

「この庭のこととか……」

そういえば、咲はあちらとこちらを行き来して、時間の感覚がめちゃくちゃにならないのだろうか。光一はすでにわけがわからない。たしかめる術がなかったら、今日が何日かもわかっていないだろう。

「――まあいいか」

ひとりごちる。深く立ち入らないほうがいい気がした。光一はパンツのポケットをさぐり、なかに入れていたものを咲にさしだした。

「……なあに？」

咲は不思議そうに光一の手にあるものを見ている。

「前に言ってたヘアゴムだよ」

さきほどスーパーで買ってきた。咲に会ったら渡そうとポケットに入れていたのだ。

咲は「これで髪を結ぶの？」と訝しむが、髪をくくっていたリボンをほどいた。

「じゃあ、結んで」

「……俺はあんまり上手にできないぞ」

そう言いながらも、結んでやった。やはり難しい。髪はすべるし、やわらかくてちぎれそうで怖い。なんとかゴムでくくって、その上からリボンをかける。ゴムでくくってあるので楽に結べはするが、形はまたもやゆがんだ。

「虎に直してもらえ」

と今回も言ったが、咲は満足そうに「ううん」と笑った。何がそんなにうれしいのだろう。

「……そのリボン、ほんとに俺があげたものだっけ?」

「うん。そうよ」

そうだったろうか。母のことを思い出したいまになっても、覚えがない。

「お母さんが気に入ってるケーキ屋さんのリボンなんだって言ってたじゃない」

——母が気に入ってるケーキ屋……?

包装に使われているリボンということだろうか。母が気に入っていたケーキ屋とは、どこだったろう。そもそも母はケーキ屋でケーキを買ってくるということはほとんどなかった気がする。そういうのはもっぱら、祖母のすることだった。祖母は母の買ってくるものはことごとく気に入らなかったのだ。ケーキでもパンでも、スーパーで売られているものなどは歯牙《しが》にもかけず、贔屓《ひいき》にしている店は決まっていて——。

光一は、口もとを手で押さえた。

「……そのケーキ屋の名前って、言ってたか?」

「そんなの、覚えてないわ」

咲は困ったように言った。

「でも、そうね——たしか、好みがうるさくて、この店のしか買ってこないんだ、って言ってたわ。あのね、包装紙に、白鳥が描いてあるのよ。そう言ってたでしょ? わたし、見てみたい、って言ったのに、コーイチは忘れてそれきりだったのよ。ねえ、今度見せてね」

白鳥の包装紙――ならば、『スワン』だろう。薄い水色の地に白鳥が印刷されていて、箱には白いリボンがかけられる。品が良くて、祖母のお気に入りだった。そう、祖母の。ねだる咲に、「ああ」と生返事をして光一はその場をあとにした。咲はうしろで手をふっている。上機嫌だ。

咲が語る思い出のなかには、光一が覚えていないものがある。子供のころのことなので、記憶があいまいなのだと思っていた。母のことがあって忘れていたことも思い出したが、それでも咲の記憶とは重ならない部分があった。すべては覚えてなくて当然なのかもしれない。だが、リボンをあげたなら覚えているのではないか? 虫眼鏡を見せたことも、カメラを見せたことも覚えていない。カメラをいじって祖母に怒られたことは覚えているのに。

――たしか、父も怒られたのではなかったか。カメラを持ちだして、壊して。

光一は家に戻ると、台所に向かった。テーブルに郵便物が置いてある。光一宛《あ》てのものはない。いまだ父宛てに郵便物が届いていた。そのうちの一通を手にとる。健康食品のダイレクトメールだった。宛名《あてな》には、父の名が記されている。

八重樫紘一《こういち》と。

第二章　人喰いの庭

父の名は、公的文書の上では紘一《ひろかず》という。この名前の読みにまつわる悶着《もんちゃく》について、父から聞いたことはない。が、祖母からは幾度となく聞かされた。姑《しゅうとめ》への恨みつらみとともに。

祖父母は『こういち』と読ませるつもりだったそうだ。しかしそこで姑、つまり祖父の母が文句をつけた。いわく、『紘一《こういち》』だなんて響きが軽薄だ、と。何の根拠があったかは知らない。たぶん根拠などはなく、姑の個人的感覚だったと思う。加えて、祖父が祖母と相談して決めたのが気に食わなかったらしい。祖母の意見となると一から十まで否定する姑だったという。以上は祖母の言い分である。

そうしてひと悶着した結果、漢字はそのままだったが、読みを『ひろかず』で出生届を出すことで妥協したのだと、祖母は心底悔《くや》しげに言ったものだった。恨みつらみを指折り数え、けして忘れず、憎しみに育てあげているひとだった。

とはいえ祖母も当時からおとなしく忍従するたちではなかったので、公的には『ひろかず』であるものの、息子を呼ぶときは『こういち』と呼んだ。学校の先生や父の友人たち、その親にもそう呼ばせた。父も子供だったころは混乱したのではなかろうか。父はこの件に限らず、自分のことを話したがらなかったので、どんな思いでいたのかはわからない。

そして祖母の本領が発揮されたのが、光一の名づけのときだった。『こういち』という読みの名前にしろと迫ったのである。

おそらくここでも悶着があったのだろうが、その辺りを祖母は語らなかった。だからおまえの名前は『光一』になったんだよと、まるで手柄《てがら》のように自慢げに言っていた。

歳を重ねるにつれて祖母の心持ちもなんとなく想像がつくようになったが、昔は理解不能に思っていた。かつて自分がした悔しい思いを、嫁である光一の母もしているのだということに、どうして思い至らないのであろうか、と。祖母の母に対する態度は、子供心にも理不尽きわまりないと感じていた。祖母は、姑は祖母の意見となると一から十まで否定したと言ったが、それとまったくおなじことを母にしていたのである。

中学生だったころ、一度、周平に尋ねたことがある。

『お祖母《ばあ》ちゃんは嫁いびりでつらい思いをしたのに、なんで自分もおなじことをやったんだろう?』

それに対し、周平はあのからりと陽気な調子で言ったものだ。

『世のなかにはな、自分がしたつらい思いを、他人にもしてほしくてたまらないひとってのがいるんだよ』

ぞっとしたが、大人になってみると、なるほど、と思った。周平は、『光一はなんだかんだ、ひとの善良さを信じてるから、俺は心配だよ』とも言っていた。周平は当時からいまの光一よりもよほどずれていた。実際のところ、祖母はそういう気持ちで嫁いびりをしていたわけではないと思う。ただ単純に、自分のことしか考えていないだけだった。どちらがよりたちが悪いのか、わからないが。

ともかく、父は『こういち』だったし、光一も『こういち』である。

――咲は、俺と父さんを混同しているんじゃないか？

咲のなかで記憶がどうなっているのかわからないが、そうでなくては説明がつかない。

だが、それはつまり、父も咲と会ったことがあるということだ。ただ会っただけのみならず、リボンをあげたり、カメラを見せたりと親しくしていた。父は咲の正体も、行ったことはないにしてもあの城の存在も、知っていたのではないか。そうだとするならば、ますます疑問に思う。

なぜ父は、〈庭に誰も立ち入らないこと〉などという言葉を遺したのか。

高麗門の扉を押し開けて、光一は庭に足を踏み入れた。立ちどまり、辺りをぐるりと見まわす。梶《かじ》や槙《まき》の新緑が瑞々しい。木洩れ日が落ちる園路を歩き、小鳥のさえずりに耳を傾けた。先日の一件以来、光一はたびたび庭に足を運んでいる。散策を楽しんでいるわけではない。父の遺した言いつけを考えていたのだった。それから、咲のことを――。

「コーイチ」

横合いから声をかけられて、光一は足をとめる。令法《りょうぶ》の木のうしろから咲が半身をのぞかせて、こちらをうかがっていた。

「咲。──おはよう」

声をかけると、咲はうれしそうに木のうしろから走り出てくる。ひとなつこい小型犬を思わせた。トイプードルみたいだ。

「あのね、コーイチ、お願いがあるの」

「今日は遊ばないぞ」

庭に来ると、咲はきまって一緒に遊びたがった。子供のころのように。光一はそれに毎回つきあっているが、子供のころとは体力も体格も違うので、木登りをしようなどと言われると困った。このところ筋肉痛である。

「違うわ。わたしだって、そういつも遊んでばかりいられるわけじゃないのよ」

咲はつんと顎をそらす。光一は苦笑した。──こうしていると咲はどこまでも子供に見える。咲は光一が父との思い出と混同していないかと尋ねても、その返答はまるで要領を得なかった。

──コーイチはコーイチでしょ?

咲はきょとんとしてそう言ったのだ。

「──それで、お願いって?」

光一の腕にぶらさがるようにしてくっついていた咲は、ぱっと手を放して光一の前に回りこんだ。

「さがしものがあるの」

「さがしもの？」

咲はこっくりとうなずく。

「一緒にさがしてくれる？　来て」

「来てって――」

光一の腕を引っ張り、咲は駆けだす。手を引かれるがまま走っていると、はっとした。

木々を抜けた先に、大きな櫓門があったからだ。

――『来て』って、城にという意味か。

咲にぐいぐい腕を引かれ、つまずきそうになりながら門をくぐる。梶の門番がかしこまるのにも目もくれず、咲は光一をつれていった。やはり玄関ではなく冠木門のほうに向かい、縁側からあがりこむ。「玄関から入らないのか？」と訊くと、「だって、お萱がうるさいんだもの」という答えが返ってくる。どのみち見つかりそうな気がするが――と思っていると、目の前の襖がさっと開いた。

「姫様！　またそのようなところから」

お萱が目を吊りあげている。咲はすばやくその場を逃げだした。板の間の廊下を走ってゆく。「だって、お萱が怒るんだもの！」

「姫様！」

お萱がさらにまなじりを吊りあげるそばを、光一もそっと通り抜けて咲を追う。自分だけ逃げて、光一を置き去りにしてもらっては困る。

「コーイチ、こっち」

咲は襖を開けて座敷に入る。光一はそのあとに続いた。あいかわらず襖の花も鳥もさまざまに動いて見える。欄間で天女が空を泳いでいた。

「姫様」

「姫様」

体にまとわりつくように鳴子たちが現れる。「あとでね」と咲は言うが、前回のようにひと声で追い払いはしなかった。

次の間の襖を開くと、そこにひとりの少女がちょこんと正座していた。咲とおなじような年頃の子供だ。女中だろうか。紅の絞りの木綿に緑の帯を締め、前掛けをつけている。たすきは鬱金色《うこんいろ》だ。

咲を見て、少女はあわてて畳に手をついて頭をさげた。咲は少女の向かいに腰をおろし、「顔をおあげ」とうながす。鷹揚《おうよう》な物言いが姫君らしい。

「コーイチ、ここに座って」

と、咲は自分の隣を手でたたく。光一に対しては子供らしい態度のままだ。

「あのね、この子はお雪《ゆき》というの」

隣に座った光一に、咲は目の前の少女を紹介する。「厨《くりや》で働いているの。困っているのはこの子なのよ。ねっ」

咲が話をふると、お雪というその少女はちらちらと光一を気にするように視線を向けたが、直視はせずにうなずいた。

「ほらね」と咲が光一を見あげる。「コーイチ、困ったことがあればまたここに来るって言ったでしょ？」

「だからつれてきたのか？」

「そう」

――たしかに言ったが。

「それならそうと、最初に説明してくれないと。こっちにだって、心づもりってものがあるんだから」

「だって……」咲は拗《す》ねたようにちょっと唇をとがらせた。「それで来てくれなかったらイヤだもの」

スカートの裾を指でいじっている。一応、騙《だま》し討《う》ちのようにつれてきた自覚はあるらしい。光一は息をついて、頭をかいた。

「……それで？　困ってることって？」

われながら絆《ほだ》されやすいな、と思う。周平に『おひとよし』と笑われても反論できない。

咲はお雪のほうに視線を向けた。お雪は前掛けの上でそろえた両手を見つめて、気後れしたようにもじもじしている。

「さがしものがあるんだっけ？」

光一が水を向けると、ようやく顔をあげた。遠慮がちに光一を見る。

「あの、お手玉が」

「お手玉？　……って、あの？」光一がお手玉で遊ぶ手振りをすると、お雪はうなずいた。

「それが？」

「あの……なくなってしまって」

――お手玉がなくなった。

「……それをさがしてほしいと？」

拍子《ひょうし》抜《ぬ》けした雰囲気が声から伝わったのかもしれない。お雪が眉をさげてうつむいた。

「あの、姫様には、そんなたいしたことじゃないから、と申しあげたんですけど」

「たいしたことでしょ！」

咲は身をのりだした。それから光一のほうを向く。

「大事なものなのよ。ここに来た女の子からもらったものなんだから」

「ここに来た――ということは、俺みたいな？」

「そう。迷い込んできた子」

なるほど、と光一は理解する。「その子と仲よくなって、もらったということ？」

「そうよ」と咲がうなずいた。お雪を見れば、彼女もうなずいている。

「それは——大事だな」

お雪が顔をあげて光一を見た。光一と目が合い、あわてて顔を伏せる。

「なくしたというのは、この城のなかで?」

「は……はい。わたし、城の外には出ませんから」

「なくしたことに気づいたのは、いつ?」

「昨日です。いつも袂《たもと》に入れていたんですけど、落としてしまったみたいで……」

「落とした場所に心当たりは?」

あればとうに見つけているか、と思いつつも尋ねる。お雪は力なく首をふった。

「じゃあ、ふだん活動している場所を順番に調べていこうか」

光一は立ちあがる。

「時間がないから、途中までになるかもしれないけど。——咲、陽が沈みそうになったら教えてくれるか」

「見張りを立てるから、大丈夫よ。陽が沈みかけたら太鼓を鳴らしてもらうわ」

じゃあさっそく、とお雪をうながし、座敷を出る。そういえば、と光一は周囲を見まわした。うるさくまとわりついていた鳴子たちが、いつのまにやらいなくなっている。咲が消したわけでもないのに。

咲が先頭に立って、小走りに座敷を抜ける。「お雪はね、いつも厨のほうにいるから、こっちよ」と言いながら、襖を開けてはぱたぱたと走る。「急ぎましょう」

襖絵に描かれた牡丹が蕾を開き、花弁を揺らす。白木蓮がむくむくと蕾をふくらませる。下草のあの小さな黄色い花はなんだろう。ぐんぐん茎が伸びて、はじけるように花を咲かせる。

「君は、ええと——なんの植物なのかな」咲のあとを追いながら、光一はお雪に尋ねる。

この訊きかたで合っているのか、知らない。

「お雪は、雪《ゆき》の下《した》よ」

と、咲が答えた。お雪がそれにうなずく。

「雪の下か。なるほど」

小さくて白い花弁に、ぽつりと紅がさしている花だ。下部の花弁が兎の耳のように長く垂れさがっている。暗い緑の葉が生い茂るなかに、雪片が舞うかのように花を咲かせる草だった。たしか、葉を揉《も》んで出る汁を耳の薬にしたり、炙《あぶ》って炎症をおさえる薬にしたりと、よく民間療法に使われているはずだ。わりあいよく見かける植物だが、あの庭ではどこにあっただろう。

襖ではなく杉戸《すぎと》に囲まれた座敷に出たと思うと、咲はさらに戸を開けて奥に進む。戸の先にあったのは、広々とした板間だった。たすきをかけた女中たちが忙しそうに立ち働いている。奥は土間だ。中央に竈《かまど》が三つ並び、いずれも火が入っていた。釜《かま》の蓋《ふた》がくつくつと揺れて蒸気が漏れ、その隣では鍋《なべ》の汁が沸き立っている。

台所だ。光一はひととおり部屋のなかを見まわして、へえ、と感嘆を洩らす。彼らも食事をとるのか、と不思議な気分になった。考えてみれば咲などアイスクリームまで食べている。草木の精が城に棲《す》み、ひとの真似事《まねごと》をするのは、なぜなのだろう。

「お雪はいつもここで働いているの。竈の火の番。それから、御膳《ごぜん》を用意したりするのよ」

ね、と咲はお雪に確認する。「はい」とお雪は答えた。御膳は隣の間にあるのだという。

「落とすなら、ここか、隣の間なのだけど――」

どちらも昨日、咲たちがさがしたが、なかったのだという。

「君の部屋は？」

光一が訊くと、咲が答えようとするので、「こういうのは本人から聞かないと」とやんわり遮った。咲は頬をふくらませながらも黙る。こういう子は同級生にもいたなあ、と子供のころをなんとなく思い出す。おとなしい子の代弁者をつとめる、世話焼き型の女の子。咲がふつうの小学生だったなら、あれこれほかの子の世話をしたがる子だったかもしれない。すこし笑みが洩れた。

「わたしの部屋は、みんなで使ってる女中部屋ですけど、そこにもなくて……」

お雪がつっかえがちに答えて、うなだれた。いつもいる台所にもなくて、部屋にもないとなると、どこだろう。

「最近どこか、いつもと違う場所に行かなかった？」

お雪は首をかしげる。たっぷり考え込んでから、ふるふると首をふった。「行ってません。女中部屋とここの行き来くらいで……鳴子たちが遊んでほしがって、ついてきていましたけど」

「ふうん？」

光一は指先で顎を撫で、来たほうをふり返る。

「お手玉は、ひとつだけ持ってたの？」

「はい。あの子がふたつ持っていて、ひとつをわたしにくれたんです。帰るとき。赤い地に桜や菊の柄《がら》が入っていて、とてもきれいなお手玉です」

お雪の頬がほころんだ。

「お手玉というと、中身は小豆《あずき》？」

「え？　ええ、そうです」

質問の意図がわからなかったのか、お雪はけげんそうにうなずいた。

「――うちの近所は農家が多くて、おすそわけをもらうことがよくあるんだけど、周辺に畑も多い。学校の通学路沿いに畑があって、それを眺めながら登校したりして」

お雪はますます不思議そうにしながらも、おとなしく耳を傾けている。

「それで思い出したんだけど、あれは小豆の花だったよなあ……」

「え？」

光一は来たほうへと引き返して、台所を出た。「コーイチ？」と咲が追いかけてくる。

向かいの襖が閉まり、薄緑の袖が挟まって、すぐにするりと向こう側へ引っ張られた。見覚えのある袖だ。光一はずんずん進んで、襖を開ける。その先には誰もいない。さらに座敷を抜けた。襖を開ける。それを何度かくり返して、目的の座敷を見つけた。

「あった」

襖絵の前でかがみこむ。小さな黄色い花。ねじったような形が特徴的な花弁。

「これ、小豆の花だよな。襖絵に小豆が描かれるのもめずらしいと思うけど」

花は白木蓮の下草として描かれている。咲をふり返ると、彼女も驚いたような顔をしていた。

「ここに小豆の花なんて、なかったわ」

——じゃあ、勝手に生《は》えてきたとでも言うのだろうか。

光一は座敷をぐるりと囲む襖絵を見まわす。向かいは紫の木蓮だ。目の前で大きな花弁がはらりと枝から離れて、落ちる。緑の葉が芽吹く。欄間に彫られた天女が羽衣を翻《ひるがえ》して浮遊している。こんな場所では、花も勝手に根を張り、芽を出すのだろう。何かの拍子に。

光一は出し抜けに横の襖を開いた。

「わっ」と声があがり、わらわらと小さな子供たちが四方に散らばった。光一は手近にいたひとりの襟首をつかむ。いくら幼児とはいえ、驚くほど軽く、手ごたえに乏《とぼ》しい。たやすく持ちあげることができた。四方に逃げたほかの子供たちが血相を変えて駆け戻ってくる。

「殿」

「殿、おろして」

と、かまびすしい。皆、薄緑の小袖に身を包んでいる。鳴子たちである。

「何をのぞいてたんだ、さっきから」

そう尋ねると、ぴたりと口をつぐむ。あれほどうるさかったのが嘘《うそ》のようだ。光一は持ちあげた鳴子のひとりと目を合わせる。鳴子はつぶらな瞳を横にそらした。彼ら――彼女か？――の顔立ちは子犬に似ている。

「出、出しなさい」

明確な根拠があるわけではなかった。だが、この小さな子供たちの反応はとても正直でわかりやすく、光一は自信をもって告げた。なるべく重々しく、怖がりそうな口調で。

「出しなさい」

くり返す。へにゃ、と鳴子の眉がさがった。光一に群がっていた鳴子たちのひとりが、一歩前に進み出る。袂から、おずおずと小さな布裂《ぬのきれ》をさしだした。

「――それ！」

声をあげたのは、お雪だ。鳴子がさしだした布裂は赤い縮緬《ちりめん》で、桜や菊の柄が入っていた。

光一は持ちあげていた鳴子を下におろし、布裂を手にとる。ぺしゃんこになって中身がなくなっているが、お手玉の布地だ。縫い合わせた一部がほつれてやぶけている。ここから小豆がこぼれ出たのだろう。

「お雪が落としたのを、拾ったのか？」

鳴子たちに尋ねると、うなずく。

「拾って、自分たちで遊ぼうとして、破れて小豆が散らばってしまって、黙っていた——と、そんなとこかな」

代わりに説明してやると、鳴子たちは顔を見合わせ、てんでにうなずいた。

「——おまえたち！」

咲の雷が落ちた。鳴子たちは肩を縮める。

「黙って隠し持っているとは、なんてこと。お雪が大事にしているものだとわかっていて——」

鳴子たちは身を寄せあって、叱られている。光一はそこからすこし離れて、お雪に布をさしだした。

「これ、繕《つくろ》わないといけないな。直せる？」

お雪は困ったように襖を見た。「小豆が——」

「ああ、襖に入ってしまったのか」

布地が破れて散らばった拍子に、襖に飛びこんでしまった、ということだろうか。もはやこれくらいの不思議では驚かない。

「そのうち豆になるのかな」

光一は襖の花を眺めるが、いつになったら豆にまで育つのかわからない。

「直してこようか？」

そう言うと、お雪はびっくりしたように目をぱちぱちさせた。直すといっても、光一ではなく周平頼みだが。周平はなんでもできるひとだが、裁縫も得意だ。

「きれいに直せると思うよ」

おずおずと、お雪はうなずいた。「……お願いします」

「うん、わかった。なるべく早く直して返すから」

お雪が心配そうに布裂を見ているので、光一はそう請け合う。よほど大事なものなのだな、と思った。

「……また遊ぼう、って言ったんです」

ぽつりとお雪が言った。

「え？」

「あの子……一緒に遊んで、とても楽しかった。帰るとき、また遊ぼうって言ってくれました。だからわたし、片袖をあげました。いつ来てくれるかなあって、楽しみにしてたんです」

お雪の顔にほんのりとあたたかな笑みが浮かんでいる。が、目を伏せた。「――それから来てくれることはなかったけど」

しかたのないことです、と言う。「約束を忘れてしまったって」

この子は、その女の子のことをずっと待っていた——いや、いまも待っているのだな、と思った。お手玉を大事に袂に忍ばせて。

「……それって、いつごろの話？」

尋ねると、お雪はきょとんと光一を見た。「いつごろ？」

『いつ』などと、正確な年代がわかるはずもないか。

「その子がここに来たのは、最近の話？」

「いいえ」と首をふる。

「うんと昔？」これには、困ったように小首をかしげる。そこまで昔ではないのだろうか。

「ええと、そうだな……その子は、着物を着ていた？　それとも、洋服？　俺や咲みたいな」

「着物です」

子供が着物を着ていたころ。戦前だろうか。

「その子は、八重樫《やえがし》の——俺とおなじ家の子供？」

「いいえ」

「違う？」よその子が庭に入ってきたのか？「名前はわかる？」

「ユキです。わたしとおなじ。おなじだねって、笑いました」

苗字まではわからないらしい。光一は考え込む。

「あの……？」

「――調べてみようか」

お雪は目をしばたたいた。不思議そうに光一を見ている。

「そのユキちゃんのこと。いまどうしているか」

庭に来るような子なら親交のあった人物なのだろうから、地道に調べれば身元くらいはわかるのではないかと思ったのだ。

それとも、よけいなお世話だろうか。お雪はしばらく光一を見つめていた。それから、頬がふわりと紅を刷《は》いたように紅潮した。目が輝く。

「……わかる？　ほんとうに？」

「あ、いや、確実にわかるかどうかは」光一は口を押さえる。思った以上にお雪がうれしそうな反応をしたので、軽々しく提案してしまったことに罪悪感を覚えた。胸がちくりとする。わからなかったらどうしよう。

「で――できるかぎり、調べてみるから」

はい、といまだ目を輝かせているお雪がうなずいたとき、大きな太鼓の音が響き渡った。

ドオン、とお腹に響くような音だ。

――陽が沈みかけたら太鼓を鳴らしてもらうわ。

あっ、と立ちあがる。咲が「コーイチ！」と叫んだ。

「時間よ、走って！」

咲が光一の手をとり、駆けだす。咲の行く手にいた鳴子たちが、ぽっ、ぽっと消えた。ふり返ると、お雪が両手を握りしめて光一たちを見ている。「早く！」咲に引っ張られて、光一は走った。次々に襖を開けて、座敷を抜ける。

「お雪と何を話していたの？」

走りながら、咲がそんなことを訊いてくる。光一は走ることに精一杯で、しゃべるだけの余裕があまりない。

「何って……お手玉をくれた子の、話とか」

そうこうしているあいだに門が近づいてくる。溶けた鉄のような夕陽《ゆうひ》がその向こうに沈みかけていた。

扉が閉じてゆくきしんだ音が響いている。閉じかけた扉に体をすべりこませ、光一は門を抜けた。足が扉にひっかかり、前につんのめる。両手をついて地面に倒れこんだ。手のひらが痛い。むくりと起きあがると、橋の上だった。

朝である。汚れた手のひらをジーンズの尻《しり》で拭いて、ポケットから布裂をとりだした。ちゃんとある。

「……周平さんに頼まないと」

その前にまず、睡眠だ。

台所に醬油《しょうゆ》の焦《こ》げるいいにおいがただよっている。すでに限界を迎えている空腹感がさらに増した。

「いまは切った状態の野菜が売られてたりするんだからさ、それを炒《いた》めるぐらいできるようになれよ」

焼きうどんを皿に盛りつけながら、周平が言った。周平は料理をしているあいだじゅう、光一の食生活について説教していた。光一はだいたい食事をパンとジュースですませてしまう。楽だからだ。たまにご飯を食べるときは、納豆と卵だった。フリーズドライの味噌汁《みそしる》つき。じゅうぶんだと思う。しかし周平には叱られた。わざわざ休日に光一の様子を見に来た周平は、光一の貧相な食生活に頭をかかえて、ご飯を作ってくれたのである。

周平は焼きうどんにかつおぶしをふる。熱々のうどんの上でかつおぶしは自由に踊っていた。ふわりといい香りがする。どん、と皿がテーブルに置かれた。

「いただきます」

手を合わせる光一を、向かいに座って周平はあきれたように見ている。

「まったく……作ってやったら食べる、自分で作るぐらいならパンでいい、なんてたちが悪いんだよ。子供かよ」

好き嫌いないんだから偏食するなよ、と説教は続行している。光一としても料理しようか、という意思はあるのだが、それよりもとりあえず腹が減っているので手近にあるパンを食べてしまうのだ。

「これから暑くなってきたら食欲が落ちて、ますます不健康になるのが目に見えてるだろ。気をつけろよ」

「うん」

食べるのに忙しく、周平の説教はあまり耳に入っていなかった。周平といると、ときどき自分が子供に戻ったような錯覚を起こす。見た目は老《ふ》けたが、周平の光一に対する接しかたが昔と変わっていないからだろう。

「周平さん、頼みたいことがあるんだけど」

食後のお茶を飲みながら、光一はそう切り出した。ちなみにお茶を淹れたのは光一だが、茶葉を多く入れ過ぎて渋かった。

「頼みたいこと？　めずらしいな、おまえが」

「周平さん、お手玉って縫える？」

「は？　お手玉？」

「ちょっと、近所の子から預かってるお手玉があって。やぶけて中身がこぼれてしまってるんだ。直せないかな」

「現物を見ないことには何とも言えないけど、直せないことはないだろ。繕えばいいんだから。中身は小豆？　それはあるのか？」

「いや、ない」

「近所でわけてもらえよ。繕うのはやってやる」

「ありがとう」

ひとつ肩の荷がおりた。あとは『ユキ』である。こちらの調べは捗々《はかばか》しくない。あれから書庫にあるアルバムやら住所録やらをあたってみたが、ユキという人物は見あたらなかった。檀那寺の住職にも訊いてみたものの、苗字もわからないので、はっきりしない。近所や親類縁者のなかにはいないのだろうか。しかし、庭に入ったのだとしたら、それなりにこの家と交流があった相手だと思うのだが。

「まだ何かあるのか？」

光一の浮かない顔を見て周平が尋ねる。

「いや……、ちょっと調べてることがあるんだけど、まるでわからなくて」

「仕事か？」

「仕事というか、まあ、趣味というか」

「なんだそりゃ。調べてるって、何を？　妙なことに首突っ込んでないだろうな」

ないよ、と答えるが、周平は疑わしそうに光一を見ている。

「おまえはなあ……気づいたら面倒なことに巻きこまれてました、ってことがありそうなんだよなあ……」

それはあたっているのかもしれないが。光一は渋いお茶を飲む。

「……庭に来たひとのことをちょっとさ、知りたいんだよ」

「庭ってここの庭？　そういや、前も電話でなんか庭のこと言ってたな」

「うん……」光一はお茶の水面を見つめて考える。『ユキ』のことを別にしても、あの庭の正体は気になっている。あの庭はいったい、なんなのか？　なぜあんな城があるのか？

父はなぜ、庭に入るなと言い遺したのか？

そもそも光一は、あの庭についてほとんど何も知らないのだ。それでユキという、どこの誰かもわからないひとりの子供を見つけようというのも無謀なのかもしれない。

光一は、目の前にいる叔父の顔を眺めた。「なんだよ？」と周平はけげんそうにする。

「俺、あの庭のことが気にかかってるんだけど」

「うん？」

「父さんの遺言も謎だし、考えれば考えるほど、あの庭が不思議に思えてくる」

「ああ、そりゃなあ」

周平は頬杖《ほおづえ》をつく。

「気になりだすと、気になるんだよな。俺も昔調べかけて、だから書庫にある資料とか知ってるんだけどさ、途中で母さんに怒られたんだよな。父さんに書庫には入るなって言われてただろう、ってさ。子供のころの話だぜ。でも、聞かないんだよな。父さんがそう言ってたの一点張りで。父さんはそのころもう死んでたから、言いつけの上書きができないわけ。母さんはこっちの理屈なんかはなから聞かないひとだからさ、邪魔くさくなってやめたよ。そこまで拘泥して調べたいわけでもなかったし」

光一は湯呑を脇《わき》にのけて、こころもち身をのりだした。訊こうと思えば、郷土史家のこの叔父には訊けることがたくさんある。

「あの庭を造った藩主は、城を造った初代藩主じゃなくて、二代目の藩主なんだよな?」

「二番目に藩主になった大名家の、三代目だよ。通算で言うなら、四代目の藩主だな。初代藩主が会津《あいづ》に転封になって、そのあと入封したのが嵩原《たかはら》家。三代目は嵩原政嗣《まさつぐ》。嵩原家はこの政嗣のあと無嗣《むし》断絶で改易」

　ムシ断絶、がすぐに漢字で出てこず、光一はこめかみをさすった。

「ああ——無嗣。跡継ぎがいないってことか。お家取《と》り潰《つぶ》しってこと?」

「時代劇っぽい言いかただなあ。そういや時代劇好きだったっけ」

「好きってほどでも……学校から帰ってきたら再放送やってるから、なんとなく見てた」

『水戸黄門《みとこうもん》』と『大岡越前《おおおかえちぜん》』をくり返し再放送していたように思う。ひげのおじいさんの水戸黄門より、シュッとして清々しい男前だった大岡越前のほうが好きだった気がする。

「で、嵩原家は取り潰しになって、梶坂藩は廃藩。そのあと紀州《きしゅう》藩ほか三藩の領地になる。飛び地だな。ここや城下町辺りは紀州藩領。以降は明治になるまで紀州藩領で、梶坂城は御城代の牧《まき》家が管理してた」

　地元の歴史というのは、なんとなく知っていたつもりでも、こうして聞いてみると案外知らないことも多い。いちいち、なるほど、とうなずいた。持つべきものは郷土史家の叔父である。

「ちなみにこの牧家とうちとは昔から仲が悪いから、かかわらないように」

「仲が悪いって、なんで」

「知らん。昔からそうなんだよ。祖父さんの代にはとうとう絶交に至った。前に俺はそれを知らずに牧家を訪ねたことがあってさ、けんもほろろに追い返されたんだぜ」

何があってそこまで仲が悪いのだろう。気にかかったが、いまは庭のことである。

「八重樫家は、嵩原政嗣から別邸をもらったんだよな？」

「そう。もともと、望城園は薬草園でもあったんだ。庭の植物は生薬になるものがほとんどらしい。『花畠《はなばたけ》御殿本草図譜《ごてんほんぞうずふ》』ってのが書庫にあるのは知ってるか？　あれに庭の植物が描かれてる。あれを描いたのは八重樫家の当主だった医者だよ。このころはもう梶坂藩もなかったから、藩医じゃなくて町医者をやってた。当時の医者っていったら漢方医だから、あの庭は薬草園として有益だったわけだ。藩主からもらった理由も、その辺にあるのかなと思うけど」

でもなあ、と周平は腕を組んでうなる。

「管理をまかせるならともかく、あげちまうんだもんなあ」

「理由って、どっかに書き残されてるもんじゃないのか？　残ってないって、変だろ」

「『梶坂雑集』に『梶坂勝覧《かじさかしょうらん》』、大庄屋《おおじょうや》の家に残る御用留《ごようどめ》の文書、城代組同心の記録。郷土資料は多いんだぞ、地方ながら一大商業地だったんだから。だけど、市井《しせい》のことならいざ知らず、城のなかのことはなあ。そもそも、紀州藩領だったころの資料は多いけど、それ以前となるとがくんと減る。きちんと記録されてなかったか、保管されてなかったんだな。たびたび主家が替わってごたついただろうし、まあ紙だとそんなもんだよ。よくあるんだ、反故《ほご》だと思って捨てられたり、明治維新のどさくさで紛失したりな。それでも幕府に提出した家譜《かふ》が残ってるから、系図と略歴くらいはわかるけどさ、藩主の私生活や内部事情となるとべつだよ。外側はわかるけど、内側はわからない。とくに三日月邸は藩主の別邸で私邸だから」

流れるようにしゃべる周平に、光一は、はあ、と相槌《あいづち》を打つしかない。

「おそらく側室を住まわせたんじゃないかって言われてるけど、もとは自分のための静養地だったんだと思う。政嗣は病弱だったんだよ。たびたび病《やまい》で政務を休んでいたのは記録に残ってる。八重樫家と関係が深かったのはこれのせい。八重樫の当主はずっと政嗣のかかりつけ医だったんだ」

「——じゃあ、うちに資料が残っていてもいいんじゃないか?」

政嗣の様子を記したものとか、それこそここをもらうに至った理由を記したものだとか。

だが、周平は肩をすくめた。

「そう思うだろ。ところがどっこい、ないんだな。本草図譜なんかはあるのにな。わざと書き残さなかったか、あとから処分したか、たんに紛失したか——」

あるいは、と続ける。

「火事で燃えたか、だな」

「火事?」

「政嗣の時代に、屋敷が燃える火事があったらしい。火事だから、村の庄屋の記録に残ってるんだ。でも、屋敷のどこがどれだけ焼けたかとか、怪我人《けがにん》がいたのかとか、詳しいことは書き残されてない」

「へえ……」

「政嗣が不在のときらしいけど。それから一年後に政嗣は病死してる。側室に娘がいたけど、男児はいなかった。養子にしてあとを継がせるはずだった弟も、政嗣が死ぬ前に死んでしまった。それでお家断絶。この弟の死因がはっきりしないもんだから、きな臭くはあるんだよな」

「というと」

「時代劇にだってよくあるだろ。跡目争い。それでごたごたしたのかもなって」

「わかってないんだ?」

「わかってない」

そう締めくくって、周平はお茶を飲んだ。光一もお茶を飲む。もう冷めてしまっていた。

簡潔に言うと、ここのことに関しては藩主の私的な部分だから、わからない。そういうことだ。

「まあ、そのころの庭のことはともかく、いまの庭のことなら庭師に訊くのがいちばんだろうけどなあ」

――西矢さん。

ひとのよい笑みを浮かべた西矢義雄の顔が思い浮かんだ。

「……西矢さんのところは、いつからうちの庭師をやってるんだっけ」

「さあ。曾祖父《ひいじい》さんくらいからじゃないか？　もっと前かな。昔は住み込みの専属庭師を雇ってたと思うんだよな」

義雄はあの庭について、何か知っていそうな感触はあった。知っているというか、どこかおびえているような――。

それに、義雄のあの伯母だ。

「……人喰いの庭」

ぽつりとつぶやくと、周平はけげんそうな顔をした。

「なんだって？」

「『人喰いの庭』って、周平さんは聞いたことあるか？」

「あの庭のことをさすのか？　いや、知らない。なんだそれ」

光一はしばし腕を組んで黙考したあと、立ちあがった。庭師なら、ユキのことも――庭に来たことのある子供のことも何か知っているかもしれない。

「西矢さんのところに行ってくる」

「庭のことを訊きに？」

「うん」正確には、ユキの手がかりを得に、だが。

「俺も行くよ。庭のことは俺も気になってるし」

じゃあ、とテーブルを離れようとしたところで、周平は「その前に」と流しを指さした。

「洗い物はおまえがしろよ」

フライパンやら皿やらが流しに置きっぱなしだった。光一は袖をまくりあげると、無言で流しに向かった。


急な訪問にもかかわらず、義雄は在宅していたし、光一と周平を歓待した。お得意様だからというわけではなく、もともとの人柄と、暇を持て余しているからのようだ。

「もう私も歳ですんで、昔からのお得意様のほかは息子に任せてるんですわ。でも、暇になって困ります。趣味といっても、庭いじりしかありませんからね」

先日とおなじく、光一は縁側を選んだ。季節柄、こちらのほうが心地いい。そろそろ梅雨に入りそうな湿った空気が混じるものの、まだその一歩手前で踏みとどまっている。今日も曇天《どんてん》ながら、雨が降りそうな気配はなかった。空を覆う雲は薄く、白い。わずかに空の色が透けている。

「それで、今日はどうして……?」

義雄は光一と周平の顔を見比べる。訝る瞳のなかに、かすかな緊張があるような気がした。

「庭のことで」と言うと、「はあ」と気の抜けた声が義雄の口からは洩れた。

「八重樫さん――光一さんは、庭の世話をやめることに反対なんでしょうか」

遠慮がちに義雄は尋ねる。

「反対……そうですね。賛成はしてません。でも、父の遺言があるので」

「ええ」

「迷ってる、というところです。だから、よけいにあの庭のことが知りたくて」

父の遺言にわざわざ逆《さか》らいたくはない。だが、得心がいかない。いまはただ、謎ばかりがあの庭には満ちている。

「あの庭のことをいちばんよく知っているのは、西矢さんだと思うんです。昔からあの庭を世話してくださっていた庭師さんですから」

「知っているかどうかはわかりませんが……」

義雄は額から前頭部を撫であげた。薄くなった髪が撫でつけられる。

「ずっとあのお庭を世話してきたのは、うちです。それはたしかです。ええ、ずっとです。天保《てんぽう》のころからうちは――」

「天保？　江戸時代からだったんですか」

天保の改革の天保だろう。周平に確認したら、そうだと答えた。「十九世紀前半。江戸時代後期だよ」

「八重樫家に雇ってもらった、住み込みの庭師だったんですよ。もとは大阪《おおさか》のほうの人間だったようですが。明治になって、お屋敷を出て独立したんです。独立のさいには当時のだんな様に援助してもらったそうで、うちではお屋敷のほうに足を向けて寝てはならぬという家訓があるんです。ほんとうですよ」

見方を変えれば、土地の者ではなく流れ者を庭師として雇い、屋敷を出るときには大金を与えた、とも言える。

――勘繰りすぎだろうか。

光一は頭をかいた。少々、疑《うたぐ》り深《ぶか》くなっているきらいがあるかもしれない。

「独立したのは私から五代前のときです。名を辰蔵《たつぞう》といいまして、周囲からは『丸辰《まるたつ》』と呼ばれていたそうです。丸に辰の字を染め抜いた紺木綿の半纏《はんてん》がトレードマークだったそうで。私らでもそう呼んでます。いや、こうしてみるとほんとうに長いこととお庭の世話を任せてもらって……」

義雄は遠い目をする。長ければ長いだけ、知っていることも多いはずだ、と光一は思う。

「――つかぬことをお訊きしますが、西矢さんはあの庭に遊びに来ていた子供のことなんかは、ご存じありませんか」

義雄は急に現実に引き戻されたような顔をした。「え？　子供？」

「着物を着た、ユキという名前の。ええと、けっこう昔のことだと思うんですが……」

しゃべりながら、わけのわからないことを訊いているな、と自分でも思っていた。義雄はぽかんとしている。

「はあ……、すみませんけど、私は知りません。そもそもあの庭でよその子を見たことがありませんし」

「西矢さんのお父さんやお祖父さんからそんな話を聞いたことは――」

「なかったと思います。昔から庭に入るのは八重樫家のかたや書生さんくらいのもので、あとは私たち庭師が――あ」

「何か？」

「ずっと昔、明治のころですけど、いっとき庭を一般公開したことがあるんですよ。よそのひとが庭に出入りすることがあったなら、そのころでしょうね」

「――えっ」

思わず大きな声が出て、光一は口を押さえた。

「一般公開？」

「ええ」

初耳だ。光一は周平をふり返る。周平も驚いたように目をみはっていた。「初耳なんだけど」

「周平さんも？」

「聞いたことない」そう答えると、周平は光一越しに義雄に問いかける。「明治のころって、細かく言うと何年ごろですかね」

義雄は困ったように頭に手をやる。「さあ、詳しいことは……。公開もすぐにやめてしまわれたそうで」

「なぜです？」

「いや、私もよくは知らないので……」

自分を挟んでふたりがやりとりするのを聞きながら、光一は考え込む。一般公開。思いもよらなかった。むしろそういったことを避けてきたのではなかったか。しかし、ユキがそれで来訪した客だったとすると、身元の特定は困難になる。光一は眉間《みけん》に皺をよせた。

――まいったな。

考え込む光一をよそに、周平は義雄にあの庭について質問を浴びせかけている。

「そもそも、あの三日月邸ってどうしてうちがもらうことになったんですかね」

「さあ……その辺の事情は知りません。うちのご先祖が庭師として雇ってもらうずっと以前の話でしょう」

義雄は困惑気味に答えている。

「城を模した庭というのもめずらしいですよね。その理由は――」

「さあ、私なんかは、趣向を凝らした結果だと思ってたんですが、違うんですか。当時は変わった庭園も多かったでしょう。大名のあいだで庭園造りが流行って」

「まあ、たしかに宿場町を模した庭園なんてものもありましたからね」と周平は言う。義雄はうなずいた。

「ですから、そこまで奇妙なこととは思いません。風流な趣向だと思いますよ」

そうだろうか、とその返答を聞きながら光一は思う。

「梶坂城は、本丸を二の丸、三の丸で回の字状に囲んで、そのあいだに濠を巡らせた輪郭《りんかく》式の造りですよね。望城園は二の丸と外濠までを再現して、さまざまな御殿を大小の奇岩や石灯籠《いしどうろう》で、城の背面にあった森を庭の北側に松林を置くことで表してるんですよ」

義雄は手振りをまじえて庭の形状を説明する。

「あの庭には、生薬になる植物が多いんだそうですね」

光一が言うと、義雄はうなずいた。

「私は生薬方面には詳しくないんですが、そう聞いてます。お殿様が病気がちだったからだと。ですので植物はあとから植えたものですが、木に関してはもともとあの土地にあったものを移植したものが多いと聞いてます。ですから、古い木が多いんですよ」

「へえ……」それは知らなかった。「野茨《のいばら》も?」

「いえ、あれはここいらに自生していたものじゃないみたいですね。昔からこの辺に野茨の自生地はなかったそうなんで。どこだったかに野茨の群生地があって、そこから持ってきたと聞いた気が……蓬谷《よもぎたに》だったかな。芦野山《あしのやま》の近くの」

あれも古木は古木ですけどね、と言う。ほかの木よりは若いそうだ。咲が子供の姿なのは、だからなのだろうか、とちらりと思った。

「私の祖父は、あの野茨はあとから植えられたものだろう、と言ってましたよ。庭の配置として、あの場所に野茨を植えるのでは調和がとれない。望城園を造った作庭家の意図とは違う、と。本丸を模したあの島は、松と祠の位置、石垣の侘びた感じがいいでしょう。野茨が入ると、華やぎが出ます。とくに花の時季には。それがどうも、違和感があったみたいですね。私などはそう言われたらそうかな、と思う程度ですが、祖父はその辺の感覚が鋭かったもので」

なるほど、と思わないでもない。野茨の花は地味ながら、目を惹《ひ》かれる花ではある。

そういえば、と周平が口を挟む。

「庭も屋敷も手を入れている、昔のままじゃない、とうちの祖父も言ってましたよ」

それを理由に、自治体の名勝指定の話が持ちあがるたび退けていたのだ。

「そうですね。そうおっしゃって、調査が入るのを拒《こば》んでらした」

「それは、どうして――」

光一が言いかけたとき、しわがれた声が割って入った。

「人喰いの庭だからだよ」

はっとそちらを見る。先日とおなじように、義雄の伯母が立っていた。姉さん被りの手ぬぐいに木綿の割烹着という出で立《い》《た》ちで、片手には束《たば》ねた玉ねぎをさげている。

「伯母さん」

義雄が弱ったような声をあげる。「またそんなこと言って――」

おおい、と奥に呼びかけると、義雄の妻が出てきた。彼女は伯母の姿を見ると、「あら伯母さん」と縁側から下におりる。

「こんにちは。ああ、玉ねぎ。いつも助かるわあ、伯母さん」

「うちの嫁はいらないって言うんだよ。せっかく作ってるのに。食べ物を粗末《そまつ》にしたら罰があたる」

義雄の伯母はぶつぶつと文句を言っている。

「伯母さん、夏みかん持っていってよ。たくさんもらったのよ」

そう言って、義雄の妻は伯母を倉庫のほうへとうながす。倉庫には庭師の仕事道具や農作業の道具類、野菜などが置かれているようだった。壁際に玉ねぎが吊るしてあるのが見える。義雄の伯母はそちらに向かいかけて、光一のほうをふり返った。

「うちの曾祖父さんは、あの庭に殺されたんだ」

──殺された？

その場の空気が固まる。「伯母さん」温厚な義雄が声を硬くした。

「いいかげんにしてくれ。いくらなんでもひどい」

義雄の伯母は唇をへの字に結んで、くるりと背を向けた。腰のうしろで手を組んで、ずんずんとがに股《また》に歩いてゆく。やはり以前とおなじで、歳のわりに足どりはしっかりしていた。

「すみません。申し訳ない」

義雄は恐縮して何度も頭をさげる。額に汗が浮かんでいた。

「いえ——曾お祖父さんが殺された、というのは」

光一が皆まで言う前に、義雄はぶんぶん手をふった。

「違うんですよ。事故死です。すみません、気にしないでください」

いや、気にするだろう。

「庭で事故死したんですか」

追及すると、義雄は手のひらで額の汗をぬぐいつつ、はあ、と答えた。

「そういう話です。伯母や父の曾祖父ですから、私には高祖父で、ああ、さっき言った、『丸辰』の息子にあたるひとですよ。まあ、遠い話です。私は父や祖父から聞いただけですが……」

庭での作業中に誤って転倒し、頭を打って亡くなったのだという。

「まだ三十前の歳だったんで、若い時分ですから、作業するにしても慎重さに欠けることがあります。それでうっかり足を滑《すべ》らすなり、ひっかけるなりしたんだろうと。庭で亡くなったもんだから、伯母はあんなふうに言うんでしょうが、それにしたって曾祖父ですよ。当時は生まれてもいなければ顔も知らない相手です。父が死んだなら恨み言のひとつでも出るかもしれませんが……」

義雄はしきりに首をひねっている。たしかに、なぜああも恨みがましげに言うのだろう。

「それだけですか?」

と訊いたのは周平だ。義雄は戸惑った様子で周平を見る。

「と言いますと」

「それだけで、『人喰いの庭』なんて言葉が出てきますかね」

はあ、と義雄は額を撫でる。また汗が出てきたらしい。わかりやすいひとだ。

「それは、その……」

「心当たりがあるなら、教えてください。庭の所有者としては、知っておきたいので」

光一もそう言葉を添えた。義雄は呻《うめ》くような声を洩らした。

「昔のことですんで、いまさらおふたりの耳に入れるのは気がすすまんのですが」

そんなことをくり返しながらも、義雄は最終的に教えてくれた。

「あのお庭を一般開放したことがあると、さっき言いましたでしょう。時代も変わりましたし、広くほかのひとにも見てもらおう、と当時のご当主はお考えになったようなんです。丸辰の独立を援助してくださっただんな様ですよ。ええと、光一さんの——高祖父のお父さんになるのかな。お屋敷を洋館に建て替えなさったかたですよ。それからもわかりますが、革新的なかただったんでしょうね」

庭園の一般開放は、三年ほど続いたらしい。

「三年後に中止になりました。件《くだん》の丸辰の息子——寅吉《とらきち》といいましたが、それが庭で事故死したためです。申し訳ないことです。ただ——」

義雄はちらりと光一たちの反応をうかがう。

「開放中に、行方不明者が何人か出まして」

「え？」

光一も周平も、ぽかんと口を開けた。——行方不明者？

「庭園に来たあと、行方がわからなくなったひとが三名ほどいたらしいです。私も詳しくは知りません」

「行方不明者が三名、死者が一名となると、大事じゃありませんか」

新聞記事になるなり、噂《うわさ》になるなりしてもおかしくない——と思い、ああ、と声が出た。

「それで、『人喰いの庭』？」

義雄は額を撫でた。

「はあ……地元の新聞に記事が出たことがあったようです。いえ、それは『人喰いの庭』なんておどろおどろしい記事じゃありませんでしたよ。それを言ったのは、寅吉の妻です。寅吉が亡くなった当時、子供がまだ十歳だったそうで、ショックも大きかったんだろうと思います。庭についてあれこれ言っていたそうで……伯母は子供のころ、そういった発言を聞かされたようです。それで、伯母自身もそんなことを口にするようになってしまって。伯母は光一さんのお祖父さんとおない年で、おなじ小学校に通った仲だったんですが……どうしてそんな相手のお宅のことを悪く言うのか」

義雄は悔しさすらにじませる表情でそう言った。

「祖父と同級生だったんですか」

「ええ、当時は男女のクラスはべつだったそうですから、席を並べるといったことはなかったようですが。それに光一さんのお祖父さんは、とてもハンサムだしお屋敷の跡取りだしで、おない年の女子などはとても声をかけられなかったといまだに有名ですよ」

光一さんはお祖父さん似ですね、と付け足す。親戚からもそんなことを言われることがしばしばあった。

「おしゃれなひとだったそうですね」

「そうそう、三つ揃いのスーツに中折れ帽をかぶってね、格好よかったなあ」

光一のなかに祖父の記憶は乏しい。物心ついたときにはもう鬼籍に入っていた。なんとなく、義雄の言うような印象はある。遺影写真が紋付でなくしゃれた三つ揃いだったせいかもしれない。祖母がこだわってそれにしたのだそうだ。遺影で見る祖父は、たしかにハンサムという言葉がふさわしかった。同時に、ハンサムというのは顔かたちだけをさすのではないのだなと見るたび思う。顔立ちは似ていても、光一には自分が祖父と似ているとは思えなかった。雰囲気が違う。

その後、義雄の話は祖父や父の話に移り、庭について知っている事柄も尽きたようだった。光一は義雄に礼を言って周平とともに家に帰る。光一も周平も、道中無言だった。

周平が口を開いたのは、光一が車を車庫にとめ終えたあとだ。

「……行方不明者三名、死者一名って、どう考えても異常だよな」

その口ぶりは、いつになく静かで陰鬱《いんうつ》だった。

「まあ……」

光一はシートベルトを外して車をおりる。周平も助手席からおりてきた。屋敷の玄関に向かう途中、周平は「あーっ」と声をあげて髪をかきむしる。

「なんのホラー映画だよ。俺、ホラーは苦手なんだよ」

「でも、亡くなった理由は事故だろ」

「おまえそれ信じるのかよ」

「べつに疑う理由がないし……」

周平はため息をついて首をふった。

「それでよく探偵なんてやってるな。義雄さんにとっちゃ俺ん家はお得意様なんだから、気を遣って事実がどうでもそう言うだろ」

「殺人事件だったとでも？」

「かもしれない」

「それなら、あの伯母さんがそう言ってると思う。あのひとは『庭』に殺されたって言ってたろ？　誰かじゃない。義雄さんの言う事故死のほうが伯母さんの言にも一致してる」

周平は目をしばたたいた。

「あー……そう言ったらそうか。たしかに」

それから、感心したように光一の顔を眺める。

「なんかちゃんと探偵っぽいな」

どうも、と言っておいた。

「でも、たとえ事故死でも周平さんの言うように異常であるのは変わりない。行方不明者も含めて」

行方不明者三名、死者一名。――行方不明者、というのが光一は死者よりもむしろ気にかかっている。

――あの城へ行くと、最低でもひと晩は行方知れずになる。

そして、日没までに門をくぐらないと、戻ってこられなくなる。行方不明者というのは、これに関係していないだろうか。

そして、ユキ。行方不明者のなかに彼女がいたとしたら?

「……どうやって調べたらいいんだろう」

ひとりごとのようにつぶやくと、周平が聞きとがめる。「調べたらって、行方不明者と事故死の件か?」

「そう。調べたいんだけど」

とはいえ、義雄の高祖父の時代である。ざっと計算してみたら百二十余年は昔だった。

「新聞の記事にもなったって言ってたよな。新聞記事なら、俺が調べてやろうか」

周平が言った。

「ここらであった事件で記事になったって言うなら、たぶん梶坂新聞だろ。あそこは明治初期の創刊だったはずだから。名前は変わってるんだったかな。知り合いがそこで記者やってるよ。たしか、新聞は創刊時のものからぜんぶ本社に保管してあったと思う」

「明治時代のものから？　でも、あってても貴重だから閲覧できないんじゃ」

「昔のはたぶんマイクロフィルムにしてある」

あれは確認するのが面倒なんだよなあ、と周平は渋い顔をする。「保管には便利だけどさ。俺、卒論の資料がマイクロフィルムになってて苦労したんだよ」

その名のとおり小さなフィルムに古文書やら絵やらが収められていて、専用の機械で拡大して見るものである。光一も図書館で使ったことがあるが、機械の操作は本をぱらぱらめくるのとはわけが違い、目当ての資料をさがすには少々骨が折れた。

「電子データ化されてたらワード検索できそうだけど」

「かもな。その新聞社の知り合いに訊いてみるよ」

今日も新聞社にいると思う、と周平は出かけていった。光一は二階の書庫に向かう。庭を公開していた当時の記録が何か残っていないかと思ったのだ。

アルバムは高祖父の代、大正時代からはじまっているので、高祖父の父の時代の写真となると、さすがになかった。庭を公開したさいの覚え書きだとか、来園者数の記録だとか、スケッチだとか、そんなものも見当たらない。――残さなかった、ということなのだろうか？

祖父の写真をおさめたアルバムはあったはずだ。書棚をたしかめてみると、曾祖父が撮った祖父の写真と、祖父自身が撮ったとおぼしき写真があった。赤ん坊のころからある。子供のころからあまり顔に変化がない。にこりともしていない写真が多く、無愛想《ぶあいそう》なひとだったのかもしれないと思われた。そこは光一に似ていると言える。スーツを着て脚を組んでいる写真などは、非常にさまになっていた。祖父が撮った写真には、当然ながら祖父は写っていないことが多い。写っているのはおもに父である。写真のなかで子供のころの父は快活に笑っていた。光一はそのアルバムを皆まで見ずに閉じた。

めぼしい資料がないので、光一は棚から小学校の記念誌を引き抜いた。以前にも見たものだ。ユキの名がないかともさがしたが、見つからなかった。光一はページをめくり、昭和のはじめから写真を見ていった。昭和も十年を過ぎると着物姿だった生徒たちが制服に変わっている。男子は詰襟の学生服で、女子はセーラー服だ。女子は前髪の短いおかっぱ頭がほとんどだった。写真の下に並ぶ生徒名を指でなぞっていた光一は、手をとめる。《八重樫孝直《たかなお》》。祖父の名だ。写真を確認すれば、詰襟姿の祖父がいた。陽でもまぶしかったのか、すこし目を細め、眉をひそめた表情で、ほかの少年たちよりも大人びて見えた。

おなじ年の女子の写真を見てみると、《西矢はつ江《え》》という名がある。これが義雄の伯母なのだろう。写真の彼女は眉のずいぶん上で前髪を切り揃《そろ》えたおかっぱ頭をして、こちらをにらむように見すえていた。男子とケンカしても一歩も引かなそうな印象がある。

──彼女に一度、ちゃんと話を訊いてみようか。どれだけ正確に話してくれるか、わからないが。

そもそもはつ江の曾祖父の時代のことなのだから、彼女も伝聞でしか知らないわけで、『正確に』というのも無理な話だ。しかし、当時のことがわかる貴重な情報源には違いないだろう。可能性だけで言うなら、ユキにかかわる話が出てこないともかぎらない。

階段をおりて玄関に向かいかけた光一は、思い直して自室に戻る。カットソーにジーンズという今の姿から着替えようと思ったのだ。すこしはましな格好をしていったほうが、はつ江も口が軽くなるかもしれない。祖父のような三つ揃いなど持ってもいないが。

シャツは持っていただろうか。手入れが面倒で捨てた気がする。洋服簞笥《だんす》をさぐると、かろうじてサックスブルーのリネンのシャツがあったのでそれに着替え、ジーンズは黒いパンツに穿《は》き替《か》えた。

車を出そうとして、そういえばはつ江の苗字を知らないことに気づく。嫁《とつ》いだのだから西矢ではない。義雄の家に電話して訊こうかと思ったが、はつ江はあの家に徒歩でやってきているのだから、家は近いのだろう。行って訊けばいい、と車を発進させた。

西矢家に着くと、ちょうど義雄の妻が倉庫のほうから玄関に向かってきていた。手に夏みかんを持っている。これから剝いて食べようというところだろうか。彼女は光一を見ると「あら」と言って会釈した。光一も会釈を返す。

「さきほどの伯母さんとお会いしたいのですが、お宅はどちらでしょう。──はつ江さんでいいんですよね？」

「ええ、そうですよ。辻《つじ》はつ江さん。辻さん家はね、ここの裏手の道を左にまっすぐ行って、角を右に曲がってすぐ。ここに車置いて、あっちから歩いていったほうがいいわよ」

と、倉庫のほうを指さす。そちらに生け垣の途切れた出入り口があるのだ。

「ひょっとして、さっきの伯母さんの話を気にしてるの？」

義雄の妻──表札によれば名前はたしか、佐恵子《さえこ》だ──は、義雄よりもずっと気さくに話しかけてくる。よく知らない相手に対する物怖《ものお》じだとか、詮索《せんさく》する様子だとかをまるで感じない。以前から親しかっただろうかと錯覚する。

「気にするというか……気にはなるので、話を聞いてみたいと思ってるんです」

「伯母さん、思わせぶりに言うからねえ」

佐恵子はおおらかに笑った。ふくよかな頰が盛りあがる。

「話半分に聞いてあげてね。あれは八重樫さんの気を引きたくて言ってるだけだから」

「……気を引きたい？」

俺の？　なぜ？　と思ったのが顔に出たのか、佐恵子は笑って手をふった。

「違う、違う。光一さんじゃなくてね。光一さんのお祖父さん。お名前なんて言ったかしら。ほら、伯母さんとは同級生だったたって聞いてるでしょ？」

「はい」

「昔から伯母さん、ああいうふうに言ってたみたいなのよ。お祖父さんに対して」

「祖父の気を引きたくて?」

「たぶんね。ほかの手段がないものだから。そういうひとっているじゃない? 伯母さん、若いころの写真見たって、ひどいおたふく顔だもんねえ」

朗《ほが》らかな調子でずいぶんなことを言う。悪口の自覚なく悪口を言うひともいますしね、という言葉をのみこんだ。

「だからおおげさに話すかもしれないけど、あんまり真に受けないでね」

はい、とだけ答えて光一は西矢家の敷地を横断し、裏の路地に出た。背の高い槙の生け垣が両側に続いている。佐恵子に教えられたとおり、角を右に曲がる。すぐ右側に家があった。やはり門はなく、玄関まで丸見えだった。古い母屋と今風のモダンな造りの離れがあるのだが、光一は母屋のほうに向かう。インターホンを押すと、はつ江の息子の嫁らしき女性が出てきて、光一をうさんくさそうに眺めた。はつ江を訪ねてきた旨を伝えると、ますますうさんくさそうな目をしつつ、裏の畑にいる、と言う。光一は礼を言って裏手に回った。母屋の裏が小さな畑になっており、葱《ねぎ》や大根《だいこん》といった野菜を育てているらしい。片隅《かたすみ》にハーブらしき植物があるのは、さきほどの嫁か、それとも孫の趣味だろうか。生け垣の手前に柿《かき》と金柑《きんかん》の木があった。はつ江は畝《うね》のあいだを歩きまわり、雑草や石を除《の》けていた。

「はつ江さん」

声をかけると、はつ江はぎょっとしたようにふり返った。

「ああ……」

光一の姿を見ると、やや落胆したような、逆にほっとしたような顔をした。祖父の孝直だとでも思ったのだろうか。声まで似ているのかどうか、知らないが。

どう切り出そう、と思いながらはつ江に近づいていた光一は、かたわらの畝に目をとめる。生い茂った緑の葉の合間に、ぽつぽつと特徴的な黄色い花がのぞいていた。

「小豆ですか？」

尋ねると、はつ江は意外そうに光一を見あげた。「よくわかったね」

「うちの近くの畑で見かけるので――あの、去年の小豆が残っていたりしませんか」

はつ江は訝しんでか、無言で光一をじろりとにらむ。

「お手玉のなかに入れる小豆をもらえないかと思って……」

声は徐々にしぼむ。思わず言ってしまったが、いきなりやってきて小豆が欲しいとは、いい大人が失礼もいいところだろう。

「いや、すみません。小豆を用意しないと、と思っていたので、つい」

謝ると、いまだ不審そうに光一をじろじろと見ながらも、はつ江は「欲しいならやるよ」と言った。

「どうせ余ってるんだから」

「いいんですか？　ありがとうございます」

思いがけず、小豆を入手できた。どれだけ入用か光一に尋ねて、はつ江は物置小屋のような建物に向かう。農具などが置いてある隅にアルミ缶があり、はつ江は蓋を開けて無造作に枡《ます》を突っ込む。ビニール袋に小豆をひと枡ぶん入れて、光一にさしだした。

「ほら」

「ありがとうございます」

「これが用件じゃないんだろ」

ぶっきらぼうな調子のまま、はつ江は言う。光一はうなずいた。

「曾お祖父さんの件を教えていただきたいんです」

はつ江は戸惑ったのか、眉をひそめてこちらをにらんだ。あの集合写真の表情と被る。無言できびすを返し、物置小屋を離れる。光一はそのあとを追った。母屋の縁側に歩いていって、はつ江は腰をおろす。古びた板間が黒ずんで光り、よく腰かけられるのであろう場所は白く擦れていた。光一はすこしあいだをあけて、隣に座った。飼い猫なのか、白と黒のぶち猫がのっそりと近づいてきて、はつ江の足もとに寝転ぶ。光一のことをとくに警戒する様子もない。はつ江は猫に声をかけるでもなく、ちらりと見やっただけだった。なんとなく、はつ江と猫は似ている。

「あたしが嫁いできたときには、あそこには納屋があったんだよ」

はつ江はぽつりと言って、離れのほうに顎をしゃくった。

「鶏《にわとり》小屋があって、毎朝卵をとりにいったもんだけど。大きくて頑丈な納屋だった。それに比べたらあんな家、風が吹けば飛びそうだけど、大丈夫なのかね」

モダンな家の造りがはつ江の好みには合わないらしい。「あたしが住むんじゃないから、どうでもいいけどね」とぶつぶつ言っている。

「西矢の家もね。義雄が新しくしてしまって、昔のままなのは庭くらいだからね。つまらない。大きくて、古くて、冬は寒くて、かびくさいだけの家だったけど……」

ほとんどが文句だが、懐《なつ》かしむような口ぶりだった。

「あたしが子供のころ、日当たりのいい、小さな部屋に曾祖母《ひいばあ》さんは住んでいてね。いつもだいたい、日なたでうつらうつらしていたよ。あたしが孫なんだか曾孫《ひまご》なんだか、ごっちゃになってて、名前もちゃんと呼べたためしがなかったね」

本題に入るのだろうか、と光一は無意識のうちに居ずまいを正した。

「あらやだ、こんなとこで」

背後から大きな声が響いて、びくりとする。声の主はさっき会ったばかりなのでわかる、はつ江の息子の嫁だ。

「お茶も出さずに、すみませんね。お祖母ちゃんも言ってくれればいいのに」

エプロン姿の彼女はそう言いつつもお茶を淹れに行きそうなそぶりもないので、光一は「いえ、おかまいなく」と言っておいた。嫁は「そうですか」と興味なさそうにうなずき、はつ江の足もとをのぞきこむように背伸びした。

「チー、おいで。お客さんの邪魔でしょ」

ぶち猫はチーという名前らしい。が、呼ばれても猫は素知らぬ顔で寝転んだままだった。はつ江が身をかがめ、猫の尻を押す。猫は億劫《おっくう》そうに身を起こし、ちらりとはつ江のほうを見あげた。

「シッシッ」

と、はつ江は手をふり、猫を追い払う。猫はするりと縁側をのぼり、嫁のほうに歩いていった。嫁は非難するような視線をはつ江に向ける。「そんな邪険にしなくたっていいでしょうに」と言うが、はつ江のほうは顔も向けない。腹を立ててなかへと引っ込む嫁の足もとに猫がまとわりつきながら去っていった。

「あたしがあの猫と仲よくすると、嫁は猫にご飯をやらないもんだから」

はつ江はつぶやいて、ひとつくしゃみをする。「猫は嫌いだから、どうでもいいけどね」割烹着のポケットからティッシュをとりだして洟《はな》をぬぐいながら、そんなことを言った。はつ江の手は丸っこい。手のひらの皮は厚く爪《つめ》には土がつまって黒ずんでいる。その反面、手の甲は皮膚にさざなみのような皺が寄り、青や紫の静脈が浮いていた。

「何の話をしてたんだったか……」

はつ江は使ったティッシュをふたたびポケットに押しこむ。光一は「曾お祖母さんが名前を覚えないという話をしてましたよ」と言った。

「うん……そうそう。曾祖母さんはね、あたしらの名前は覚えないけど、昔のことはよく覚えてたよ。というより、昔の話ばっかりしてたね。曾祖父さんのこととかね。酒飲んで暴《あば》れるし賭《か》け事《ごと》が好きで借金してまでやるしで、ひどいだんなだったらしいけどねえ。曾祖母さん、だいぶ苦労したみたいだけどね、死んだらそういうのはするっと忘れちゃうもんかね。あれ買ってくれたの、これしてくれたの、いいことばっか言ってたね。それで、死んだ話になるとめそめそ泣くんだよ。あのひとは庭に殺されたんだよ、庭に行かなきゃよかったのに、って。誰もちゃんと話を聞いてくれやしないって。あの庭には近づいちゃいけないよ、っていうのが曾祖母さんの口癖《くちぐせ》だったよ」

「庭に殺された、という理由は？　庭で亡くなっていたからですか」

「……曾祖父さんは庭の石灯籠のそばで倒れてたんだそうだよ。石灯籠に血がついてたから、そこに頭をぶつけて死んだんだろうってさ。石灯籠は、令法《りょうぶ》の木がある辺りだよ。花が咲くとそれが石灯籠の上に垂れさがって、きれいでね」

「はつ江さんは、あの庭に入ったことがあるんですね」

そういえば、ないともあるとも言ってなかったな、と思ったが、意外でもあった。

はつ江は顔をしかめた。言うつもりはなかったのに、とでもいうふうだった。

「そりゃ、あたしの父も祖父もあの庭で仕事をしていたんだから、あたしが出入りすることだってあったよ。雑草抜きくらいできたからね」

「僕の祖父と遊んだりは」

「するわけないよ」光一が言い終わる前にはつ江は噛みつくように言葉を被せた。「お得意先のお坊ちゃまなんだからね。粗相《そそう》があっちゃいけないし」

「じゃあ――」光一は質問を変えた。「ユキという子を知りませんか」

「ユキ?」

「女の子です。着物姿で。庭で見かけたりは」

はつ江はけげんそうな顔をする。「知らないよ、そんな子」

「そうですか。すみません、話の腰を折って」

続きをどうぞ、というふうに手で示す。はつ江は光一をじろじろと眺めた。

「あんたは、そういう感じは孝直さんや若先生とよく似てるね」

若先生、とは父のことだろう。はつ江が祖父のことを名前で呼ぶのをはじめて聞いた。

はつ江も失態を犯したようにぷいと顔を背ける。

「似てますか。父と似ていると言われたことは、あまりないんですよ」

「似てるよ。どんな相手にも丁寧に話しかけるところがね」

そんなのはふつうのことではないのか、と思う。

はつ江は、はあ、とため息をついた。

「……あたしはね、べつにあんたの家を悪く言いたいわけじゃないし、……孝直さんはいいひとだったし、でも――あたしは怖いんだよ」

「怖い?」

「あの庭が」

はつ江の横顔におびえの色がにじんだ。口もとがひきつっている。

「あたしはときどきあの庭に入って、仕事の手伝いもしたけど、あの庭にはいつも妙な気配がしてた。葉擦れの音がひとの声に聞こえた。門の前に立つと、わけはわからないけど、怖くて足がすくんだ。——曾祖母さんの話を聞いてたせいかもしれないけど。曾祖父さんは、夜の庭で死んだんだ。ひっそり、誰にも知られずに」

「夜?」

そんな時間に庭仕事もないだろう。夜の庭で、彼は何をしていたのだろう。

「だから、あの庭はおかしいんだよ。あのひとは引き寄せられたんだ、って曾祖母さんは言ってた。それに、石灯籠のそばで死んでたのに、雪の下の葉を握りしめて、股引《ももひき》にも草鞋《わらじ》にも雪の下の汁がついてたって」

「雪の下」

——まさか、この場面でその名を耳にしようとは思わなかった。

「雪の下は、二の丸の地蔵石のそばに生えてるんだよ」

光一が何か問う前にはつ江は言った。

「地蔵石?」

「あたしがそう呼んでるだけだよ、お地蔵様みたいな形をした石だから」

ああ、と光一は思い当たる。そんな形をした石がたしかにあった。地蔵石とは、うまくつけたものである。

「地蔵石があるのは二の丸を東に回ったところで、石灯籠はもっと門に近いとこにあるんだよ」

「……となると、ふたとおりの可能性がありますよね」

光一は指を二本立てた。

「雪の下のところで何か作業をしたあと、石灯籠のそばで転倒して頭を打った。あるいは、頭を打ったのは雪の下のところで、石灯籠のそばまで運ばれてきた。——後者はひとの手が必要になりますけど」

おまけに石灯籠には血痕《けっこん》があったというのだから、そちらまで偽装しているということになる。

「曾祖父さんはその晩、ずいぶん酒を飲んでたもんだから、酔って庭に忍びこんで、庭を荒らしたあげく、転んで頭をぶつけたんだろうって。ろくでなしだったのはみんな知ってたからさ、さっさと事故で片づけておしまいになったんだよ。それどころか、八重樫様のお庭に酔って忍びこんで死ぬなんて、って丸辰は——曾祖父さんの父親はそりゃあ怒ってたらしいよ。だから、曾祖母さんもそのときは強く言えなかったんだよ。あの庭はおかしいんじゃないかって」

光一は考え込む。はつ江は一方的にしゃべり続けた。

「でも、いくら酔ってたからってお庭に忍びこんで荒らすなんてことするはずがない、って曾祖母さんは言ってたよ。庭師であることには誇りを持ってた。だからそんな真似は絶対しないって。庭にいたのは、引き寄せられたからだって——」

「誰かに殺された、とは考えなかったんですか?」

光一が尋ねると、はつ江はきょとんとした。これまで見たなかでいちばん、素朴で邪気のない顔だった。

「誰が殺すんだい。酔っ払いひとり殺したところで、誰も得しないだろ」

はつ江はあきれたような、馬鹿《ばか》にしたような目で光一を見る。『庭に殺された』よりも現実味のあることだと思うのだが。

「あんた、テレビの見過ぎだよ」

そう諭《さと》された。世のなか、むしゃくしゃしただけで他人を殺す人間もいるのだが、はつ江にとっては庭の恐ろしさのほうが、実感しているだけに身近なのだろう。――思えば、むしゃくしゃしただけでひとを殺せることのほうが、庭に殺されるよりも信じられないことかもしれない。

「あの庭はね、怖いんだよ。あんた、あの家に暮らしてて、なんとも思わないのかい」

はつ江は虚空を見つめて、そこに庭を見たかのようにおびえた顔で身を震わせた。

光一は車庫に車をとめると、屋敷ではなく庭に足を向けた。橋を渡り、門扉を開ける。園路に沿って進むと、葉が生い茂る令法《りょうぶ》の木が見えてきた。樹皮が剝《は》げてつるりとした幹は、百日紅《さるすべり》と似ている。花はまだだった。木のかたわらに石灯籠が佇み、木洩れ日が斑《まだら》に影を落としている。

ここで亡くなったひとがいるというのが、にわかには想像しにくかった。木の根もとは下草と落ち葉に埋もれている。この木は秋の紅葉も燃えるように美しい。石灯籠は苔に覆われ、百年以上も前の血痕などさがすべくもなかった。いままでじっくり見たことがなかったが、この灯籠の円窓は半月のような――いや、半月よりいくらかふくらんだ形をしている。そこから庭の緑が見えた。光一は園路を先に進む。辛夷《こぶし》、花海棠《はなかいどう》、紫陽花《あじさい》、大山蓮華《おおやまれんげ》。丸く刈りこまれた槙の前には、小振りの岩が並ぶ。しばらく眺めて、光一はこれが半月を象《かたど》っているのだと気づいた。背後の槙はお椀《わん》を被せたような半円形で、岩も端から中心に向かって背が高くなる。

――城を模すとともに、月の満ち欠けを象った庭でもあるのだ。

歩みを進めると、本丸の島へと渡る橋が見えてくる。その向こうにある祠には三日月。さらに行くと、梶の木の向こうに現れるのがはつ江いわく地蔵石だった。やわらかな木洩れ日の下、細長い石が立っている。細く薄い。おそらく二日月を表しているのだろう。しかし、これははつ江の言うような地蔵というよりも――。

光一は石のそばにしゃがみこむ。石のうしろ、日陰《ひかげ》になる場所に雪の下が群生していた。花の時季ではないので、斑の入った丸い葉ばかりが生い茂っている。こんな場所で、それも夜に、はつ江の曾祖父、寅吉は何をしていたのだろう?

寅吉の件は、依頼事でもないのだから調べる必要などない。だが、庭で死んだとなるとやはり気にかかるし、雪の下のことが引っかかっていた。なぜ、雪の下を握って死んでいたのだろう。

光一は立ちあがり、園路の先を見やる。順序からすると、このあと新月、有明《ありあけ》、下弦の月――といった具合で続くのだろうか。そう思ったところに、携帯電話がポケットのなかで震える。出てみると、周平だった。

「行方不明になったひとたちなんだけどさ」

開口一番、そう言いだす。やや興奮したような口ぶりだった。

「いなくなった三人のひとたち？」

「そうそう。それなんだけど、新聞を調べてみたら、いなくなってないんだよ」

「え？」

光一は電話を耳に当て直した。「いなくなってない？」

「正確に言うと、一時いなくなったんだけど、みんなすぐ見つかってるんだ。全員が庭でいなくなったわけでもないし、狂言とか家出だったって記事もある」

「狂言に、家出――」

「蓋を開けてみたら、そんなもんだよな。でも、西矢寅吉が事故死してるのはほんとだったよ。こっちは西矢さんに聞いた以上のことは載ってない。亡くなった寅吉ってのが、まあ評判の悪い男だったみたいだけどな」

詳細は帰ってから、ということで光一も屋敷のほうに戻ることにした。台所でコーヒーを淹れていると呼び鈴が鳴ったので、もう帰ってきたのかとあわてる。が、玄関に出てみると、やってきたのは周平ではなかった。

「コーイチ、さっき庭に来たでしょう?」

咲だった。

「一緒に遊ぼうと思ったのに、帰っちゃうんだもの」

咲は不服そうに言った。

「遊びに行ったんじゃないんだよ。用事があったからで」

どうも、言い訳するような調子になる。

「用事? なんの?」

そういえば、庭で起こったことなら、庭にいる彼女たちに訊けばわかるだろうか。そう思い、光一は身をかがめた。

「——昔のことなんだけどさ。庭で死んだひとがいたのを、覚えてないか?」

咲は眉をひそめた。「死んだひと?」

「そう。石灯籠に頭をぶつけて亡くなったっていうんだ。彼はその夜、雪の下のあるところ——石が立ってるだろ? あの辺りにいたと思うんだけど」

「雪の下のことなら、雪の下が知ってるわ」

咲は簡潔にそれだけ言った。

「また城に行って、お雪に話を聞くしかないか」

その前に周平にお手玉を直してもらうことにしよう、と思う。小豆も手に入ったことだし。

「お雪に会うために行くの？」

「うん、そうなるな」と答えると、咲はむくれた。

「わたしにはちっとも会いに来てくれないくせに」

困惑した。そんなことを言われても。

「遊びに行くわけでは――」言いかけて、細かいことで反論するのは得策でなかろう、と判断する。火に油をそそぐ可能性が高い。

「――ごめん」

「とりあえず謝っておこう、って思ってるでしょう。コーイチはね、そういうところがダメなのよ」

光一はこめかみを押さえた。なんだこれは。痴話喧嘩《ちわげんか》じゃあるまいし。うーん、と天井を仰ぎ、よし、とつぶやいた。

「アイスをあげよう」

「え？」

「アイスクリーム。前に食べただろ」

「……白くて、冷たくて、甘かったあれ？」

「それ」

咲を応接室の長椅子に座らせて、光一は台所に向かう。アイスを器に盛って応接室に戻ると、咲は顔を輝かせた。目はアイスに釘《くぎ》づけになっている。わかりやすい。すすめると、前とおなじように最初はおそるおそる口に入れて、それからは夢中になって食べていた。

　咲はスプーンを行き来させるのに忙しく、すっかりおとなしくなっている。そうしているると、まるきり幼い子供だった。

「――庭で死んだひとっていうのは、あの庭の世話をしてた庭師なんだよ。お雪が何か知っているることがあれば、聞きたいんだ」

　食べ終わるころにそう頼みこんだ。咲はスプーンに残ったアイスをぺろりと舐《な》めて、

「いいわよ」とあっさり言った。食べ物ひとつで機嫌を直してくれるのだから、助かる。

「つれていってあげる。じゃあ、行きましょう」と立ちあがったのを、「いや、いますぐは――」周平が来るから、まだ行けない。説明しようとしたところで、玄関の扉が開いた。玄関は応接室のすぐ横で、ガラス戸から入ってくるひとが見える。周平だ。

「光一？　なんで応接室なんかに――」

　周平は応接室の扉を開けて入りかけ、動きをとめる。

「……どちらさん？」

　ちょこんと長椅子に座る咲に、戸惑ったように光一を見る。光一は返答に迷った。

「ええと、近所の子……かな」

　周平はご近所の子供を見知っているだろうか。よく知っているならこの嘘は通用しないが。

「近所？　近所ってどの辺」

「さあ……」

適当に答えてさらに突っ込まれても困るので、あいまいに首をかしげる。

「さあ、っておまえ」

周平は光一から咲に目を移す。

「お嬢ちゃん、どこの子？」

周平は陽気で気さくなわりに、子供への接しかたはなっていない。あんなふうにふんぞり返って上から見おろして訊いては、子供はおびえるだけである。とはいえ、相手もただの子供ではないが。

咲は周平をにらみあげて、ぱっと椅子からおりる。すばやい動きで光一の座る椅子のうしろに隠れた。椅子の背からすこし顔をのぞかせて、周平をにらんでいる。

「このひとは、俺の叔父さんだよ」

と言っても、咲は毛を逆立《さかだ》てた猫のように周平をにらんでいる。周平は周平で、訝しそうに咲を眺めていた。

「帰る」

ひとこと言ったかと思うと、咲は掃き出し窓から駆け出ていった。光一は頭をかく。どうやら、周平のことは気に食わないらしい。

「おまえさあ」

周平は渋面だ。

「あれ、小学生だろ？　あんな小さい女の子をひとりで家に入れるなよ。この家にほかに女のひとがいるならともかく。あの子にどんな事情があるか知らないけど、善意で居場所を提供してやってもな、今日び、何言われるかわかったもんじゃないぞ」

「いや、あの子は――」

説明のしようがない。光一は、「……わかったよ」とだけ言うしかなかった。

「なんだかなあ。三十過ぎてもおまえは危なっかしいなあ。子供を騙す大人もいるけど、大人を騙す子供だって当たり前にいるんだぞ」

気をつけろよ、と言う。あきれている。

「子供に騙されるのはしょうがないだろ」

「しょうがないって、おまえなあ」

「騙されようが、子供が困ってたら助けてやるのが大人の役目だろ」

周平は苦いものをうっかり嚙んでしまったような顔をした。

「そういうとこ、兄貴にそっくりだよ。父にそっくりだよ。まったくおなじことを言いやがる」

光一は目をしばたたく。父にそっくりと言われると、なぜだか妙に気恥ずかしい思いがして、周平から目をそらした。

「――まあ、それはともかく」

周平は光一の向かいに腰をおろす。咲が座っていた場所だ。

「庭の話だよ。まず、行方不明になったひとたちな」

シャツの胸ポケットから折り畳んだ紙をとりだす。マイクロフィルムの記事をプリントアウトしたものらしい。広げてみると、ざらついてかすれた活字体が並んでいる。《望城園で神隠し》という大きな見出しが目に飛びこんできた。

「神隠しって辺りが時代だよなあ。最初の行方不明者がそれなんだけど、いなくなったのは本町《ほんまち》に住む須田《すだ》みつ二十三歳女性。姑と一緒に庭を見に来てる途中で彼女だけいなくなった。嫁がいなくなった、ってんで姑は大騒ぎだよ。——ところがだ」

周平は下に重ねてあった紙を上に持ってきた。《神隠しは狂言》という見出しである。

「これはみつの狂言だった、っていうんだな。庭で姑とはぐれたふりをして、こっそり隠れた。姑を困らせてやろうと思ったんだとさ。日頃から姑にいびられてたもんだから。そしたら予想以上に姑が青くなって大騒ぎしたもんだから、隠れてたみつは出るに出られなくなった。で、騒ぎのあいだにこっそり庭を抜けだして、ひと晩、友人の家に匿《かくま》ってもらったらしい。つぎの日には婚家に戻ってたそうだ。後日、須田家が記者に説明してわかったんだと」

嫁姑問題の延長ということだ。

「そのみつってひとは、それからどうなったんだ?」

離縁でもされたのかと思いきや、「姑が『自分にも悪いところがあった』って反省して丸く収まったみたいだぜ、記事によると。美談調にまとめてあるな」という。記事を読むとなるほど、当時の新聞らしい訓戒めいた調子で締めくくってあった。

「つぎが十七歳男性。これに関しては最初から家出って記事が出てる」

周平は最初の記事の隣に紙を置いた。

「最初の神隠し騒ぎから半年後だ。『望城園を見に行く』と言って家を出たあと、帰宅せず。でも翌日には帰ってきたってさ。で、本人いわく『家出するつもりだった』って。勤め先の親方が厳しくて悩んでたらしい。これは行方不明事件として扱われてないから、住所や名前もとくに出てない。お騒がせ少年の顚末《てんまつ》、みたいな感じだな」

記事によれば結局、職を替えたそうだ。

「それで、これが最後の三人目。――この話は、ちょっと不思議なんだけどな。少年の家出騒ぎから約一年後。西矢寅吉の事件のちょっと前。いなくなったのは女の子だよ」

「女の子?」はっとする。「名前は?」

「いや、名前は載ってない」

がっくりと落胆した。もしやユキかと思ったのだが。

「母親と一緒に庭に来ていたら、いつのまにか姿が見えなくなった。どれだけさがしてもいない。大人数でさがしても見つからず、これは濠にでも落ちたのでは、と翌日に濠を浚《さら》うことになった。ところがだ。翌朝、この子はひょっこり現れるんだよ。あの庭にだ。橋の上に立っていたらしい。どこにいたのかと訊かれたら、『ずっとお庭にいた』と答えたんだと。あれだけさがしても見つからなかったのに、いったいどこに隠れていたんだろう、って大人たちは不思議がったそうだよ。かくれんぼがうまいにもほどがある、ってさ」

記事は、行方不明を伝えるものと、見つかったあとのものだった。後者の見出しには、女の子の《ずつと御庭にゐたよ》という台詞《せりふ》が使われている。女の子が隠れていた場所については書かれていない。真似をされると困るからだろうか。

「最初のひとも姑から隠れていたわけだし、どこか見つけにくい場所でもあるのかもな。藩主が造らせた庭なわけだし、いざってときの抜け穴とか？　ちょっと気になるよな」

周平はそこに興味をそそられているようだったが、光一の関心はそこにはなかった。腕を組んで、各記事を何度も読む。

「そんな眉間に皺よせることか？　全員、無事に見つかってるのに。――まあ、こっちは無事じゃなかったわけだけど」

と、周平は一枚の紙を行方不明事件の記事の上に置いた。《望城園にて變死《へんし》したる庭師》という見出しは、かすれた文字のせいか記者の動揺まで伝わってくる気がした。

「一報はすわ殺人事件か、って色めき立ってて大仰なんだけど、亡くなったのが鼻つまみ者の酔っ払いで、どうやら事故らしい、となると二報目でもう明らかに興味を失ってる感じなんだよな。酔って庭に侵入し転倒したと思われる、ってことで終わってる」

当初は博打《ばくち》や借金で揉めた末の殺人も疑われたようではあるが、賭場《とば》や酒場ならともかく、わざわざ他家の庭で揉めるというのも妙だろう。当人の素行が悪いだけに、酔って庭に不法侵入のあげく足を滑らせて転倒、というのがいちばん妥当と判断されたようだ。

光一は行方不明事件の記事を手にとり、読み比べた。

「……どれもいなくなった翌日には見つかってるんだな……」

小さくつぶやく。周平は「え?」と訊き返したが、光一はべつの言葉を口にした。

「この、本町の須田さんって、いまもある家かな」

「本町の須田って言ったら、須田ビルの須田さんかなあ」

「須田ビル?」

「戦前まではわりと大きな木綿商だったんだよ。いまは商いをやめて、店をビルに建て替えて貸してるんだ。税理士とか何かの会社の事務所とかが入ってるよ」

応接室の戸棚には、医院の待合室だった名残《なごり》で地元の電話帳やら住宅地図やらが置いてある。光一はそれを持ってきて、まず住宅地図で須田ビルを確認した。城下町の一角だ。大通りに面している。裏手に《須田清右衛門《せいえもん》》という家があった。ここがオーナー宅だろうか。周辺をさがすと、ほかにも《須田》家は何軒かあった。とりあえず、須田ビルのオーナーらしき家に当たってみることにしよう、と光一は電話帳で《須田清右衛門》宅の電話番号をさがし、携帯電話に打ちこんだ。

「おい、何するつもりだ?」

「行方不明事件のことを訊きたい」

行方不明者たちはいずれもひと晩、姿を消している。あの城に行ったのでは、と思うが、記事からすると狂言やら家出やらということになっている。事実を確認したかった。もしこの行方不明者たちが城に行っていたなら——三人目の女の子というのが、ユキなのでは？　どうやったらそれをたしかめられるか、いまのところ糸口はない。だが、行方不明事件の調べを進めれば、その糸口がつかめるかもしれない。

「どれだけ昔の話だと思ってんだよ、知ってるひとなんていないだろ。そもそもその須田さんが記事にある須田さん家かもわからないのに」

「だから確かめるんじゃないか」

光一は通話ボタンを押した。

電話に出たのは須田清右衛門ではなかった。地図も電話帳も古く、清右衛門はすでに亡くなり、世帯主は息子に替わっているという。電話口の相手はその息子の清次郎《せいじろう》だった。

「ああ、そりゃ、うちの分家の話だね」

あっさりと清次郎は言った。五、六十代くらいに思える声だが、張りがあって野太い。

「戦後もしばらくはおなじ本町に家があったけどね、いまはもうないよ。え？　あの神隠しの話？　私が知ってることでよけりゃ、話すけど。君、八重樫って三日月邸の八重樫さんだろ。八重樫さんとは、〈御三家〉のよしみがあるからね」

いまから訪ねる旨を約束して、光一は電話を切った。

「周平さん、〈御三家〉って何？」

「徳川《とくがわ》の？」

「違う。須田さんが、うちとは御三家のよしみがあるからって」

「ああ――」と周平はちょっと天井を見あげた。「あれだな。〈梶坂の御三家〉だ。この辺りでとくに名の通ってた素封家を昔はそう呼んでたんだよ。商家の長谷《はせ》家と須田家と、うち。うちは医者だけどさ、もともとは養蚕もやってる商家で、町作《ちょうさく》っていって農地持ちだったんだ。つまり大地主。大地主をダンナとかダンナシって呼んでたんだが、うちは〈千俵《びょう》取りの大旦那《おおだんな》〉だった。長谷家と須田家はどちらも木綿商。この町の商人は江戸店《だな》持ちの大店《おおだな》も多かったけど、明治維新後は凋落《ちょうらく》の一途でさ。長谷家と須田家は、そのなかでも戦後まで持ちこたえた店だな」

「へえ……そんな呼び名があるとは知らなかった」

「地元のことは案外、知らないことのほうが多いもんだよ」

興味があるなら市史を読めば、と言われた。全二十巻だそうだ。機会があれば、と言っておいた。


「御三家と言っても、うちはこのとおり、店をたたんでしまったからね。たたんだ張本人の私は親戚からずいぶん言われたもんだよ。先祖代々続いた店をつぶすのかって。口だけ出せばいい連中はほんとうに好き勝手なことを言うもんだ」

声から想像がついていたが、須田清次郎は恰幅《かっぷく》のいい、潑剌《はつらつ》とした男性だった。鷹揚さと威圧感の両方を備えている。恰幅はいいが無駄に太っているわけでもなく、細縞《ほそじま》の入ったシャツが品よく似合っていた。いかにも社長然としたひとだなと思ったら、店はたたんだものの、ビルのオーナーのほか、不動産業も営んでいるとのことだった。

「江戸時代からの呉服店だったんですよね」

話を合わせるつもりで言ったのだが、

「いや、呉服屋は絹の店。うちみたいな木綿商は太物屋《ふとものや》といったんだよ」

と丁寧に訂正されてしまった。生半《なまなか》に調子を合わせようとするものではない。

「失礼しました。よく知らないもので」

「いやいや、気にしないで」清次郎は鷹揚に笑う。「君もお父さん方とは違って、医者にならなかったんだろう。探偵をやってるんだって？　親戚にやいのやいの言われたくちだろう。お仲間だ」

探偵をやっていることまで、もう知っている。耳の早さに舌を巻くが、狭い町であるうえ、目立つ家でもあるから、そんなものかもしれない。

「お父さんのことは、残念だったね。まだお若かったのに」

「いえ……」

悔《く》やみを言われると、いまだにどう返せばいいのか戸惑う。そんな心情を察してか、それとも自身が湿っぽい話題が苦手なのか、清次郎は「それで」と本題に入った。

「神隠しの件が聞きたいってことだったね」

「はい。お姑さんを困らせたくて自分で身を隠した、と記事には載ってましたが――」

どう尋ねたものか迷う。

「――それがほんとうだったのかどうか、知りたいんです」

結局、疑問をそのままぶつけた。ほんとうに狂言だったのか。それが知りたい。

「私も聞いた話だから、ぜんぶがぜんぶ正確ではないと思うよ。あと、この話は本家とその分家以外には門外不出。でも君はほかならぬあの庭の持ち主である八重樫さんだからね」

そう前置きして、清次郎は光一のほうに身をのりだした。内緒話をするように声をひそめる。

「当時、分家と本家で話し合って、そういう話をこしらえたんだよ」

「こしらえた？」

「あの庭で分家の嫁が突然姿を消したのは、ほんとうだ。嫁は翌日、庭の門の外、橋の上でぼんやりしているところを八重樫家の使用人に発見された。八重樫家はすぐに分家に知らせて、夫と番頭が駆けつけた。ところが、嫁はどこへ行っていたのか、という問いかけにわけのわからないことを答えた。お城に迷い込んで、歓待を受けていた、というんだよ」

――お城に迷い込んで。

ときおり城に迷い込む人間がいる、と光一は前に聞いている。そのさいには、快《こころよ》くもてなすのだとも。

「江戸時代ならいざ知らず、文明開化が謳《うた》われる明治も半ばのことだからね。なんだ、そうだったのかとはならない。身内でもそうなんだから、世間ではなんと言われるだろう。あることないこと、ひどい邪推をされるかもしれない。それよりは、と狂言だったということにしたんだよ。嫁姑の確執にしてしまえば、ひとの関心もそちらに移るからね。――どうも、そう助言したのは当時の八重樫家当主らしいんだけど、はっきりしない。目論見《もくろみ》どおり、世間の関心は嫁姑問題のほうに向いたらしくて、姑が譲る形で丸く収まったから、分家の店の評判はあがったそうだよ。災《わざわ》い転じて福となす、というのかな。そういう意味で本家では内々に伝聞されている事件なんだよ」

滔々《とうとう》としゃべって、清次郎はお茶を飲んだ。さすがに社長らしく、弁舌なめらかだ。

「結局、その嫁がひと晩どこで何をしていたのかは謎のままというわけなんだけどもね」

いや、彼女はありのままを話したのだ。信じてはもらえなかったが。

「こしらえた話のほうが実際ありそうな話だね。しかし、つじつまが合って整い過ぎてる。事実というのはね、もっとあいまいなものだよ。ね、君」

笑いかけられたが、うまく笑い返せなかった。愛想笑いが下手なのには定評がある。

「これは仕事？　それともプライベート？　昔の事件を調べて、本でも書くのかい？」

「プライベートです」

「じゃあ、いま話したことはとりあえず内密に、ということで。もう店もないからかまわないかと思うんだけど、うるさい親戚がいるからね」

うるさい親戚が面倒な心境はよくわかるので、内密にします、と約束した。

——ほかの二件も、これとおなじだったのではないだろうか。

そんなふうに思う。こしらえた話。

「神隠しの事件はあとほかに二件あったんですが、それはご存じですか？」

尋ねてみると、すぐに清次郎はうなずいた。

「あったそうだね。親戚から聞いた話だけど。狭い田舎《いなか》だから、とくに昔は近在で起こったことなら何でも筒抜けだ。なんだっけ、上川町《うえがわちょう》の家出少年と、宮町《みやまち》の女の子だっけ。上川町のほうはここと離れてるから、よく知らないけどね。宮町は近所だし商売上つきあいのある家もあったしで、ちょっと知ってるよ」

「ちょっと知ってる——というと、どれくらい」思わず勢い込んで訊いてしまう。

「言ったように、親戚からの又聞きだよ。ええと、宮町の——ちょっと待って」

清次郎は立ちあがり、棚のガラス戸を開いて古い帳面のようなものを引っ張りだす。胸ポケットから老眼鏡をとりだしてかけると、帳面をめくって何かたしかめていた。

「うん、そうだ。稲葉《いなば》さんだな」ひとりごちて、清次郎は帳面を棚に戻し、ソファに戻ってくる。

「昔のお得意様でね、宮町の稲葉さん。そこのお嬢さんが子供のころの話だよ。お嬢さんといっても、とうの昔に亡くなったひとだけど」

「名前は」

「え？」

「名前はなんといったんでしょう？」

「稲葉潔子《きよこ》さん。清潔の潔に、子供の子で」

——ユキではなかった。

「私は稲葉さんとはそうつきあいがないんだけど、この潔子さんの嫁ぎ先と懇意でね。同級生がいるんだ。同級生の、曾祖母にあたるんだったかな。同級生が子供のころにはまだ存命で、いろいろと昔の話も聞いたそうだよ。俳句を詠《よ》むひとだったらしくて、何度か新聞に載ったり句集を作ったりしてたんじゃなかったかな。同級生も句を詠むひとで、私も句集を何冊かもらったよ。ここにもあったな。その曾祖母の句も載せてあって——」

清次郎はふたたび棚に向かい、薄い冊子を手に戻ってくる。

「この同級生はねえ、凝った俳号をつけてるんだよね。曾祖母のほうは本名のままなんだけど」

句集をさしだされる。とくに興味はなかったが、見ないのも悪いので表紙をめくった。最初に曾祖母である潔子への謝辞が載せられている。曾祖母が俳句の師ということらしい。

ページをめくろうとして、光一は手をとめた。息もとめてその謝辞に見入る。

「どうかした？」

固まっている光一に、清次郎はけげんそうに訊いた。「これは——」光一は謝辞にある潔子の名を指で示した。

「これは、誤植ですか？」

「え？　どれどれ」

老眼鏡をかけて清次郎がたしかめる。《潔子》の字にはふりがながふってあった。《ゆきこ》と。

「あれ、『きよこ』と読むんじゃなかったのか」

清次郎は首をかしげる。

「自分で作った句集だし、謝辞の名前を間違えることはないだろうから、これで合ってるんだろうね。まあ、名前の読みは複雑だからね」

そう、複雑だ。『紘二』が『こういち』であるように。

「――すみませんが、その同級生のかたを紹介していただけませんか？」


清次郎の同級生宅から車で帰りながら、光一は聞いた話を頭のなかで反芻《はんすう》していた。

――曾祖母の名は『ゆきこ』だけど、ふだんは『ゆき』と呼ばれていたそうだよ。

清次郎の同級生はそう語った。清次郎とは違って痩身《そうしん》の、おっとりした雰囲気の男性だった。潔子もこんな雰囲気の女性だったのかもしれない。

――ああ、神隠し事件。曾祖母が子供だったころの……。それがね、曾祖母はそれについてほとんど語らなかったんだよ。僕も親戚から聞いただけで……。覚えてない、って言うんだ。ほんとうに覚えてないというより、話したくないみたいだったな。その事件のあと、曾祖母は何度もあの庭に行きたがったそうなんだけど、反対されたそうで。どういう経緯なのか、結局、八重樫さんから庭の植物を株分けしてもらったんだそうだよ。え？何の植物かって？

雪の下だよ。

曾祖母はずいぶん大事にして育てて、嫁ぎ先にも持ってきたくらいだ。ほら、あそこに見えるだろ。生け垣の前。曾祖母が植えた雪の下だよ。いまじゃ茂りすぎなくらいだ。

「……株分けか……」

幼い潔子をなだめるためだろうか。潔子は雪の下に何を語りかけ、育つのをどう見守っていたのだろう。

家に着くと、応接室で周平がお手玉を縫っていた。家を出る前に頼んでおいたのだ。

「おう、もうできるぞ」

「ありがとう」

体の大きな周平からするとずいぶん小さく見える針を使って、器用に縫っている。あまり針を動かしているように見えないのに、すうっと縫えているから不思議だ。

「これ、いい絹だな。古いものだ。明治くらいのものかな」

「えっ、わかるの」

「縮緬にも流行りみたいなもんがあるんだよ。これは壁《かべ》縮緬。旧家に行くとさ、代々受け継がれてる着物です、なんて言って三枚襲《がさね》が出てきたりするけど、すごいぞ」

しゃべりながらも手を動かす。それを眺めながら、光一は清次郎が話してくれたことを報告した。潔子については、黙っていた。

「ふうん。こしらえた話ね。ありそうなことだな。――でも結局、その嫁さんはどこに消えてたんだろうな、ひと晩」

「さあ」と答えるほかない。周平はそれを横目に見て、「まあ、おまえの気がすんだんならそれでいいけど」と言った。

お手玉の端を縫いとめ、最後に糸切り鋏《ばさみ》で糸を切る。

「よし、できた。糸も布地も弱くなってたから、補強に裏地をつけて縫い直しといた」

よくわからないが、すごい。手にのせられたお手玉は、ほどよい重みがあった。子供の手にちょうどいいだろう。

「周平さんて、ほんとに何でもできるんだな」

「子供には懐かれないけどな。これ、さっきここにいた子のお手玉なのか？」

「ああ――うん、まあ」

あいまいに返事をする光一に、周平は渋い顔をする。

「懐かれるのもほどほどにしとけよ。あとで面倒なことになるぜ」

すでに面倒なことにはなっている気がする。そう思ったが、「うん」とだけ答えておいた。ため息ひとつ残して、周平は帰っていった。光一はお手玉を手に、庭に向かう。お雪に会うためだ。咲にもらった野茨の枝はもう枯れてしまったので、あの城に行こうと思ったら咲につれていってもらうしかない。あるいは、光一もほかのひとのように迷い込んだりできるのだろうか？　門の前で思案していると、「コーイチ」と背後から声がした。

ふり返ると、咲がいた。拗ねたような顔をしている。いや、『ような』ではなく、拗ねている。

「あのひと、もう帰った？」

「……周平さんのこと？」

「知らない。わたし、あのひとは好きじゃないわ」

そう言って唇をとがらせる。

「いいひとなんだけど。でもまあ、子供には昔からウケが悪いな」

「わたし、子供じゃない」

咲はむくれる。たしかに、見た目はそうでも、けっこうな歳なのは間違いない。あの野茨は樹齢何百年だろうか。──逆に、どうして子供の姿なのだろう？　ほかの木よりは若いから？

「コーイチ、お雪に会いたいんでしょう。そうでしょ？」

咲は手を伸ばす。「ああ」とうなずいて、光一はその手をとった。門がひとりでにごとりと外れて、扉が開く。咲に手を引かれて、光一は門のなかに足を踏み入れた。

目の前に、高くそびえる石垣が現れた。右手には櫓門がある。ふり返ると、立派な高麗門が立っていた。開いた扉の向こうには、渡ってきた橋が見える。

ここは桝形虎口《ますがたこぐち》――城の外門と内門のあいだだ。前に入ったときには、櫓門までは庭だった。入りかたによってその辺りは変わるのだろうか。咲にうながされ、光一は櫓門をくぐる。咲は御殿に向かい、前回とは逆に右側の冠木門へと光一を導いた。左右でどう違うのだろうと思ったが、なかに入ってわかった。こちらは地面に白砂が敷かれていることもなく、土が剝き出しで、正面の突き当たりに簡素な戸口がある。奥向きにつながる出入り口なのだ。咲はまっすぐそちらに向かうと、戸を開けて声をかけた。

「お雪」

なかは先日も訪れた、台所だ。土間には竈が並び、前回同様、釜や鍋が火にかけられている。これもまた以前とおなじように、辺りでは女中たちが忙しく立ち働いていた。

「はい、姫様」

台所の奥から、お雪が駆けよってくる。光一の姿に「あ」という顔をして、板間の端に膝をついた。

「これ、直したよ」

光一がお手玉をさしだすと、お雪の顔はみるみるうちに上気して、輝いた。

「ありがとうございます……！」

お雪はお手玉をそっと両手に包んで、胸に抱く。光一は板間に腰をおろした。

「『ユキ』ちゃんのこともわかったよ」そう言うと、はっとお雪は顔をあげる。

「あれから何度もここに来ようとしていたそうだけど、反対されて来られなかったんだ。その代わり、庭の雪の下を株分けしてもらって、家で育てていた。嫁ぎ先にも持っていくくらい、大事にしてた。俺は見てきたけど、うちの庭以上によく茂っていたよ」

光一の言葉に、お雪は目をぱちぱちさせた。

「……ほんとう？」

「ああ」

「そっかあ」

お雪はふんわりとした笑顔になった。明るく灯がともったようだ。その顔を見ると、調べてやってよかったなと思う。あとは——。

——潔子は、城を出たとき、お雪にもらった片袖を持っていた。

片袖、つまり雪の下を持っていたのだ。そして、西矢寅吉は雪の下を握りしめて死んでいた。これはどうつながるのだろう。

「お雪、その『ユキ』ちゃんと遊んだあとのことなんだが」

「はい？」お雪はお手玉を大事そうに袂にしまい、光一のほうを見た。

「それからしばらくして、夜に庭にやってきたひとがいなかった？」

「夜に……ですか」

お雪はきょとんとしている。いきなり思い出せと言っても難しいか。

「夜にやってくるひとは稀《まれ》だと思うんだけど。それで、君を踏《ふ》み潰《つぶ》したり、葉をちぎったりしなかったかな。男のひとで」

「あっ」

お雪は声をあげた。

「覚えがある？」

「あります」急いでうなずく。

「おっしゃるとおり、夜に来るひとは、あんまりいません。そのうえ、わたしを踏みつけてきたのはあのひとだけです。おまけに葉までちぎって」

話しながら、お雪はだんだんと当時を思い出してきたのか、興奮したようにしゃべった。

「昼間やってくる、庭師のひとでした。庭師なのに、どうしてあんなひどい真似をしたんでしょう」

「そのひとは、そこで何をしていたんだ？」

「わたしを踏んづけたんです」

お雪は眉を八の字にして、悔しそうに言った。

「うん、ああ、それはそうなんだろうけど——痛かった？」

ふと思い至って訊くと、お雪はちょっと光一を見つめて、こくりとうなずいた。

「ちょっとだけ。むしりとられるほうが痛いの……痛いんです。踏まれるとムッとして、葉をちぎられるのは、チクッとします」

「そう。ひどい目にあったね」

痛みを感じるのであれば、怖さも感じるだろう。お雪は何度か目をしばたたいて、光一を見つめていた。

「……あのひとは、何かさがしているみたいでした」

お雪は前掛けの上にそろえて置いた両手を見おろして、ぽつりと言った。

「辺りをうろうろしたり、しゃがみこんだり……そのときわたしを踏んづけたんですけど。わたしを掻《か》き分《わ》けて、地面をさぐっているようでした。そのうち、いらいらした様子でわたしの葉っぱをちぎって——そしたら声がして、そのひとはあわてて立ちあがりました」

「声？」

「ひそめた声で、叱りつけるみたいな感じでした。よく聞こえませんでしたけど……。それで、そのひとは逃げていきました。声をかけたひともあとを追ったみたいで、何か言い合いながら足音はどんどん遠ざかって……それからあとは、知りません」

「声をかけたひとっていうのは、誰かわかる？」

お雪は困ったように眉をさげた。

「声が遠くて……ちょっと離れたところにいたんだと思います。でも、男のひとの声でした。たぶん、あれは——」

「心当たりがある？」

「あの、たぶんなんですけど……あのひとも、庭師のひとだったと思います」

「庭師？」

「『親方』って呼ばれてたひとです」

親方――。

「そうか。どうもありがとう」

礼を言ってお雪を仕事場に戻す。光一は立ちあがった。

「咲、令法《りょうぶ》に会わせてくれないか」

石灯籠のそばに立つ令法の木。お雪の話だと、寅吉は雪の下のそばで死んだわけではない。石灯籠の辺りで何があったのか、令法なら知っているはずだ。

返事がないのでふり返ると、咲はつまらなそうに唇を引き結んで、つまさきで地面を蹴《け》っていた。

「コーイチって、誰にでもやさしいのね」

拗ねたように言う。

「お雪にまであんなやさしくして」

光一は返答に困った。

「誰彼なしに冷たくするほうがおかしいんじゃないか」

「わたし以外にやさしいのはイヤ」

――子供じみた独占欲だ。

樹齢何百年か知らないが、咲はやはり、この見た目どおり子供なのだ、と思った。

光一は身をかがめて、「あのな」と咲に語りかけた。

「礼儀と敬意を持って相手に接するのは、相手が誰であろうと当たり前のことだ。それはやさしいとかやさしくないとかじゃない」

「……やさしくしてるわけじゃないってこと？」

光一の言ったことがわかっているのか、いないのか、咲は言った。

「うん、まあ、そうだよ」

「ふうん。じゃあ、いいわ」

咲はにこっと笑う。やはり理解していない気がする。

「じいのところへつれていってあげる」

「じい？」

「令法に会いたいんでしょ？」

令法というのは、じいなのか。裃《かみしも》姿に白髪髷の老人が頭に浮かぶ。

咲は外に出ると、建物を左に回りこむ。そちらの突き当たりにも出入り口があった。台所とおなじような簡素な造りだ。板戸を開けると、細長い土間が続いている。咲はそこを突っ切り、さらに戸を開け、奥へと進んだ。奥は坪庭のような空間だった。石と砂で造られた庭を縁側がぐるりと取り囲んでいる。咲は靴を脱ぐと、縁側をよじのぼった。ふつうに玄関からあがりこむという選択はないのだろうか。光一も靴を脱ぎ、咲のぶんまでそろえて並べる。姫様だからか、自分の脱いだ靴をそろえるという発想はないようだった。

咲は縁側を進みながら、「じい、じい!」と呼ばわった。

縁側に面した板戸のうち、一枚がからりと開く。そこから羽織袴《はおりはかま》姿の老人がぬっと姿を現した。

「姫様、そう大きなお声を出されずとも、じいには聞こえます。耳は遠くなっておりませんと何度申しあげたらよろしいのですか」

老いてはいるものの、肩幅のがっしりした、壮健そうな男性だった。白髪だが毛量は多く、髷もしっかりと大きさを保《たも》っている。扁平《へんぺい》で、横に長い顔だ。頬は歳に似合わず妙につるりとして、令法《りょうぶ》の木肌を思わせた。

どっしりとした老木そのもの。そんな印象だった。

『じい』は光一をじろりと横目に見た。

「こちらは?」

「コーイチよ、じい。八重樫のあるじよ」

「では――」

彼は光一に向き直る。光一の顔をじっと眺めて、膝を折った。

「それがしは、令法吉左衛門《りょうぶきちざえもん》にございます」

光一などにも堅苦しく名乗る。令法は苗字なのか、と思った。

「じい、あのね、コーイチは石灯籠のところで死んじゃった庭師のことを知りたいんですって。覚えてる?」

令法は細い目をさらに細めて、「庭師でございますか」とつぶやいた。

「覚えてる?」

「姫様、じいはまだ耄碌《もうろく》してはおりませぬ。——こちらへどうぞ」

令法は体をずらし、座敷へ入るようすすめる。座敷はこぢんまりとしており、奥の壁際に行灯《あんどん》と文机《ふづくえ》があるだけだった。令法は光一を上座に座らせ、脇息《きょうそく》をかたわらに置いた。客人だからだろうか。

「庭師のことは、よく覚えております。かたわらでひとが亡くなるのを見るのは、いつでもしのびないものでございますれば。——夜のことでございましたな」

光一はうなずく。「そうです」

「あの夜、若い庭師が庭にやってきました。酔っているのか、足もとはふらついておりました。しばらくしてから、べつの庭師がやってきました。これは親方です——若い庭師の父御《ちちご》でございました」

やはり、と思う。親方というのは、寅吉の父親、丸辰だ。

「若い庭師は奥のほうへ向かい、親方もそのあとを追いました。それから若い庭師が走って戻ってきましたが、ふらついておりますので、足どりは危ういものでした。いまに転ぶぞ、と思っておりましたら、石灯籠のそばで脚をもつれさせて倒れこみました。そのさいに頭を石灯籠に打ちつけたようで、庭師はひと声うめいたきり、動かなくなったのです。

あとから親方がやってきましたが、どうにもなりません。庭師にとりすがり、何度か声をかけていましたが、しばらくすると立ち去りました。――大勢のひとが来て、あれやこれやと騒々しくして、庭師の骸《むくろ》を運んでいったのは、夜が明けてからのことでございました」

光一は腕を組み、うつむく。

「じい、その庭師はね、お雪のほうにいたのよ。お雪は踏んづけられたって、怒っていたわ」

咲が口を挟んだ。お雪の、と令法は難しい顔でつぶやく。

「どうして彼が雪の下の辺りにいたか、何をしていたのか、わかりますか？」

光一は尋ねたが、令法は首をふった。「わかりませぬな」

即答だった。考えるそぶりもない。考えるまでもないのか、それとも――。

「八重樫様、あまり長居なされぬほうがよろしゅうございましょう」

令法はさっと立ちあがった。老人と思えぬ身のこなしだ。「門までお送りいたします」

「まだ大丈夫よ、さっき来たところだもの。それに送るならわたしが送るわ」

「姫様はいますこしじっとなさってくだされ。お付きの女中が困っておりますぞ。――百合若《ゆりわか》、菊王丸《きくおうまる》」

令法が名を呼んで戸を開けると、板間にふたりの小姓が控《ひか》えていた。

「姫様を鶴《つる》の間《ま》におつれ申せ」

「いやよ。まだコーイチといる」

「うっかり日が沈んでしまってはたいへんですぞ」

「気をつけるもの」

言い合うふたりに、光一は「咲」と割って入る。

「また来るよ」

そうでも言わないと、咲は引き下がりそうになかった。

「ほんとう？　約束よ」

咲はむくれながらも光一の言葉には満足したようで、小姓につれられ座敷を出ていった。令法は光一を伴い、出入り口のほうへと向かう。

「……俺に何か話が？」

縁側を歩きながら、光一は尋ねた。咲を遠ざけたのは、光一にだけ話したいことでもあるからだろうか、と思ったのだ。

令法は押し黙っている。光一はちょうどいい機会だと思い、言葉を続けた。

「咲には訊きかねていたんですが、十六夜《いざよい》は、その後どうですか」

令法はふり向くことなく、低い声で答えた。

「先般、身罷《みまか》りました」

「……そうですか」

「満足そうでした。あなた様には、十六夜のためにご尽力いただき感謝申し上げます」

「いえ……」

「ですが、こちらにはもうおいでくださいますな」

令法は足をとめ、ふり向いた。厳しい顔をしていた。

「それがあなた様のためでもあり、この城のためでもございます」

くるりと背を向け、ふたたび歩きだす。光一はただ困惑した。

「八重樫のご当主は、代々この城の門をくぐられることはなかったというのに……」

令法の嘆くようなつぶやきが聞こえる。そう言われても、光一は咲につれられてきたのだからしかたがない。今回は光一の頼みでつれてきてもらったが。

「……あなたはさっき、『かたわらでひとが亡くなるのを見るのは、いつでもしのびないもの』と言いましたよね」

足早にさきを急ぐ令法を追いかけながら、光一は口を開いた。

「それ以前にも、あの辺りでひとが亡くなることがあったのですか？」

令法は答えなかった。どうやら、『もうここへは来るな』と釘を刺すことだけが目的だったらしい。

話さないと決めている相手に暴露させるのは無理であることは、経験上わかっている。ゆさぶりをかけて話を引きだすのは好きではなかったし、そこまでの切実さを持っていない。

御殿を出て、門に至る。終始、令法は口を開かなかった。外門の前で、令法はようやくふり返った。

「ご無礼を申しました。お手討ちになってもしかたのないことでございます」

頭をさげる。手討ちって、と光一は困惑した。殿様じゃあるまいし。

「……もう来ない、と約束はできないんだが」

咲に乞《こ》われたら、突っぱねられる自信はない。駄々をこねる子供の御しかたなど、わからない。

きっ、と令法は光一を見た。

「それがしとの約束など、無用にございます。あなた様はただ御身をおいといください。ここはあなた様の場所ではございませぬ」

その威圧感に、光一は一歩あとずさった。足が門の外に出る。もう片方の足が門の敷居《しきい》にひっかかり、ぐらりと体が傾《かし》いで、うしろに倒れた。

尻もちをつく。

痛みにうめいて身を起こすと、そこは橋の上だった。目の前には古びた高麗門がある。扉はぴたりと閉まり、門がかかっている。光一は立ちあがり、橋を渡った。鈍色《にびいろ》の曇り空で、朝なのか昼なのか判然としない。湿気《しっけ》が肌にまとわりつき、雲は低く垂れこめている。いまにもぽつりと雨粒が落ちてきそうだった。

屋敷に向かいながら、ポケットから携帯電話をとりだし、日時をたしかめる。やはり、翌朝になっていた。

光一は応接室の扉からなかに入り、長椅子に腰をおろす。ひどく疲れていた。ひと晩、寝ていないことになるからだろうか。

——あなた様はただ御身をおいといください。ここはあなた様の場所ではございませぬ。

令法の言葉がよみがえる。たしかに、あちらとこちらを行き来するのは、体に負担がかかりそうではあった。

光一は長椅子に横になり、クッションを頭にあてる。目を閉じると、咲や令法、お雪や、はつ江、義雄などの顔がぐるぐると頭のなかを巡り、すぐにすべて暗闇《くらやみ》のなかに吸いこまれていった。

起きたのは昼過ぎだった。体のだるさはとれている。冷蔵庫に残っていた野菜ジュースを飲むうち、頭のほうもすっきりしてきた。光一は着替えをすませると、車で家を出た。

向かうのは西矢家だ。舗装の具合があまりよくない道を走り、生け垣に囲まれた家々のあいだを抜ける。きれいに整えられた槙の生け垣が見えてくる。光一が車をとめておりると、義雄が庭木のあいだから出てきた。首にタオルを巻いて、軍手をはめている。庭の掃除をしていたらしい。

「どうかしましたか。庭のことでまた何か？」

義雄はタオルと軍手を外す。

「すみません、邪魔をして」

「いやいや。ほかにすることもないんで、やってるだけですから。道楽です」

義雄は妻にお茶を頼んで、光一に縁側に座るようすすめる。なんとなく、縁側が光一の定位置になりつつあった。

「雨が降る前にちょっときれいにしとこうと思ったんですわ」

「ああ、今日はこれから降りそうですね」

お茶を飲みながら、ふたりで空を見あげる。雲が厚い。空の色が見えなかった。

「……西矢さんは、実のところ、どの辺までご存じなんですか？」

光一の問いに、義雄は「え？」と訊き返した。

「あの庭について」

義雄は当惑しているようだった。

「どの辺……といいますと」

「たとえば、西矢寅吉さんが亡くなった件についてとか」

義雄の目が泳いだ。わかりやすい。

「伯母が何か妙なことを言いましたか。もう歳ですから、どうぞ取り合わず――」

「はつ江さんはお歳ですが、いたってしっかりなさっていて、会話はじゅうぶんに成り立ちますよ。それに、はつ江さんが何か言ったわけじゃありません。僕が勝手に調べて、考えただけです」

そういえば、義雄ははつ江とは会話ができない、というようなことを言って予防線を張っていた。

「調べたって……何を……？」

おそるおそるといった体で義雄は訊く。光一は義雄の顔を見つめた。

「あれは不幸な事故だった。でも――〈戒《いまし》め〉でもあるんじゃありませんか。庭のことはさぐらない。庭についてさぐろうとすれば、寅吉さんのようになる。庭に殺、さ、れ、る」

それは、この家の共通認識だったのではないか。だからこそ、寅吉の妻は――はつ江の曾祖母は、そう口走ったのではなかったか。

「寅吉さんは、あの夜、庭に忍びこんで何かをさがしていた。雪の下の生えている辺り。細長い石のある辺りです。股引や草鞋に雪の下の汁がついていた――となれば、彼は膝をついて、這《は》いつくばってさがしていた。何をだろう、と考えましたが、わかりません。でも、どうしてそこだったのか、という推測はつきます。すこし前に庭で行方知れずになった女の子が見つかったとき、手にしていたのが雪の下だったから。だから彼は、そこに何かあると思った……」

光一は義雄から目を離さぬまま淡々と、しかし滞ることなくしゃべった。義雄の唇が途中、何度も口を挟もうと震えては、引き結ばれる。タオルでしきりに額をぬぐっていた。

「行方不明者は皆、ひと晩いなくなる。ひと晩、庭に隠れている。多くのひとがさがすなか、どこに身を隠せたというのか――と、不思議に思うのは当然です。そして、八重樫家は彼らに口止めした。どちらにとってもそのほうが都合がよかったのかもしれませんが、ともかく八重樫家としては、庭でいなくなったことにはしたくなかった。詮索されたくないことがあるから。そう考えるのも、自然なことでしょう。だから寅吉さんは、こう結論づけたんじゃありませんか。庭のどこかに誰にも見つからない、身を隠せるような場所があって、八重樫家はそれを知られたくない。そこには知られたくない何かがあるのだと」

よくある、埋蔵金のたぐいだとでも思ったのかもしれない。あるいは、忌《い》まわしい、秘密にしておきたい何か。

どちらにせよ、彼は思ったのだ——これは金になるのでは、と。

「……罰当たりなことです」

義雄はしぼりだすように言った。

「寅吉はろくでなしでした。お若いかたはご存じないでしょうが、昔は城下の参宮街道沿いの東西に花街があって、賭場もありました。そこに通いつめて借金をこさえては、父親の丸辰に泣きついていたそうです。見かねて八重樫のだんな様が立て替えたこともあったそうで……丸辰は、だんな様に援助してもらって独《ひと》り立《だ》ちしたわけですから、深い恩のある身です。そもそもが、流れ者であった先祖を庭師として家に置いてもらった時点から、八重樫家に足を向けては寝られぬ身です。それを、あろうことか寅吉は——」

額ににじんだ汗を義雄はタオルでぬぐう。

「寅吉は、光一さんのおっしゃるとおり、庭に何か秘密があるとにらんで忍びこんだんです。それを種に……だんな様を強請《ゆす》ろうと企《たくら》んでいたようで。賭場の仲間にそれらしいことを匂《にお》わせていたそうです。とんでもない、恩知らずです。その結果が——あれですから」

義雄はごくりとつばを飲んだ。

「庭の世話をしても、庭をさぐろうとしてはならない。何を見ても、何を知っても、知らぬふりをしなくてはならない。それがうちに伝わる鉄則です。これは、丸辰が孫に、曾孫に言い聞かせて、私にも伝えられてきたことです。絶対にこれだけは破ってはならぬと」

また額をぬぐう義雄の横顔を眺めて、光一は口を開いた。

「だからあなたは、あの庭が怖かったんですね」

義雄は手をとめた。

「あなたは庭を怖がってた。庭の世話をしなくてよくなって、ほっとしていた。家に伝わる掟《おきて》は、あなたにとっては呪《のろ》いだったんだ」

光一のほうに顔を向けて、義雄はタオルを下におろす。力なく笑った。

「……ほっとしているように見えましたか。たしかに、そのとおりです。でも、私が怖いのはあの庭じゃありません。掟のほうです。よそのひとが耳にするぶんには感じないかもしれませんが、あの言いつけからは、鬼気迫るような恐怖を感じるんです。考え過ぎかもしれませんが……いえ、私はひそかにずっと恐れていたことがあって」

義雄は庭に目を向ける。

「寅吉を殺したのは、丸辰なのではないかと。恩知らずでどうにもならない息子を、ついに殺《あや》めてしまったのでは——と、この言いつけを聞かされるたび、思わずにはいられなかった。呪いとは、言い得てますね。たしかに、呪いのようなものでした」

この庭を造ったひとです、と義雄は庭を指さした。その指はかすかに震えている。

彼はずっと、その疑念におびえてきたのだ。誰かに訊くこともできず、悩みを打ち明けることもできず、ずっとこの歳まで。

「西矢さん、それは違う」

光一の声は、思いのほか強くなった。義雄は目を丸くする。

「違う?」

「あ……」

どう説明すればいいのだろう。庭の令法《りょうぶ》が見ていたのだと——そんなことを言うわけにもいかない。

「僕は、調べたと言いましたよね。当時の新聞記事や、いろいろな記録を調べました。寅吉さんが事故でなく殺されたなら、当時だってわからないはずはありません。記録のどこかにも残るはずです。寅吉さんが亡くなったのは事故です」

「でも……」義雄は覇気のない声を出しかけ、口を閉じる。そういうことではないのだろう。事故だと認定されているかどうかが問題ではないのだ。もっと違う言葉が必要だ。

そうだ、と思い至る。

「考えてみてください。丸辰さんなら、あの庭で殺したりはしない。あの庭でだけは、絶対に。――恩人の庭なんですから」

　はっと義雄は目をみはった。ああ、と声が洩れる。

「ああ――それは、そうですね。ほんとうにそうだ」

　ぴしゃりと額をたたく。「いままでどうして気づかなかったんだろう」

　恩人の庭、というのは大いに説得力があったらしい。

「怖い、恐ろしい、と思う対象ほど、深く考えられなくなるものですよ」

　考えることすら怖いから、蓋をして見て見ぬふりをする。近しいひとのことであればなおさら。大なり小なり、そんな思いを抱えて生きているひとは、案外いるものだ。

「そうですね……ほんとうに」

　ぴしゃぴしゃと義雄は何度も額をたたくので、赤くなっている。とめたほうがいいのか迷った。

　そうだ、そうだとうなずいて安堵している義雄に、あの夜、丸辰も庭にいたのだということは、告げないほうがいいだろうと思った。もともと告げるつもりもなかったが。知る必要のない事実だ。

　丸辰は、どんな思いで『庭をさぐろうとするな』と孫に言い聞かせたのだろう。あの夜、どんな思いで死んだ息子を置いて庭を出ていったのだろう。

　彼が追いかけなければ、寅吉は転んで頭を打つこともなかっただろう。庭がなければ、寅吉が死ぬこともなかっただろう。だが庭があったからこそ、彼は暮らしてゆける。その庭を寅吉は欲と血で穢《けが》した。——どんな思いがうずまいていたのか、光一には推し量ることが難しかった。

なぜだかふと、こんな話を令法としてみたい、と思った。

義雄からはしきりと礼を述べられて、光一はすわりの悪い思いで西矢家をあとにした。光一は、頼まれもしないのに勝手によその家のことまで調べて、ぐちゃぐちゃといらぬことをしゃべっただけである。

寅吉が死んだ夜、丸辰はおそらくその足ですぐに八重樫の当主のもとへ向かっただろう。その忠義心からして、黙っておくとは考えにくい。当主は、彼が寅吉を殺したと疑ったかもしれない。義雄のように。何にせよ、彼を事件に関《かか》わらせなかった。寅吉はひとりで転んで死んだことになった。官憲に必要以上に庭を詮索されたくなかったからか。

だったら、庭を公開などしなければよかったのだ。屋敷を壊して洋館に建て直し、庭を一般開放した、そこにどんな意図があったのか、光一にはわからない。ただ、それが失敗であったことはわかる。そのときの当主も、自らの過ちを痛感したはずだ。

——あの庭は、いったい何なんだ。

雪の下のある場所、あの石。寅吉のように金になるような秘密があるとは思わない。だが。

田畑が続くなか、光一は車を走らせる。田畑ばかりだから、見通しはいい。ときおり田んぼのなかに幣《ぬさ》をかけた木が立っていたり、畑の端に縦長の石が据えてあったりするのが目につく。木が神木なのかどうかは知らないが、石のほうは何か知っている。墓だ。といっても遺体を埋葬した墓ではなく、日々手を合わせるために近場に設けられた拝み墓で、埋め墓は山にあるのだという。両墓制というのだそうだ。教えてくれたのは周平である。だから光一は、雪の下のそばの細長い石を見たとき、まず思ったのだ。

――まるで、墓みたいだ。

光一は薄暗い周囲に目を凝らす。車窓から見える雲は、さらに暗く、重く垂れこめている。水をふくんだスポンジのようだ。子供のころは、あんなに真っ暗な雲から落ちてくる雨粒が透明であるのが不思議だった。墨汁のような水滴が垂れてきてもおかしくない。

家の門の前まで戻ってくると、若い女性がひとり、入るか入るまいか迷うそぶりでそこに立っていた。依頼人だろうか。光一は車を門の手前でとめる。

「うちにご用ですか」

車をおりて尋ねると、女性はふり向いた。二十代半ばくらいだろうか。長い黒髪の、おとなしそうな女性だった。美人だが、美人であるが故《ゆえ》の威圧感めいたものを発しない――あるいは消しているひとだ。ナチュラルメイクとも言いがたい、ベージュ系のただ地味な化粧に、オフホワイトのブラウスにグレーの膝丈《ひざたけ》スカートという季節感無視の地味な服装。真面目《まじめ》な大学生っぽい地味さだな、と思った。ただ、身につけている品は物がいい。リボンのついた白と黒のバイカラーの靴だけ、妙におしゃれだった。自分で選んだ物ではないだろう。金持ちの箱入り娘、と見当をつけた。

「牧実果子《みかこ》といいます。八重樫——光一さんですか？」

声は涼やかだった。思ったよりも低くて落ち着いた声だ。

「そうですが」と光一は答える。「ご依頼ですか？　それなら、なかにどうぞ。車を車庫に入れてきますから、入って待っていてください。まっすぐ行って、左に曲がると応接室があります。外から入れる扉がありますから、そちらからどうぞ」

光一が言い終わるのを待って、実果子はふたたび口を開いた。

「依頼ではないのですが、入らせてもらってかまいませんか」

「——ええ、どうぞ」

光一は一瞬、逡巡《しゅんじゅん》したが、そう答えた。依頼でないなら帰れとも言えないだろう。それに、記憶のどこかに引っかかるものがあった。彼女の苗字だ。

牧——聞いた覚えがある。何だったか。

思い出したのは、車を車庫に入れて、屋敷に向かおうとしたときだった。

——梶坂城は御城代の牧家が管理してた。

周平の言葉がよみがえる。そうだ。梶坂城を任されていた御城代の名だ。その牧家の令嬢か？　だとしたら、いったい何の用でここを訪ねてきたのだろう。

——ちなみにこの牧家とうちとは昔から仲が悪いから、かかわらないように。

ぽっ、と大きな雨粒がひとつ、足もとの地面に落ちた。

第三章　金の鈴鳴らして

訊いてみると、牧実果子はやはりあの牧家のご令嬢だった。御城代だった牧家は現在、あれこれ手広くかつ手堅く商売している富豪である。正真正銘、お嬢様だ。光一の淹れたインスタントコーヒーのにおいをかいだだけで、実果子はカップをソーサーに戻した。お嬢様の口には合わないどころか、口に入れる気にすらなれないらしい。

「お線香をあげさせてもらえますか」

表情に乏しい顔で実果子は言った。

「もしかして、父の患者さんでしたか」

患者だったひとが線香をあげにやってくるのはたびたびあるのでそう訊いたのだが、実果子は首をふった。

「お会いしたことはありません。いけませんか」

いけなくはないが。実果子の言いかたはべつにケンカ腰ではないのだが、なんだろう、どうも嚙み合わない気がする。やりにくい。

――考えてみたら、絶交している間柄なのだから、いくら医院でも患者になることはないか。

光一は実果子を仏間に案内した。実果子は口数がすくない。というか、ほぼない。世間話もしなければ、天候の話すらしない。探偵事務所に勤めていたころ、やってくるひとはたいてい多弁で、ひきつった笑みを顔に貼りつけていた。だいたいが浮気調査か身上調査の依頼で、うしろめたさからひとは多弁になるようだった。そうしたおしゃべりは、ひどく乾いて聞こえた。光一は聞きながらいつも、庭の木立のあいだを吹き抜ける、からっ風の音を思い出していた。

　仏壇に向かって手を合わせる実果子の様子は、おざなりなところがなく、とても丁寧だった。会ったこともない相手なのに。

「あなたのお父様とうちの父は、高校の同級生だったそうです」

　光一の疑念に答えるかのように、実果子は言った。光一に向き直り、「ご存じでしたか？」と訊いてくる。

「いや……まったく」

「わたしも最近になって兄から聞いて知りました」

「お兄さん？」

　実果子は黒々とした瞳で光一を見た。

「兄とあなたも同級生のはずですが、兄のこともご存じない？」

「同級生？　高校のですか」

「はい」

「……申し訳ないけど、知りません。高校ともなると生徒数も多いし」

「そうですか」

いくらか気分を害したかと思ったが、実果子の反応は薄い。表情に乏しいので、何を考えているのかわかりにくかった。

「お父様の訃報《ふほう》のさいに兄から聞いたもので、これも何かのご縁かと思い、ご葬儀の折にお参りするつもりが、父に反対されて叶《かな》いませんでした」

起承転結をきっちりしゃべる子である。案外、めずらしい。

「反対というのは、うちとそちらの家が絶交しているから？」

「そうです。一切の交流を絶つと曾祖父の代に決められた、だから行くべきではない、行っても八重樫家の方々だって困るだろう、と言われました」

「一切の……」会葬もだめとは、徹底している。「それは、どうしてか聞きましたか」

実果子は無表情のまま、すこし首をかしげた。

「理由は知らないと言われました。ただ、昔から仲が悪かったのだということです」

それは光一も聞いた。

「昔からって、具体的にそれはいつからなんでしょう」

「わかりません」

八重樫家は御城代の牧家と仲が悪かった。なぜだろう。江戸時代からだろうか。

「――わたしの家には、タブーがあるんです」

ぽつりと、実果子は口にした。

「タブー？」いきなり何を言いだすのだろう、と思いつつ訊き返す。

「はい。大叔母のことです」

「大おばさん」

「父方の祖父の妹です。つまり、曾祖父の娘です」

絶交をした代の。

「タブーというのは？」

「大叔母の存在自体が、タブーなんです。はっきりとそうは言われません。だからタブーなのです。若いうちに亡くなったそうなんですが、何を訊いても、誰に訊いても、はぐらかされてまともに答えてもらえません。以前から不思議に思っていました。それで、父からこちらの家とのことを聞いたとき、私はまっさきに大叔母を思い出しました」

光一は腕を組んだ。

「……つまりあなたは、大叔母さんの存在が、両家の交流を絶つことになった原因だと考えているということですか」

「そう推測しています」

——曾祖父の代に、昔から仲の悪かった八重樫家と、ついに一切の交流を絶つと決めた。大叔母のことは、存在自体、口にするのが憚《はばか》られている。

光一は考えこむ。周平は『祖父さんの代』だと言っていたから、光一にとっては曾祖父だ。実果子の曾祖父と、光一の曾祖父の時代。光一の曾祖父は、当時まだめずらしかったカメラが好きだったひとだ。彼が当主だったころというと、昭和、戦後のことである。

黙りこんでいる光一に、実果子は話しかけるでもなく、手持《て》ち無沙汰《ぶさた》な様子もなく、ただ仏壇の遺影を眺めていた。縁側のガラス戸の向こうで雨が降っている。前庭の木々も蹲《つくばい》も濡れそぼち、濠の水面を細かく打つ雨音が聞こえる。雨音は外の音を包んでしまうので、室内はとても静かだ。黙考していた光一は、われに返る。実果子の存在を忘れるところだった。いや、忘れていた。彼女があまりにも、雨のように静かなので。

「――失礼しました」

光一は組んでいた腕を外して、座り直した。「考えこんでしまって」

実果子はすこし首をかしげただけで、何とも答えなかった。

「ええと――それで？」

「何がですか？」

「いや、あなたの大叔母さんが牧家ではタブーで、うちとの絶交に関係があるのではないかというのがあなたの推測で、という話の先です。それが、あなたが今日ここに来た理由と関係があるんですか？」

実果子は目をしばたたいた。長いまつげが美しいが、ブラウンのアイシャドウは微妙に似合っていない。淡い紫にでもすればいいのに。よけいなお世話だろうが。

実果子は視線をややうつむける。言《い》い淀《よど》んでいるのだと気づいたのは、瞳が落ち着きなくさまよっていたからだ。光一が声をかけようとしたとき、実果子は顔をあげた。

「最初に、依頼しに来たのではないと申しあげましたが、実のところ迷っていたんです。あなたに頼むべきなのかどうか」

実果子の瞳はひたと光一に据えられている。依頼するに値するかどうか、見定めているのだろうか。実果子の喉がごくりと上下した。

「大叔母のことが、知りたいんです」

雨のせいで薄暗い室内で、表情の乏しさとはうらはらに、実果子の瞳は爛々《らんらん》と輝いているように見えた。畳に手をつき、実果子はすこし身をのりだす。

「調べてもらえませんか」

雨の音が、実果子の背を覆うように聞こえていた。光一は実果子の顔をまじまじと見る。わかりました、はい調べます、というわけにはいかない――いかないと思っている、光一は。後々、妙なトラブルに発展することもあるのだから。

「……どうしてそんなに知りたいと思うんですか？　若いうちに亡くなったのなら、直接交流があったわけでもありませんよね」

実果子は光一の目をじっと見返してきた。

「大叔母は、自殺したんです」

静かな声で、実果子はそんな言葉を放りこんできた。自殺、と光一は胸のうちでくり返す。辺りの薄暗さが増したような気がした。

実果子は光一の目を見すえたまま、言葉を続けた。

「調べてください。わたしは大叔母のことが知りたい。協力は惜しみません。調べた結果、わからなくてもけっこうです」

よろしくお願いします、と実果子は頭をさげた。しばらくしてすっと頭をあげる。姿勢がいい、とどうでもいいことを思った。

実果子は腕時計で時間を確認する。

「そろそろ時間ですので、詳細は改めてメールします。名刺のアドレスにお送りすればいいですか？」

最初に名刺を渡しておいたのである。ああ、とうなずきかけて、光一はまだ依頼を引き受けると承諾してもいないことに気づいた。

「調査費もそのとき教えてください。それでは」

実果子は腰をあげる。「あ、ちょっと」と光一は制止した。実果子は動きをとめて、光一を見る。「なんでしょう？」

無表情の顔で見つめられると、人形に凝視されているようで少々たじろぐ。

「いや……、まだ引き受けるとは言ってないんですが」

言葉につまりながらそう言うと、

「あ」

無表情のまま、実果子は小さく声をあげた。視線が横にそれる。

「そうですか。すみません。先走りました」

「あ、いや……」

「じゃあ、こうしましょう」

気をとり直したように実果子は目をあげた。

「うちの蔵をお見せします」

「蔵……？　僕はべつに骨董に興味はないけど」

「違います。古文書があります。あなたは望城園のことを知りたがっているんじゃありませんか」

光一は口を閉じる。——なぜ知っているのだろう。

「先日、望城園についての新聞記事をお調べになったでしょう」

「どうして——」それを、と言いかけた光一に、「あの新聞社はうちの会社の系列です」

とだけ実果子は言った。

「……それが牧家の蔵とどういう関係が？　そこに望城園に関する古文書でもあるんですか？」

「わかりません」

あっさり言う。なんなんだ。実果子は光一が眉をよせているのもかまわず、言葉を続けた。

「可能性はあります。うちの蔵は家のなかにあるタイプなのですが、奥にもうひとつ扉があって、南京錠《なんきんじょう》がかかっています。鍵を持っているのは父だけです。なかに入れるのも、なかにあるものを見ることができるのも、当主だけです」

「はあ」

「そこには、おそらくかつて主家から賜った甲冑《かっちゅう》や小袖のたぐい、そして家伝があると思われます。望城園を造ったのは当時の藩主嵩原氏で、牧家はそのころ家老職についていました。家伝のなかで、庭について言及されていないわけがないと思います。いかがですか」

——牧家の家伝。

淡々と告げられた言葉に、光一は混乱した。

「そ——それは俺に言ってもいいことなのか？」

思わずくだけた口調になる。蔵のなかに貴重そうな骨董やら古文書やらがあるなどと、おいそれと他人に洩らしてもいいとは思えないのだが。

「信用できない相手なら、そもそも調査を依頼しません」

やはり淡々と答える。信用してもらえたのならありがたいが、今日の光一のどこを見てそう判断したのだろう、といささか不思議になる。

「いかがですか」

実果子はふたたび尋ねた。光一は姿勢をただして、咳払いする。

「……鍵を持っているのはお父さんだけ、と言いましたね。その蔵の奥にあるものというのは、ほんとうに僕でも見ることができるんですか？」

「鍵の保管場所は知っています。それをこっそ——借りてきますから、大丈夫です」

『こっそり』持ちだしたりするのはやめてもらいたいな、と思う。しかし。

あの庭について何かわかるかもしれないと思うと、興味が湧いた。

「わかりました。依頼はお受けします」

実果子はかすかな息をついた。表情が変わらないのでわかりにくいが、安堵したらしい。

「よろしくお願いします」

彼女が再度頭をさげたところで、呼び鈴が鳴った。

「ちょっと失礼」

断って光一が腰をあげると、実果子も立ちあがった。

「たぶん兄です。一時間したら迎えに来ると言っていたので」

「ああ、お兄さん」

なるほど、兄に送ってもらったのか。彼女の車が周辺にとめてある様子もなかったので、タクシーでも使ったのかと思っていた。

「あなた自身は、免許はお持ちじゃないんですか」

「免許は持っているのですが、わたしは運転があまり得意ではないので、極力乗らないようにしています。交通の妨げになるので」

冗談かと思ったが、実果子はいたって真面目な顔をしている。

「この町で車を運転しないって、不便じゃありませんか」

「必要なときは兄か、家で雇っている運転手のかたに送ってもらいます」

「あ、ああ……そう」

さすがお嬢様である。

「それにわたしが車を持つのは、母がいやがるので。どこかへ行ってしまうんじゃないかと不安なのだそうです」

「へえ……？」

ずいぶんと過保護だと思った。お嬢様ならそんなものか。

玄関の扉を開けると、長身の青年が立っていた。鼻筋の通った端整な顔をしている。切れあがった眦《まなじり》と薄い唇が、やや神経質そうでもあった。仕事を抜けだしてきているのか、スーツ姿だ。オーダーメイドだろう、細身に仕立てたダークグレーのスーツは品がよく、白地に薄青のピンストライプが入ったシャツと合わせているのが爽《さわ》やかだった。ネクタイも薄青。黒の革靴はよく磨《みが》かれている。たたんで手に持った傘から雫《しずく》が滴《したた》っていた。雨に濡れているわけでもないのに、髪も肌も瞳も、どこか瑞々しく映る青年だった。

この顔には見覚えがある。

「――生徒会長？」

つぶやくと、青年ははっきりと顔をしかめた。

「兄です」

うしろから実果子が言った。「高校では生徒会長をしていました。覚えてますか」

「全校集会とかで顔を見たことがあるから」と光一はうなずいた。名前は思い出せない、というかそもそも知らない。ほかの生徒も、たしか『生徒会長』と呼んでいた。

「鞄をとってきます」

と、実果子は応接室に向かう。実果子の兄は玄関の外にいるままで、なかに入ってこようとはしない。「どうぞ」と光一はすすめたが、「ここでけっこう」と鉈《なた》で切るような口調で言われた。

実果子の兄は、横目でじろじろと値踏みするように光一を眺めている。軽蔑《けいべつ》もあらわな目だった。

「東京の大学まで行って何になったかと思えば、探偵だって?」

彼の声にはかすかな苛立《いらだ》ちが含まれていた。

「そんな仕事をやってるわりに、相変わらずぼんやりした顔をしてるんだな。すこしは世間の荒波に揉まれて、痛い目を見たかと思ったんだが」

これは——馬鹿にされているのだろうか。失礼なことを言われている気がするのだが。しかし、彼が小馬鹿にするというよりは苛立っている様子だったので、どう言葉を返すか迷ったあげく、「はあ」という中途半端《ちゅうとはんぱ》な相槌しか出てこなかった。彼はいっそう顔をしかめた。

実果子が鞄を手に戻ってくる。A4サイズが入る、大きめで使い勝手のよさそうな革のバッグだった。質がいいのはわかるが、使い古されているし、服装に合わせて使い分けていない様子に彼女の洒落っ気のなさが表れている。唯一、洒落ている靴を選んだのは十中八九、兄であろう。

「帰るぞ」

実果子の兄はそっけなく言ってきびすを返す。光一のほうにはもう目も向けなかった。

「あの、すみません、コーヒー」

玄関を出ていきかけて、実果子はくるりとふり返った。無表情は変わらないが、彼女にしてはめずらしく、言葉がぶつ切りのきっちりしていないしゃべりかただった。

「何が?」

「わたし、胃腸が弱くて、コーヒーを飲むとお腹を壊すんです。前にそれで困ったことがあって、それ以来、ひと口も飲めないんです。最初に言えばよかったのですが、言いそびれてしまって、せっかく淹れてくださったのに、無駄にしてすみません」

口早に言うと、最後に深々と頭をさげて、玄関を出ていった。実果子に兄が傘をさしかける。仕立てのいい背広の左肩が雨に濡れてゆく。ひとこと、ふたこと彼らは言葉を交《か》わしたようだったが、こちらをふり向くこともなく去っていった。

実果子の兄の無礼さを、光一はどうこう言えない。はなからどうせ実果子の口には合わないだろうと踏んで、光一はお茶とコーヒーどちらにするか問うこともしなかったのである。それはたぶん、かすかながら意地悪だった。なんとなく会話の嚙み合わない、つかみどころのない相手への苛立ちからの。

湿って重たくなった鈍色の雲を呑《の》みこんだような気分になった。光一は細く息を吐いて、玄関扉を静かに閉めた。


実果子からのメールはその日のうちに来た。彼女らしい、整然とした文章だった。

『大叔母の名前は《牧きよ》です』からはじまり、生年月日や享年が記されている。亡くなったのは十九歳のときだったらしい。その若さに光一は眉をひそめる。

風呂《ふろ》あがりで濡れた髪をタオルで拭きながら、パソコンのメール画面に目を通す。

『彼女のお墓は朝陽町《あさひまち》の善覚寺《ぜんかくじ》にあります。牧家の菩提寺《ぼだいじ》ではありません。この辺の事情は後日お話しします』

とあり、少々首をかしげた。

『メールに認《したた》めるつもりでおりましたが、文字にするのがなかなか難しく、直接お話ししたほうがいいと思い直しました。お見せしたいものもございます。次の日曜におうかがいしてもかまわないでしょうか?』

かまわない、という旨、返信した。見せたいものとはなんだろう。


「牧家について知りたい?」

土曜になってやってきた周平に尋ねると、彼はナポリタンをフォークで巻き取る手をとめた。ウィンナーとピーマン、玉ねぎが入ったナポリタンを作るのを、光一も手伝った。スパゲティを茹《ゆ》でただけだが。

「牧家って、いまの？　昔の？」

「昔の」

「牧家が文献資料に出てくるのは、梶坂藩時代からだな」

周平はふたたび手を動かし、ナポリタンを巻き取る。

「もともと梶坂藩の家老職にあった家で、藩がなくなったあとは紀州藩に召《め》し抱《かか》えられて御城代になったんだよ。だから牧家は梶坂藩時代と紀州藩領時代、どちらもこの地にいた武家として貴重な家なんだ。『牧家文書』って言ってさ、あの家に残されてる記録ってのは、梶坂藩時代のことがわかる数少ない資料だよ。この地域の旧家の資料としては一級品なんだぜ。維新のどさくさで紛失したものも多いんだけどさ。御城代だから、藩政時代は城の三の丸に屋敷があってな、明治になって廃城が決まったあと山下町《やましたちょう》に移った。知ってるか？　でっかい豪邸が建ってんだ。そこに移るときに、残ってた記録もいくらか紛失したんだ。もったいない」

牧家の蔵の奥にあるという家伝は、その『牧家文書』とやらとはべつなのだろうか。たぶん、そうなのだろう。

「でも、なんで急に牧家の話が出てくるんだ？　庭と関係あるのか？」

「いや……なんとなく」

依頼を受けたから、とは言えない。秘密厳守の原則である。

「うちとは絶交してるんだよな？　曾お祖父さんのころから」

「そう。なんでだろな。案外、つまらない理由だったりするんだよな、こういうのは」

「………」

実果子の大叔母が理由だとしたら、つまらないとは言えない。いまのところ、両者に接点は見えないが。

「いまの牧家には、たしか子供がふたりいたよな。おまえとおなじ年ごろの」

「兄と妹だろ。兄のほうは高校の同級生だよ」

「へえ！　案外、世間は狭いもんだな。顔見知りか？」

「生徒会長だったから、顔だけは知ってた」

「じゃあ、たとえば妹のほうとおまえが恋人にでもなったらさ、ロミオとジュリエットみたいなもんだな」

何が『じゃあ』だ。「どこからそういう発想に飛ぶんだ」

「ひらめいたんだよ。まあ、会ってもないのに恋人もないわな」

周平は声をあげて笑う。この叔父には実果子と会ったことは絶対に言わないでおこう、と思った。

日曜日、実果子がやってきた。この日も兄が送迎係らしい。玄関の扉を開けると、ふたりが並んでいた。実果子はボーダーTシャツにジーンズという軽装で、兄のほうもTシャツに麻のジャケット、九分丈のパンツというラフな格好だ。彼はなぜか風呂敷《ふろしき》包みを抱えていた。何段もある重箱を包んであるように見えたが、ほんとうにそうだった。「昼の弁当」と言って渡される。意味がわからない。

「兄と一緒にピクニックに行くと言って出てきたんです」

髪をうしろでひとつ結びにした実果子が淡々と言った。「大叔母の調査を依頼しているとは言えませんので」

「俺は用事があるからもう帰る。暇じゃないんでな」

刺々《とげとげ》しい言葉を残して兄のほうは帰っていった。それでも送迎はしてあげるんだな、と光一は思いつつそのうしろ姿を見送った。

「お弁当はよかったら召しあがってください」と言われたが、量が多い。周平を呼ばねばならないか。

「兄の態度が悪くてすみません」

応接室に通すと、実果子はまずそう謝った。

「仕事相手には愛想がいいんですけど、それ以外に使う愛想はないそうです」

愛想がない以上の棘を感じるのだが、と思っていると、実果子は言葉を付け足した。

「あと、兄は自分より背が高くて顔がいい男性が嫌いなんです」

「――――」

喜んだらいいのか怒ったらいいのか微妙だ。

「それから」

まだあるのか。

「『生徒会長』と呼ばれるのは嫌いみたいなので、できれば名前で呼んであげてください」

「……申し訳ないですが、名前を知らないもので」

「そうだと思いました」実果子は淡々と応じる。「〈数馬《かずま》〉です。数える馬」

武士みたいだなと思ったが、そういえば武家だったのだ。

「お茶でも飲みますか？」と訊くと、「いえ、けっこうです」と返ってくる。

「あ、いえ、お茶は飲めますが、さっき家で飲んできたばかりなので」

実果子は口早に付け足した。彼女は表情には出ないが、案外あれこれ気を遣うたちなのだな、とちらりと思った。

「そう。じゃあ、さっそくあなたの大叔母さんの件ですが」

光一は実果子からのメールをプリントアウトしたものと手帳をテーブルに置く。

「きよさんの墓が牧家の菩提寺にない、というのは？」

「母方の墓に入っているんです。彼女は本妻の娘ではありませんでした」

「ああ——なるほど」

そんなところかと思っていたが、やはりそうだった。

「曾祖父が郊外に住まわせていた妾《めかけ》のひとり娘で、どうもその母親が亡くなって本宅に

――牧家に引き取られたようなんです」

「いくつのときに？」

「わかりません」

「きよさんのほか、曾お祖父さんにお子さんは何人でしたか」

「わたしの祖父と、その上に姉がふたり。三人です」

「きよさんはいちばん下？」

「そうです」

単純に考えて、きよは肩身が狭かったであろう。

「祖父もその姉ふたりも亡くなってますが、生前耳にしたきよさんに関しての口ぶりからすると、姉ふたりは彼女を快く思っていなかったようです。そのせいもあるのかもしれませんが、祖父はきよさんに同情的でした」

なるほど、と相槌を打ち、手帳にメモする。実果子の言葉が途切れたので、光一は顔をあげた。実果子は膝の上に両手を置き、その手を見つめている。やがて決心したように「あの」とすこし身をのりだした。

「メールで、お見せしたいものがあると書きました」

「ええ」

「これなんですが――」

実果子は鞄からクリアファイルをとりだす。先日も持っていた年季の入った鞄だ。ファイルには一枚の小さな紙が挟んであった。

「これはうちの蔵で見つけたものです。祖父の日記に挟んでありました。日記といっても、天候とその日の行動が記してあるくらいの備忘録なのですが」

和紙の短冊《たんざく》だ。文字が書きつけられているが、草書で読めない。

「これは……短歌か何か？」

「短歌です。大叔母が書き遺したものです。最後に《きよ》とあるでしょう」

実果子は歌を読みあげた。

——闇よりも深き夜には月もなしただわが胸にて金の鈴鳴らす——

「遺書です。『闇よりも暗い夜に月さえない』という上の句はわかりますが、『ただわが胸にて金の鈴鳴らす』というのはよくわかりません」

「どうしてこれが遺書だと？」

「挟んであったページは、きよさんが亡くなった日です。きよさんが亡くなったことも、簡潔にですが記してあります。それから、撫子《なでしこ》の押し花が挟んでありました。うちの庭に咲いている花です。祖父が手向けの花代わりに挟んだのではないかと思います」

光一は読めない文字を眺める。濃い墨の字は、ところどころ震えて乱れていた。

「……『闇よりも深き夜には月もなし』……」

絶望だ。

「きよさんは、どういう方法で亡くなったんですか？」

「祖父の日記では、《服毒シテ死ス》とだけ書いてありました。何の毒かはわかりません」

光一はペンの尻で頭をかいた。服毒死。毒といってもいろいろあるが――。

「わたしが知っていることは、以上です」

実果子は膝の上に手をそろえて言う。以前も思ったが、姿勢がいい。見習いたいくらいだ。

「あなたの家では、使用人を雇っていますか」

「運転手さんとお手伝いさんがいますが……」実果子はけげんそうに答える。

「それだけ？　昔は――曾お祖父さんの時代はどうですか？」

「戦前はたくさんいたと聞いたことがありますが、曾祖父が跡を継いだころにはぐっと減っていたようです。それでもたしか、運転手に料理人に、女中さんたちが何人かいたそうですが」

「そのひとたちの消息か、あるいは名前だけでもわかりますか？」

「いいえ」実果子は首をふった。「わたしも子供のころ、祖父や大伯母たちから昔はこうだった、というふうに聞いただけですから、詳細はわかりません」

光一は腕を組む。当時のことを知る使用人がいれば、話を訊くこともできるのだが。

「……いや」

光一はメールの文面に目を向ける。

「お墓がこの朝陽町の善覚寺にあるのなら、葬式のお勤めもここがしたんでしょうね」

実果子は無表情にすこし首をかしげる。「そうだと思いますが、はっきりとは知りません」

「このお寺に訊けば、いくらかわかるかも」と光一はつぶやく。寺は檀家のことには詳しいものだ。葬儀のさいに情報も集まる。

「お寺に、大叔母のことを訊きに行くのですか？」

「そうしてみます。あなたのお名前は出しませんので――」

「いえ、出してもらってもかまいません。……ああ、いえ」

実果子はテーブルに片手をついて、身をのりだした。先日も似た光景を見た気がする。

「わたしもつれていってもらえませんか」

「――え？」

実果子の瞳は濡れたように輝いて見えた。興味惹かれることにきらきらと輝くのではない、もっと暗い、藍甕《あいがめ》のなかの藍が闇のなかでつやめくような輝きだった。

「調べるのは僕の仕事ですから、依頼人のあなたは動く必要はありませんよ。それじゃあ、依頼した意味がないでしょう」

「わたしは、手間を省くために依頼したんじゃないんです。その道のかたにお願いしたほうが間違いがないだろうと思ったからです。大叔母についての話を聞ける機会があるなら、わたしも直接聞きたいんです」

言い募《いつの》ったあと、実果子は潮が引くようにすっと姿勢を戻した。ふたたび両手をきちんと膝の上にのせる。

「……すみません。こういう依頼は、おかしいのでしょうか」

「いや、べつに、おかしくは――」あるか。しかし、いったい何が彼女をここまで突き動かすのか、わからない。

光一は頭をかいた。

「じゃあ、そういう依頼ということにしましょう。僕の調査にあなたも同行する。べつに危ないわけでもありませんしね」

実果子が目をしばたたいた。それから手もとを見つめる。

「あ……ありがとうございます」

深々と頭をさげた。

「善覚寺さんを訪ねるとして、名目はどうしましょうね。はっきりきよさんの調査だと言いますか？」

実果子はすこし考えるように口もとに手をあてた。

「そうですね。わたしの個人的な興味で調べている、と言ってくださってけっこうです。でも――八重樫さんは、わたしの友人ということにしてもかまいませんか？ 探偵を雇って調べているとなると、大事に思われてしまうかもしれませんので」

「わかりました」

うなずく光一に、実果子はもうひとつ注文をつける。

「友人ですから、わたしに敬語を使うのはやめてください。友人でも年下のわたしが敬語を使うのはおかしくないと思うのですが、八重樫さんが使うとおかしく思われるでしょう」

「わかりました。――あ、いまから？」

「はい。ずっとそのままでけっこうです。もともと兄と同級生のかたに敬語を使われているのが、どうも居心地悪かったのです」

そんなものか、と思う。手帳を閉じて、立ちあがった。

「じゃあ、行こうか」

善覚寺のある朝陽町までは、直線距離ではそう遠くもないのだが、市内を縦断する川を挟んでいるので迂回《うかい》しなくては行けない。少々ややこしい道だった。

実果子を隣に乗せて、車を走らせる。車中の会話で、光一は彼女が大学院生であることを知った。そういえば、彼女自身について何も訊いていなかった気がする。

「専門は何？」

「民俗学です。この地域の習俗を調べています」

「へえ、うちの叔父と似たようなものかな」

「郷土史家の八重樫周平さんですよね。お名前は存じあげています」

意外だった。趣味でやっているわりに、叔父はけっこう知られているひとだったりするのだろうか。

「叔父は『牧家文書』がこの辺の資料としては一級品だって言ってたな」

「この地域には大庄屋や地士《じし》をつとめた旧家がまだ多く残っていて、戦火も免《まぬが》れていますから、資料には恵まれているほうですね」

「商業都市だったし？」

　実果子はうなずく。

「木綿商いが盛んだったのと、参宮街道沿いの宿場町であったことはとても大きいです。城下町はもともと海沿いにあったんですけど、それをこちらに移してきて――」

　淡々とした語り口だったが、実果子の話しぶりには既視感があった。周平である。似たような部類の人間なのだろう。

　善覚寺は田畑に囲まれた集落のなかにあった。近世の村のかたちをそのまま残しているこの地域では典型的なつくりの町だ。こぢんまりした古い寺の隣にある墓地も広いものではない。古びた山門をくぐり、横手にある家屋のほうに向かった。玄関の前に赤い縮緬の首輪をつけた黒猫が寝ており、光一たちが近づくとあくびと伸びをして悠然と去っていった。ここの飼い猫だろうか。

　インターホンを押して出てきたのは老齢の住職で、きよについて調べていると述べるとひどく驚いていた。

「きよちゃんの母親がここの出身でね、きよちゃんはお盆になると母親の墓参りに来てたよ」

きよちゃん、と懐かしげに、親しげに住職は口にした。光一と実果子を居間に通して、作務衣《さむえ》姿の住職は座椅子にあぐらをかいて座る。さきほどの黒猫がのっそりとやってきて、住職の膝の上にのり、寝そべった。猫の喉を撫でながら、住職は語る。

「私は歳が近かったもんだから、そういうときにしゃべったりしてね。引き取られた家に馴染めなかったみたいで、気の毒でね。結局、あんなことになって。かわいそうに」

住職はちらりと気にするように実果子に目を向けた。「牧さん家《ち》を悪く言うようで申し訳ないけど」

「いいえ、お気になさらず」実果子は表情を変えずに言う。「うちのひとたちも、うしろめたいんだと思います。だから口が重いのでしょう」

「きよさんが牧家に引き取られたのは、いくつのときだったんですか?」

光一が尋ねると、住職は思い出すように宙を見あげた。

「十歳のころかな。きよちゃんの母親が亡くなったのが、そのころだったから。きよちゃんの母親は、米八《よねはち》という芸者でね。東廓《ひがしのくるわ》にあった豊栄楼《ほうえいろう》のいちばん人気の芸者だったそうなんだけど、牧家のだんなさんが身請けして、宮町に一軒家を用意して住まわせてたんだよ。その母親が亡くなって本宅に引き取られたわけだけど、それまで会ったこともなかった継母《ままはは》と異母きょうだいと、いきなりひとつ屋根の下に放りこまれても、ねえ」

住職はため息をついて、「そりゃ、うまくいきっこない」と言った。

「父親と継母はきよちゃんに関心がなくてね、体面上、引き取らざるを得なかっただけという感じで。跡継ぎの息子さんは親切だったそうなんだけど――」

このひとはあなたのお祖父さんだね、と実果子に向かって言い、話を続ける。

「お姉さんふたりがね。つらくあたってたらしい。きよちゃんも私にあれこれ告げ口するような子じゃあなかったから、詳しくはわからないけどね。ずいぶん苦労したようだよ。母親の墓参りだって、お盆のときにしか許してもらえなくてね、墓の前で泣いてたんだ。それを見るたび、気の毒でねえ……」

光一もため息をつきたくなった。話を聞いているだけで息が苦しくなるような境遇だ。

「でも、きよちゃんも年頃になって、牧家のだんなさんもしかるべきところへ嫁がせることをちゃんと考えていたみたいで、それで八重樫さんとこの教室へ通わせていたんだろうね」

「――え？」

思いもよらぬところから自分の苗字が出てきて、光一は一瞬、内容を認識できなかった。

「え？」と住職は住職でぽかんとしている。

「うちの教室？　というのは？」

「知らないで一緒に来たの？　てっきり、それでふたりそろって来たんだとばかり」

光一と実果子は顔を見合わせた。

「……どういうことですか？」

光一が尋ねる。

「お花の先生だったろ、あなたの――ええと、曾お祖母さんになるのかな。そのかたが。だから、当時は嫁入り前の若い娘さんが花嫁修業に通ってたんだよ。知らない？」

「ああ――」

たしか、曾祖母が生け花を教えていたというのは聞いたことがある。祖母から。そう大がかりに教室を開いていたわけではないようだが。祖母が躍起になって屋敷のあちこちに花を飾っていたのは、その曾祖母――祖母にとっては姑だ――への対抗心からである。

「それで、きよさんがうちに通っていたんですか」

思いがけない接点だった。

「そうそう。それがねえ、あとで尾を引くことになってねえ……」

住職に撫でられていた猫が、飽きたのか膝からおりて去っていった。それをしばし目で追ったあと、住職は顔を戻す。

「葬儀でひと悶着あってね。それで耳にしたんだけど」

「きよさんの葬儀ですか」

「そう。うちでやったんだ。役僧《やくそう》もいないさびしい葬式だったけど。牧さん家のだんなさんが喪主で、親戚の誰だったかも来てたけど、それ以外はいなくてね。その親戚が、お参りに来た八重樫さんに嚙みついたんだよ。喪主はとめてたけど。――きよちゃんは、八重樫さんとこに通いだしてから、外泊するようになったんだと」

「……外泊？」

「八重樫さんとこにお稽古《けいこ》に出かけると、帰宅せずに朝帰りすることがたびたびあったそうでね。嫁入り前の娘が外泊などとんでもない、と言われる時代だ。それがどうも、牧家では黙認していたようなんだ。八重樫さんがきよちゃんをかばっていたというんだけど」

「うちが、かばっていた？」

「よくわからないんだけどねえ。八重樫さんの知人か、親戚が相手だったのかね。それで牧さんのほうでも信用して、とがめだてせずにいたらしいんだけど……その結果、きよちゃんは自殺した」

しんみりと言って、住職は肩を落とした。

「悪い男にでも騙されたんだろう、ふしだらな、と親戚のひとはぐちぐちとうるさくてね。牧さんのだんなさんが一喝して黙らせたけど。さすがに牧家の当主となると、どっしり構えたもんだったねえ。八重樫さんにも謝ってたよ。迷惑かけて申し訳ないって。でも、八重樫さんがきよちゃんと相手の男とをとりもっていたんなら、責任の一端はある気がするんだけどもね。ああ、いや、すみませんね」

光一が八重樫の人間であることを思い出したのか、住職はつるりとした頭を撫でた。

「いえ」と言葉すくなに光一は応える。うわの空だった。

——八重樫家に来たあと、外泊。朝帰り。

まさか、と思う。

「……八重樫家に泊まっていたわけではないのですか？」

黙りこんだ光一に代わって、実果子が問う。

「きよちゃんの相手が、八重樫さん家の誰かだったってこと？　あのころなら該当するのは跡継ぎの息子さんだけど。でも、そういう口調ではなかったなあ。そうならあの親戚のひとがそう言ってると思うよ」

そうですか、と実果子は軽くうなずいた。

「牧さん家も黙認してたんなら、それなりのお家だったんだろうねえ。それがどうしてあなったのだか……相手にふられたか、裏切られたかしたのかねえ……」

住職は腕を組んで、首をかしげる。

「大叔母は服毒したと聞いていますが、どういう状況だったんでしょう？」

「梅檀《せんだん》の実を飲んだんだよ。自分の部屋で。わかる？　梅檀って。楝《おうち》とも言うけど」

「――薄紫の花をつける木ですね」

光一が答えた。望城園にもある木だった。

「そう、それ。実に毒があるんだよ。生薬にもなるんだけどねえ。鈴なりに実がついて、秋になると黄金色に色づいてねえ、〈金鈴子《きんれいし》〉とも呼ぶんだけど、うまくつけたもんだ。ほんとうに金の鈴みたいでね」

光一も実果子も、同時に息をのんだ。

「金の鈴？」

「え？　うん、そう。鈴みたいに、こう、実がたくさん連なってね」

知っている。秋晴れの空に映える、黄金色の実。たしかにあれは鈴のようだ。風に吹かれると、まるで鈴の音が聞こえそうに思えた。

――闇よりも深き夜には月もなしただわが胸にて金の鈴鳴らす――

金の鈴、とは、栴檀の実のことか。

「栴檀の実なんて、どこで手に入れたんだ、と牧さんとこの親戚のひとは言ってたよ。牧さん家には植えてないんだって？」

「罪人の首をかける木だからと、うちでは昔から植えていません」

「そう言って避けるお宅はけっこうあるんだよねえ。不浄の木だって」

『平家物語』に、斬《き》った平氏の首を棟《おうち》の木にかける場面があるのだ、と実果子が光一に向けて説明を加えた。

「毒の実と言ってもねえ、そうすぐにころりと死ねるもんじゃないんだよ。苦しかったろうになあ、きよちゃん」

住職はぽつりと言って、猫のいなくなった膝をさびしげに撫でた。

住職に礼を述べて、善覚寺をあとにする。光一はふたたび助手席に実果子を乗せて、家に向かう。ちょうど昼時になったので、あの重箱の弁当をふたりで食べようか、となった。

「最初に君はきよさんの件が両家の絶交につながったんじゃないかと言っていたけど、葬儀のさいの悶着を聞くと、その可能性は高いみたいだな」

「そうですね……」

実果子は車窓を眺めている。

「どうかした?」

尋ねると、実果子は光一のほうに顔を向けた。

「どうかしたように見えますか」

「いや、なんとなく」気落ちしているように見えなくもなかったので、ちょっと訊いてみただけだった。改めて問い質《ただ》されると困る。

「……大叔母の人生はなんだったのだろう、と思って……」

実果子はつぶやくように言って、唇を閉じた。以後、開かない。

川にかかる橋を渡り、昔からの家々が建ち並ぶ道を走る。道が細く、歩道もない。光一はスピードを落とした。大通りを外れると、すぐに古い町並みが姿を現す。

「君はどうしてそんなに、きよさんにこだわってるんだ?」

そう問いかけたが、返事はなかった。と思ったら、しばらくして実果子は口を開いた。沈黙は考えている時間だったらしい。

「あんまりだと思ったからです。大叔母は牧家の都合で引き取られたのに冷遇されて、牧家の墓に入ることも許されずに、いまでも存在すら黙殺されているんです。ひとの存在って、何なんでしょう。どうしてひとりの人間にそんな思いあがった仕打ちができるんでしょう。みんなが黙殺するなら、わたしがきよというひとりの人間の足跡をたどって、生きていた証を知りたいと思ったんです」

ひとは怒ると熱くなるひとと冷えるひとがいる。実果子の語り口は相変わらず淡々としていたが、どこか底冷えするような、凍《こお》りついた怒りを感じた。

「それに――」

実果子は何か言いかけて、口を閉じる。「いえ、なんでもありません」

それより、と気をとり直すように言った。

「気になることがいくつかあります。まず、いちばんの疑問は『外泊』です。当時の感覚で、しかも体面を気にする牧家が黙認したというのが信じられません。八重樫家がよほど納得のいく説明をしたのか、それとも黙認せざるを得ない事情があったのか。そして、どうして八重樫家が大叔母をかばったのか。そもそも、どうして大叔母を仲が悪いはずの八重樫家に花嫁修業に通わせたのか。それから、大叔母の自殺の理由。外泊先の相手、ようは恋人に騙された、というのが理由なのか。あとは――遺書の意味です」

実果子は指を折りながら並べ立てた。光一も考えていた。八重樫家を訪れた日の外泊――。

おそらく、あの城だ。

きよは、あの城に足を踏み入れていたのだ。ならば、恋人もあの城にいる者か。

——金の鈴。

梅檀。庭にもある。

「あの歌の意味」実果子の言葉は続いている。「《金の鈴》が梅檀の実のことなら、《わが胸にて金の鈴鳴らす》というのは、梅檀の実を飲んで死にます、ということでしょうか」

光一は黙っている。実果子はつと言葉をとめ、光一のほうを向いた。

「すみません。ひとりでしゃべりすぎました」

「ああ、いや、ごめん。俺も考え事をしてたものだから」

信号が赤に変わり、光一は車を停止させる。

「……歌の意味は俺にはわからないけど、そういうことなのかもしれない。外泊については……、住職も言ってたけど、八重樫家の親戚なり、知人なり、牧家が納得するだけの相手だったんじゃないか。だから見て見ぬふりをして許した。結婚させるつもりだったのかもしれない」

城のことなど話せないので、常識の範囲内で想定できることを答えた。

「でも、だめになった——だから大叔母は死を選んだのでしょうか」

「というのが、いちばん考えられる線かと思うよ」

そうですよね、と実果子もつぶやく。だが、どこか腑《ふ》に落ちないような顔をしていた。

気持ちはわかる。牧家がほんとうにそんな理由で納得して黙認するだろうか？

八重樫家はあの城のことを話すわけにはいかない、だから適当な理由できよをかばった。だが、本来の牧家ならどんな理由であろうと外泊など言語道断だろう。それ以後とめもせず八重樫家に通わせるのもおかしい。光一の頭には、ひとつの推測が浮かんだ。

――牧家は、あの城の存在を知っている？

そんなことがあるだろうか。だが、牧家は梶坂藩の家老だったのだ……。

信号が青に変わり、ふたたび車を走らせる。

「君はまだ、きよさんのことを調べるつもり？」

住職の話でおおよそのことはわかった。気にかかることはあるが、それを知ろうと思うと――あの城がかかわってくる。

「……真実は知りたいと思っています」

実果子はしばしの沈黙のあとにそう答えた。「でも、それを知るのは難しいですよね」

当時を知るひとを見つけて聞き回ったところで、彼女の求める真実が得られるかはわからない。わかるとしたら――。

「…………」

やはり、あの城だ。だが、そこに実果子をつれてゆくなどというわけにもいかない。行くなら光一ひとりだ。しかしそこで答えを得たとして、実果子にどう伝えればいいのだろう。

「……もうひとつは、あれかな……」

つぶやくと、「え？」と実果子が訊き返した。

「君ん家《ち》の蔵の奥にあるっていう、秘蔵の資料」

「それが?」

「いや、そこに何かきよさんに関するものが隠されてないかな、と思って。日記とか、手紙とかさ」

実果子は、意外なことを聞いた、というような顔をした。

「あそこにあるのは古いものばかりだと思っていましたが……そうですね、牧家にとって不都合なものが隠されているのかもしれません」

「不都合なものは捨ててしまえばすむけど、そうはできない事情がある場合だってあるからね。たとえば、曾お祖父さんが残しておくよう命じたとか」

あるいは、それがある種の証拠になる場合とか。

「でも、もしそうなら俺が蔵の奥に入るのは許可されないだろうな。鍵を持ってるのはお父さんだっけ?」

「父の書斎に置いてあるんです。わたしも入るのは許されていません。何度か貸してほしいと父に頼んだのですが、だめだと言われました」

「……君は俺にそこを見せると言ってたけど、じゃあ、そもそも無理だったんだな」

「あ、いえ、それは……」実果子はすこしうろたえたようだった。視線が泳ぐ。「――なんとかします」

「なんとかって」

「なんとか」

「……まあ、君だけならいずれお父さんが見せてくれるかもしれないし、根気よく頼んでみたら？」

実果子は光一の顔を眺めた。

「それはつまり、大叔母についての調査はこれまでということですか？」

「住職の話以上のことが出てくる可能性は低いと思うし、出てきたところで真実が何かわかるともかぎらない。お望みであれば継続するけど、経費ばかりかかって徒労に終わっても費用の無駄だろう」

実果子は前を向く。

「……そうですね。そうかもしれません」

つぶやくように言った。

ともあれ、時刻はお昼であり牧家が用意してくれた弁当がある。家に着くと、光一は実果子を台所に案内した。そこで重箱の蓋を開ける。

「すごいな」

三段重を並べて、光一は感心する。それぞれのお重に巻き寿司《まずし》、玉子焼き、からあげ、ポテトサラダなどが詰められている。

「運動会のお弁当だ」

「よくわかりますね。わたしと兄の運動会ではいつもこれでした。今日は朝から兄がマチコさんに頼んで作ってもらったんです」

「マチコさん?」

「お手伝いさんです。兄が生まれる前からうちで働いてくれています」

「へえ……」

「若いひとなら煮物中心よりからあげとかのほうがいいだろうって、こういうメニューにしてくれました」

「若……くはないけど、まあ君は若いか」

「マチコさんからしたら、たいていのひとは若いです」

ああなるほどマチコさん基準なのか、と思いながら小皿や箸を用意して椅子に座る。光一も運動会では祖母の作った巻き寿司が定番だったので、なんとなく懐かしく思う。小皿にとってみると、かんぴょうに玉子、きゅうりに桜でんぶが入った基本的な巻き寿司だ。祖母は桜でんぶを嫌って入れなかった。ピンク色が毒々しくていやだと言っていた。

「おいしい」

ひとくち食べて、素朴な声が出た。祖母の巻き寿司とはまた味が違っていたが、酢飯の具合やかんぴょうの味つけも好みだった。

「よかった」実果子はちょっとうれしそうな笑みを浮かべた。「マチコさんに言っておきます。喜びます」

その後は黙々と食事を続ける。話題がない。世代も微妙に違うしおたがい時事問題に明るくないので、共通で話せることがなかった。そもそも実果子とはふつうの会話があまり噛み合わない。

そろそろお腹がいっぱいになってきた、というところでお重を見たら、まだ半分も残っている。最初から危惧《きぐ》していたが、量が多い。

「……ふたり分には多くない？」

「マチコさんが、男のひとならこれくらい食べるでしょうと言っていました」

「高校生だったらね」

二十代も半ばを過ぎた辺りから、めっきり食が細くなった。とくに揚げ物がきつい。あとで胃がもたれてくる。

「残ったら持って帰ります。兄が食べます」

「……残り物を食べるの？　彼が？」

「兄は大食いなのでいくらでも何でも食べます」

「へえ。意外だな」

「そうですか？」

「食が細そう」

神経質に偏食していそうな勝手なイメージがあった。

「テニスや水泳をしているので、お腹はしょっちゅう空くみたいです」

「へえ、スポーツマンなんだ」

これも意外だった。「すごいな」

実果子は頭を傾けた。

「というか、パフォーマンスですね。べつにスポーツは好きではないと思います」

「パフォーマンス？」

「父がスポーツマンだったので、ご機嫌取りというか」

「ご機嫌取り」

実果子は苦笑した。「兄はあれでいろいろと気苦労があるんです。わたしは自由にさせてもらって、申し訳ないくらいです」

大学院に進んだことを言っているのだろうか。光一は実果子がけっこう前から箸を置いていたことにいまさら気づいて、腰をあげた。

「ごめん、お茶を淹れようか。――お茶は飲めるんだったよな」

「はい。ありがとうございます」

「俺はお茶を淹れるのが下手だから、期待はしないでもらいたいんだけど」

「わたしが淹れましょうか？」

「え、できるの？」

思わず出た言葉に、実果子はぽかんとしていた。光一はあわてて謝る。「いや、ごめん。てっきりお手伝いさんに淹れてもらうものかと」

「お茶くらいでいちいちマチコさんを呼び立てるのも悪いですから、自分で淹れています」

とりたてて気分を害した様子もなく、実果子は急須《きゅうす》を手にとる。

「これを使えばいいですか？」

「ああ——うん。お茶っ葉はこれ」

光一は茶葉の缶と湯呑を用意する。実果子はポットから湯呑に湯をそそいであたため、急須に茶葉を入れる。

「兄は交友関係は広いんですが」湯呑から急須に湯を移しながら実果子はしゃべる。「友人と呼べるひとは皆無なので、よかったら兄と遊んであげてください」

ぼんやり話を聞いていた光一は、思わず「へっ？」と声が出る。「え、俺？　なんで？」

「いやですか」

「いやっていうか……向こうは俺のこと嫌いなんじゃなかったっけ？」

「嫌いなのは、気になってるからです」

「はあ……でもたぶん、話とか合わないいんじゃないかな……」

「そうですか」

あっさり実果子は引いた。急須から湯呑にお茶をつぐ。

「……なんというか、兄思いなんだな」

「さあ、どうでしょう」実果子は無表情に首をかしげる。「おたがい、気にかけているんだとは思いますが」

他人事《ひとごと》のように言う。

「兄もわたしにあれこれうるさいです。もっと色のついた服を着ろとか、化粧が似合ってないとか」

「……あー……」

実果子は湯呑を持ってテーブルに戻る。光一もふたたび椅子に腰をおろした。

「やっぱりそう思いますか」

「いや、べつに、自分が好きなのを選んでいればいいんじゃないか」

ずれた返答になった。光一はお茶に口をつけつつ、実果子をうかがう。無表情なのでどう思っているのか見えない。

「あ、おいしい」

湯呑のお茶を眺める。実果子はすこしはにかんだように笑った。

「よかった。淹れかたはマチコさんに教わったんです」

実果子は両手で湯呑を包みこんで、視線を落とす。

「服や化粧にとくに好みはありません。母がこういう格好を好むのでそうしているだけです」

「……お母さんの趣味？」

「趣味というか、主義ですね。かわいらしい服やピンクの化粧は媚《こ》びていてはしたないと言います」

返す言葉に困った。

「それは……なんというか、極端な考えだな」

「そういう格好の女性を蔑《さげす》んでいるというわけではありません。ただわたしがするのはいやがります」

「反抗しないの？」

「わたしがですか？　さきほども言ったように、わたし自身に好みがないので。着るものなんてどうでもいいです」

この子もこの子で極端だな、と思った。

「それに、助かる部分もあります。わたしが院に進むのを父は渋りましたが、母は賛成しました。男性は高学歴の女性を敬遠するから、変な男が寄ってこなくていい、と」

「……うーん……」

いろいろ言いたいことはあったが、よその家庭のことをあれこれ言うものではあるまい。

「……まあ、それはそれとして、俺は淡いピンクの口紅とか、君には似合うとは思うけどな」

実果子が無表情にじっと見てくるので、光一は目をそらして「いや、よけいなお世話だろうけど」と付け足した。彼女の前では、うっかりと発言してはいけない気がする。

ちょうどそのとき呼び鈴が鳴ったので、居心地の悪さを感じていた光一はこれ幸いと腰をあげた。

「これは君のお兄さんじゃないよな?」

「はい、たぶん」

あと兄の名前は数馬です、という声を背に聞きながら、光一は玄関に向かった。扉を開けると、そこにいたのは咲だった。

「コーイチ、女のひとが来てるでしょう」

咲は怒っていた。

「来てるけど……?」

「このあいだも来てた。どうして何回も来るの?」

「どうしてって言われても」

「お仕事なの?」

「仕事だよ」

「……お仕事ならしかたないけれど」

咲はむっと口もとをすぼめたまま、しぶしぶといった調子で言う。なぜこの家に女性が出入りすることを咲が怒るのだろうか、と思う。

——女神である山の神様が、人間の女性をいやがるのとおなじような感じだろうか。

「お客様ですか」

うしろから実果子の声がした。廊下からこちらをうかがっている。「それでしたら、わたしはお暇しますが」

「いや、客では――」

「わたしはお客でしょう、コーイチ。依頼したもの」

咲が光一の服の袖を引っ張る。依頼者だったのは前のことだろう、と思うが、言ったところで聞きそうにない。

「兄に連絡しますので、わたしのことはおかまいなく、あがってもらってください。調査費用は改めてメールしていただけますか」

実果子は咲が子供でもれっきとした客だと見ているようだ。台所に引き返していった。

光一は咲に向き直る。

「それで、今日は何の用事？」

「用事なんかないわ」

咲はけろりとした顔で堂々と言った。

「ないって……」光一は頭をかく。「じゃあ、なんで来たんだ？」

「コーイチに会いに来たのよ」

決まってるじゃない、と言う。光一はとりあえず応接室に通した。咲は勝手知ったる足どりで部屋に入り、長椅子にぽんと飛び乗った。膝をきちんとそろえて背筋を伸ばす。

「……いままでも、そうやってここに出入りしてたのか？」

「いままでって？」

「俺がこの家に戻ってくるまで。いや、でも俺が子供のころは庭でしか会ってなかったよな」

「だって、いろんなひとがたくさん出入りしてたもの。わたし、怖くてほとんど庭から出なかったわ」

「ああ……医院だったもんな」

ひとが多いのは苦手なのか、と思う。

「ひとはね、怖いの。痛いの。だって、血が……火をつけて……」

咲の声がだんだんと小さくなって、途絶える。見れば、咲は青白い顔をしていた。

「咲？　どうかしたのか」

光一は隣に腰をおろす。咲は細かく震えていた。

「……わからない……なんだか、とても怖い……」

「おい――」

どうしたものか、と思っていると、

「お邪魔しました」

と玄関で風呂敷包みと鞄を持った実果子が頭をさげる。扉が開いて、数馬が入ってきた。もう来たのか。すぐ近くにいたのだろうか。数馬はちらりと光一のほうを見る。咲の姿が目に入ったのか、けげんそうな顔をした。

実果子がまたひとつ頭をさげて、数馬とともに玄関を出ていった。光一は咲に目を戻す。咲の顔色はますます白くなっていた。片手で光一の服を握りしめている。

「お、おい。大丈夫か？」

明らかに様子のおかしい咲に、光一はうろたえた。ふつうの子供なら医者につれてゆくところだが、咲の場合はどうしたらいいのだろう。――とりあえず、城か。

「城につれていけばいいか？」

尋ねると、咲はかろうじてうなずいた。光一は咲を抱えあげ、応接室を出る。庭に急ぐと、橋の向こうの高麗門はすでに扉が開いていた。

光一は咲を抱えたまま、門をくぐる。桝形虎口が現れ、光一は右に折れて櫓門を駆け抜ける。門番があわてて追いかけてきた。

「咲の具合が悪そうなんだ」

走りながらふり向いて言うと、門番はさらにおろおろしていた。

「コーイチ、コーイチ」

耳もとで咲がくり返す。

「もう大丈夫だから、おろして」

光一は足をとめた。咲の顔を見てみると、たしかに顔色はよくなっていた。

「――ここに戻ってきたからか？」

咲を下におろし、乱れた髪を直してやる。咲はすこしくすぐったそうに目を細めた。

「わからないわ」

「野茨の木のほうに何かあったのか?」

光一の頭をよぎったのは、枯れた蓮だった。咲は首をふる。

「ううん。それはなんともない」

「そうか」すこしほっとした。咲はほほえむ。

「姫様、いかがなさいました」

御殿からお菅が小袖をつまみあげ、急ぎ足でやってきた。女中をふたりほどうしろに伴っている。

「なんでもないわ」

なんでもなくはないだろう、と光一は思うが、いまの咲はすっかりもとに戻っている。さきほどの様子はなんだったのだろう。

お菅は眉をひそめて咲を見つめていたが、背後の女中をふり返り「おまえたち、姫様を奥へおつれして」と指示する。

「大丈夫よ」

「なりません。すこしお休みください。このところあちらへ行き過ぎてらっしゃいます」

咲はむくれていたが、お菅が怖い顔をしているので首をすくめておとなしく女中につれられていった。その姿が御殿の玄関に入るのを見届けてから、お菅は光一のほうを向いた。光一は背筋を伸ばす。彼女に視線を向けられると、ぴしりとしなくてはいけない気がしてくる。小学生のころの礼儀作法に厳しかった女性教師を思い出した。

「八重樫様。何があったのでございますか」

「俺にもわからない」

お菅は光一を見すえる。無言の圧迫感があった。

「うちに来てすぐ、急に顔色が悪くなったんだ。何の話をしていたんだっけな……いままでもうちによく来てたのか、と俺が訊いたら、以前はひとの出入りが多かったから怖くて来られなかったと咲は言って――

――ひとはね、怖いの。痛いの。だって、血が……火をつけて……。」

「そう、怖いと言っていたんだ」

光一は咲のつぶやきをお菅に伝える。お菅は眉をひそめてそれを聞いていた。

「……さようでございますか。よくわかりました」

「わかったのか？　どうして咲は具合が悪くなったんだ？」

「記憶が混乱したのでございましょう。ときおりございます。気になさらないでくださいまし」

お菅はそう言っただけで話を切りあげようとした。

「気にするなってほうが無理だろう。大丈夫なのか？」

お菅は片眉をぴくりと動かしたが、それ以外表情は変えず、「大丈夫でございます」と答える。

「記憶が混乱って？」

これには沈黙が返ってくる。

「咲が俺と父を混同しているのも記憶の混乱なのか？」

お菅は知らなかったのか眉根をよせたあと、ため息をついた。

「――姫様はあちらへお渡りにならないほうがよいのです。それでもひとが恋しくて、門を越えておしまいになる」

胸につかえたかたまりを吐きだすような、苦しげな声音だった。それをふり払うようにお菅はきっと目をあげ、光一を見すえる。

「お頼み申します。姫様を気遣《きづか》ってくださるのであれば、姫様におやさしくなさらないでくださいまし。そうなさればなさるほど、姫様はあなた様を慕《した》ってそちらに渡っておしまいになる。姫様のことはどうか、わたくしどもにお任せください。あのかたをお慰めするのがわたくしどもの役目でございますれば」

――役目？

光一は御殿を見やる。軒丸瓦に二日月が刻まれた御殿、後方には天守閣。そういえば、咲たちはこの二の丸御殿に住んでいるが、本丸には誰がいるのだろう？　誰もいないのだろうか？

「あなた様はこちらにおいでくださらないほうがよろしいのです」

令法《りょうぶ》とおなじようなことを言う。

「なぜ」

「あなた様が八重樫のご当主だからでございます」

「だから、なぜそれが――」

「あちらとこちらの境は、わかたれていなくてはなりません。あいまいになればここは崩れてしまう。姫様も忘れていられなくなる」

「な――」

「お戻りください。いますぐに」

そう言い捨てて、お菅は袖を翻した。光一はあわててその肩をつかむ。

「待ってくれ。――別件で頼みがあるんだが」

「頼み？」

お菅はふり返る。咲の急病がなくとも、ここを訪れるつもりだった。牧家のきよのことだ。

「梅檀はここにいるか？」

お菅はじっと光一を見た。

「……おりますが。あの者に御用でございますか」

「ああ」

「では、呼んでまいりましょう。こちらへおいでください」

案外、あっさりとお菅は言って御殿に足を向ける。光一ははじめて玄関から御殿に入った。広い三和土《たたき》はひんやりとして、薄暗い翳が落ちている。城でも寺院でも玄関に入るととたんに暗く、寒々しくなる。広々として天井が高いせいか、明かりに乏しいせいか。入って、すぐの広間はぐるりと豪華な金地の襖絵で囲まれている。お菅は光一をその広間に通すと、待つよう告げて去っていった。

廊下に面した杉戸は開け放たれている。しばらくして、そこにすっと人影が立った。はっとふり向けば、ひとりの若侍が佇んでいる。廊下がきしむ足音もしなかったので驚いた。そういえば、彼らに足音はあっただろうか。

「棟才之助《おうちさいのすけ》でございます」

若侍はすうっと座敷に入ってきて、光一の前で膝をついた。涼やかな目もとの、清々しい青葉のような青年だった。薄紫の小袖に、青磁の袴をつけている。座るとき、そして頭をさげて、あげるとき、かすかな鈴の音がしたような気がした。

「わたくしに御用だとうかがいました。なんでございましょう」

落ち着いた声だった。しっかりと根を張り、枝を広げた木の気配がある。

「――きよという女性を知っているか？」

単刀直入に訊いた。きよが梅檀の実を飲んで自殺したというのなら、庭の者のなかでかかわりがあるのは梅檀のほかないだろう。

棟の反応は劇的だった。

「きよ」

震える声でつぶやいたかと思うと、顔は赤黒く染まり、こめかみに血管が浮く。唇はわななき、目が充血して潤んだ。憤怒《ふんぬ》と痛み。手は袴を握りしめている。言葉で返答を聞くまでもなかった。彼はきよをよく知っている。

「わたくしを」苦しげな息とともに怨嗟《えんさ》の声を吐きだした。「わたくしを裏切ったおなごの名でございます」

「裏切った？」

棟はうなだれる。また鈴の音がした。気のせいではない、懐《ふところ》にでも鈴を入れているようだ。

「きよは、わたくしとともにここで生きると言いました。約束したのです。しかし、彼女はそれきりやってくることはありませんでした。わたくしは片袖を贈ったのに――」

片袖を贈ったということは、通行証だ。この城を訪れるための。

「……枝を与えた？」

え、と棟は顔をあげた。

「実のついた枝を彼女に与えたのか？」

「はい。忘れもしない、晩秋のことでございました。彼女がはじめてやってきたのは、まだ実も青い夏のことでございます。きよはここに迷い込んできました。きよは不憫《ふびん》な娘で……しかし、清い娘でもありました。心根のまっすぐな、やさしい娘で、わたくしは出会ったその日に片袖を贈ったのでございます」

うめくように棟は語った。

「それからたびたび、きよはやってきました。あるとき、彼女は言ったのです。縁談があって、それを受ければもうここには来られなくなる。いっそここで生きたい、と。わたくしは、ならばここで生きればいい、と言いました。わたくしと一緒に生きればいいのだと言いました。……約束の証に、わたくしは改めて片袖を贈り、彼女からは鈴をもらいました」

身じろぎするたび鈴の音が鳴る。棟《おうち》は懐に手を入れ、鈴をとりだした。赤い紐《ひも》のついた小さな鈴だった。

「ここで生きれば、と言うが——」光一は座敷を見まわした。「ひとは生きていけるのか？」

陽が落ちる前に門をくぐらねば、二度とあちらには戻れない、というのは聞いている。

「寿命のある限りは」

棟はうなずいてそう答える。「いずれ、ひとのほうがさきに死んでしまうことにはなりますが」

まあ、そうなるだろう。長生きしたところで木が何百年と生きるのにはかなわない。そもそも、草木の精が生きる場所で生身の人間が生きていけるものなのか、光一には疑わしかった。

「ですが、きよはそれからやってくることはありませんでした。約束を違《たが》えたのです」

棟は鈴を持った手を握りしめる。手は震えていた。

光一はそれを眺め、黙っていた。彼に言うべきなのかどうか、逡巡していたのだ。——きよは君の実を食べて死を選んだのだと。

光一は軽く首をふった。判断がつくものではない。きよがどうしてここで生きることを選ばず、あちらで死を選んだのかもわからない。わからないまま、事実だけ告げるのは酷だ。

——なぜだろう。なぜきよは死んだのだろう。ここには愛する男もいたのに。

こちらで生きられない理由があった？　それは何だろう。

光一は顎先を撫でる。棟は黙りこんだ光一をけげんそうに見ていた。

「あの……あなた様は、どうしてきよのことをお尋ねになるのでしょう？」

もっともな疑問に、光一は「いや、すこし知りたいことがあって」と言葉を濁《にご》した。

「参考になった。どうもありがとう」

そう言って腰をあげた。

「——もし、きよの消息が知れたら、知りたいかい？」

棟は虚を衝《つ》かれたようにしばし息をつめる。

「いえ、もはや」きっとまなじりをあげたかと思うと、「いえ」と瞳をさまよわせる。やがて、力なくうなだれた。

「……はい。知りたいと思っています」

震える声で答えて、目を伏せた。

翌朝、屋敷に戻ってきた光一は、まずシャワーを浴びた。何度経験してもこの時間経過には慣れない。眠気とだるさは回数を重ねるにつれてひどくなるようだった。

——こちらに来てはいけない、というお菅や令法《りょうぶ》の忠告は、もっともなのだろう。

髪を拭くのも億劫で、タオルを濡れた頭にのせたまま台所に入る。前髪から滴った雫が足もとの床を濡らした。椅子に座り、パックの野菜ジュースを飲むと、水分が体に染みこんでゆくようだった。口にしてから気づいたが、思いのほか体のなかが渇いていた。

食欲がわかず、とりあえずブロック型の栄養食をかじりつつ自室に向かう。洋服簞笥を開けて、白のカットソーとネイビーのパンツに着替えると、ジャケットを手に一階におりる。わずかでも胃に食べ物がおさまると、いくらか元気が出てきた。タオルで髪を拭きながら携帯電話を操作して、実果子に電話をかける。

「はい、牧実果子です。八重樫光一さんですか？」

抑揚《よくよう》のない声で確認された。オペレーターのようだ。

「そうです。いま、いいかな」

「電話ですか？　家におりますので、大丈夫です。何の御用でしょう」

「頼みがある。君の家の資料を見せてもらいたいんだ」

前置きなしに言うと、実果子はすこし沈黙した。

「蔵の奥の資料のことでしょうか」

「そうだ」

「いまからでしょうか」

「ああ。さっきは――ああ、いや、昨日は君だけが見ればいいと言ったけど、やっぱり俺も確認したいんだ」

きよは楝《おうち》とともに、あちらの世界で生きようとしていた。その決意をひっくり返す何かがこちらであったのだ。それがわかるものがもし残っているとしたら、きよの暮らしていた牧家以外にないだろう。そしてそれが不都合なものであるなら、秘されている可能性が高い。処分されていればそこまでだが。

「最初にわたしもお約束しましたし、お応《こた》えしたいのはやまやまなのですが……」

実果子の声に迷いが混じっている。

「今日は父が家にいるんです。仕事が休みで。いつも休みはゴルフに行くか、知人と会食に出かけるんですけど……。父が出かけないことには、鍵を書斎にとりにいけません」

やはり、父親の目を盗んで鍵を持ちだすしかないのか。

「でも、おそらく父は昼前にはどこかに外出すると思いますので、そのときには連絡します。それでどうでしょう?」

「ああ、じゅうぶんだ。どうもありがとう」

光一は通話を切って、引き続き髪をタオルで拭く。実果子は、父親には何度か蔵の奥を見せてくれるよう頼んだと言っていた。しかし毎回断られたと。

――牧家の当主が見せることをそれほど拒否するのは、なぜなのだろう。研究者であるからこそ、見せられないのか？　調べられては困るから？

研究者である娘の頼みでも頑として見せない。

「…………」

髪を拭く手がとまっていた。ふたたびタオルを動かしながら台所に入る。すこし食べたらかえってお腹が空いてきた。食パンがあったので、マーガリンを塗って、チーズとハムを挟んで食べる。周平が見たら「もっとちゃんとしたものを食べろ」と叱られそうだ。

実果子から電話がかかってきたのは、昼前のことだ。

「父が出かけました。夜まで帰りません」

「わかった。すぐ行く」

光一はジャケットを羽織《はお》り、車の鍵を手に玄関を出る。牧家があるのは山下町。ここからは川を渡って町をふたつほど過ぎた辺りにある。町の名に山とあるように山が近く城下町からはやや遠い。明治維新後、城内からそちらに移ったと周平から聞いたが、何もそこまで離れた不便な土地を選ばずともよかったのでは、と思う。城内にあった御城代の屋敷のほか、城下には町奉行《ぶぎょう》、御船《おふね》奉行、代官に郡《こおり》奉行といった人々の屋敷もあったし、もちろん与力や同心たち藩士の長屋もあった。御城番の藩士の組長屋などはいまも残っていて、子孫が住んでいるくらいだ。御城代ともなれば城下に屋敷のひとつやふたつ、用意するのは不可能ではなかったと思うのだが。

——まるで城から離れたかったみたいだ。

光一は車を長い築地塀が続く一角でとめた。この塀の向こうが牧家か。車をおりて門に向かおうとすると、その門から実果子が出てきた。西側に車庫があるからそちらに回ってくれと言う。言われるがままそちらに車を移動させると、実果子に案内されて敷地に入った。車庫からの出入り口は庭につながっている。一瞥して、ずいぶんそっけない庭だな、と思った。洋風庭園で、生け垣で区画分けされた花園が整然と配置されている。花も木も手入れが行き届いていたが、これを造らせた者の嗜好《しこう》やこだわりが感じられない。ただきれいに造ってあるだけだ。庭に興味がないのだろう。

実果子は光一を玄関につれてゆく。屋敷はどっしりとした石造りの洋館である。玄関扉にはアールヌーヴォー調のステンドグラスが嵌まっていた。

「母も兄も出かけていますから、わたし以外にはマチコさんしかいません。マチコさんは告げ口したりしませんから、安心してください」

「……いまさら俺が言うのも何だけど、そういうときには男を招き入れたりしないほうがいいと思うよ」

実果子は静かに光一の顔を見返した。

「わたしがひとと場合を選ばないとでもお思いですか」

言われるまでもない、ということである。

「失礼。よけいなことを言った」

「いいえ」

何の感情もうかがえない声で言って、実果子は光一を屋敷の奥へと案内する。流れる水のような女性だと思った。透きとおっていて、静かで冷たく、底まで見えるようでまるで見えない。

廊下は寄木張りの床に緑青《ろくしょう》色の絨毯《じゅうたん》が敷いてあった。ふかふかのスリッパと相俟《あいま》って、足音がまったく響かない。前を歩く実果子は昨日と打って変わり、黒いシフォンブラウスにダークグレーのスカートを合わせている。法事にでも参加するような格好だ。

「兄が」

ふり向かないまま実果子は口を開いた。

「あなたのことを『紳士であることは認める』と言っていたので、あなたのことは信用しています」

――紳士？

そう言われるほど数馬とかかわった覚えがないのだが。首をかしげる。

実果子は廊下の突き当たりにあった扉を開ける。そのさきも廊下だった。ただ、絨毯の色が違う。こちらは深い紫色だ。

「こちらは身内しか入らない場所です」

実果子はさらに奥へと進む。角を何度か曲がり、そのたび部屋数は減ってゆく。扉がすくないのだ。また左に折れると、ついに扉がなくなり、両側の壁面には油彩画が飾られているだけになった。多くが風景画だが、肖像画もある。裃《かみしも》姿の武士だ。肩衣《かたぎぬ》に家紋が入っている。丸に三日月。

光一は足をとめた。

「――牧家の家紋は何？」

実果子はふり向く。「〈丸に違い鷹《たか》の羽〉です」

「じゃあ、これは誰だ？」

光一のもとまで実果子は戻ってくる。肖像画をちらりと見て、光一に顔を向けた。

「嵩原政嗣です」

――望城園を造った藩主だ。

「どうしてその肖像画がここに？　これ油絵だし、わざわざ後世に描かせたものだよな」

「牧家の主家だったからだと思います。無嗣断絶でお家はなくなりましたが、主家であったことには変わりありません。その後は城代として紀州藩に召し抱えられましたが、城代の名のとおり、牧家は城を守っていたのです。嵩原家に代わって」

あるじは紀州藩ではない、あくまで嵩原家だということだ。

光一は肖像画を眺めたまま、顎の辺りを指でなぞった。紀州藩領とはいえ、ここは飛び地である。紀州藩は直接ここを統治していたわけではない。御城代に各奉行、代官、与力に同心といった面々を藩から派遣し、いっぽうで地元の豪農に地士の身分を与えて懐柔した。飛び地であるぶん、地元勢力をうまく取り込むことは大事だったろう。御城代に牧家を選んだのもその意図が見てとれる。

——あるじを失って、牧家の当主は何を思って城を守っていたのだろう。

「蔵はすぐそこです」

実果子は言って、光一をうながす。行く手に黒々とした大きな扉が見えていた。金庫の扉のようだ。そう感じたのは、扉にダイヤルがついていたからだろう。実果子は扉の前に立つと、「これが蔵です」と言った。光一の見えない位置で手早くダイヤルを回して、把《とっ》手《て》を握る。がちりと硬質な重い音がした。

扉は分厚かった。光一も開けるのを手伝う。重い。

「……この奥に、もうひとつ扉があります」

実果子は心なしか声をひそめて、蔵のなかに足を踏み入れる。光一もそれに続いた。

蔵には年代物らしい黒い艶《つや》を帯びた桐《きり》簞笥や櫃《ひつ》が並んでいる。棚には茶道具や花器を収めてあるらしい木箱や、和本が入っているのだろう箱帙があった。埃と黴《かび》が混じったようなにおいがする。正面奥の壁に、入り口の扉とおなじような観音開きの扉があった。ダイヤルはついていない。代わりに、南京錠が把手にかけられていた。

「開けます」

実果子が真鍮《しんちゅう》の鍵をそこにさしこんだ。縹色《はなだいろ》の紐がついた鍵だった。実果子はゆっくりと錠を把手から外す。それをそばの棚に置いて、扉を開けた。

なかは小さな部屋だった。奥の高い位置に格子の入った小窓がある。そこから洩れる陽光でほのかに明るい。扉を開けたことで舞いあがった埃がきらめいている。置いてあるものはそう多くなく、年季の入った櫃や、木箱があった。櫃には衣類か甲冑でも入っているのだろうか。木箱のほうは、本箱だろう。手前の板が倹飩蓋《けんどんぶた》になっている。実果子は手近にあった本箱に歩み寄り、蓋を上に持ちあげた。なかは板で三段に仕切られており、和本が入っている。実果子はいちばん上の一冊を抜くと、箱の上に置いてページをめくった。

「牧家の家伝です。ここには系図が書かれています」

実果子はそっとページをめくる。「江戸時代末期に書かれたもののようです。系図がそこまでです」

「その箱に入ってる本すべてが家伝？」

「確認します」

実果子がほかの冊子をとりだそうとしたとき、

「すべて家伝だ」

冷えた声がした。けしてうるさい声ではないのに、朗々と腹に響く。実果子が体を硬直させたのがわかった。

蔵の入り口に、六十代くらいの男性が立っている。体格がいい。ワイシャツ姿でも筋肉質なのが見てとれる。目が鋭く、佇まいに隙《すき》がなかった。武道の達人と言われても納得する。

「――お父さん」

実果子が立ちあがり、正面に向き直る。「もう帰ってきたの?」

「出かけるふりをして、戻ってきた」

実果子の父のしゃべり口は、実果子とよく似ていた。感情が見えない。顔立ちは似ていないのだが。

その実果子はといえば、棒立ちになって、あきらかに動揺していた。

「どうして?」

「おまえがここに入りたがっていることは知っていたからだ」

実果子の父は光一に目を向けた。刃《やいば》のような鋭さにぎくりとする。すぐに視線は実果子に戻される。

「彼のことも数馬から聞いている」

光一について、実果子の父はそう言っただけだった。廊下のほうに足を向ける。

「本をしまって、鍵をもとどおりかけたら、私の書斎へ来なさい」

「お父さ——」

「訊きたいのが叔母のことなら、私から話す。こそこそと調べるような真似はやめなさい。みっともない」

実果子の父は蔵の外に出ていった。光一は実果子をうかがう。実果子はどしゃぶりの雨に打たれた野良猫のような顔をしていた。ここまで表情が変わるのを見たのははじめてだったので、光一はぎょっとした。

「……あの……大丈夫か……？」

おそるおそる声をかける。実果子は返事をせず、きゅっと唇を引き結んで本を片づけはじめた。手を貸せる雰囲気ではなかったので、光一はさきに蔵を出て待つことにする。実果子は蔵のなかの小部屋を閉じて、廊下に出てくる。扉を閉めるのを無言で手伝った。

「……父親が怖いのか？」

光一は父を怖いと思ったことはない。ただ静かなひとだった。踏みこめないものを感じたことはあっても、叱られるときでさえ、怖くはなかった。見放されるのでは、という別の恐怖はあったが。

実果子は扉に鍵がかかっているのを確認して、把手から手を放した。

「怖いというか……ええ……そうですね、怖いのかもしれません」

彼女にしては歯切れの悪い返答だった。

「父の書斎に案内します。どうぞ」

光一はここに来たとき同様、実果子のあとについてゆく。途中、壁にかけられた嵩原政嗣の肖像画をまたちらりと眺めた。

深い紫色の絨毯が敷かれた棟から、扉を開けて緑青色の絨毯の棟に戻る。玄関ホールにある階段をあがって二階に向かった。二階にそれぞれ家族の部屋があるらしい。

「きよさんのことは、お父さんには訊いてなかったのか？」

「いいえ」

短く答える。

「そのときは教えてくれなかったのか」

「はい」

「ふうん……」

——それが、蔵を開けて、さらに奥の小部屋を開けるに至って、教えてくれる気になった、か。

「ここです」

実果子は扉の前で足をとめた。どっしりとしたマホガニーの扉である。実果子は扉をノックする。「入りなさい」と声がして、扉を開けた。

実果子の父親はひとりがけのソファに悠然と座っていた。ローテーブルを囲んで四方にソファが置いてある。奥には大きな木製のデスクがあった。あれもマホガニーだろう。おそらくアンティークだ。光一はすすめられてふたりがけのソファに腰をおろす。実果子の父親の斜め向かいだ。実果子は入り口近くのひとりがけのソファに座って背を丸め、完全に気配を消した。

「牧靫負《ゆきえ》です。さきほどはあいさつもせずに失礼しました」

思いがけず丁重に話しかけられて、光一はすこしばかり驚いた。ユキエ、がすぐに頭に浮かばなかったが、息子が数馬だから、武士らしく靫負だろう、と見当をつける。

「いえ、こちらこそ……勝手にお邪魔してすみません」

八重樫光一です、と名乗ると、『知っている』というふうにうなずかれた。

「お父さんとおなじ響きだ」

感慨深げに言われて、けげんに思う。絶交状態にある家の人間に向けての声音ではなかった。周平は『けんもほろろに追い返された』と言っていたのに。

「うちとは絶交していると聞いているのですが――父とは交流があったんでしょうか」

靭負は懐かしげに目もとをやわらげた。

「絶交を決めたのは私の祖父だが、仲が悪くてそうなったわけではないんですよ。君のお父さんと私はとりたてて交流があったわけではないが、私はあのひとを好いていましたよ。いいひとでした」

光一はすこし首をかしげる。

「牧家と八重樫家は、昔から仲が悪かったと聞きましたが」

「仲が悪かったのではなく、距離を置いていたのです」

「はあ……」

なぜ？　と思うが、そもそも医者の家と武家だから、そう接点があるわけでもないのか。

「だんな様、失礼します」

ノックの音がして、扉が開けられた。入ってきたのはエプロンをつけた六十代くらいの婦人だった。髪をうしろでひとつにひっつめて、化粧っ気はない。細面で吊り目だが、きつい感じはしない。おちょぼ口だからだろうか。光一はこけしを連想した。おそらく、このひとが『マチコさん』だろう。

彼女はワゴンを押していた。香り高い紅茶とケーキが載っている。アップルパイだ。目の前に置かれた皿からバターとシナモンの香りがしたとたん、お腹が鳴る。思わず片手で顔を覆った。

「……すみません、今日は簡単なものしか食べてこなかったもので」

「何か作らせましょう」

即座に靫負がそんなことを言ったので、光一は驚いた。さきほどから靫負の対応には驚いてばかりいる。

「いえ、そんなわけには」

「食べられないものや、嫌いなものはありますか」

「いえ――」

「じゃ、かつ丼《どん》にしましょ」

マチコが横から言った。「肉を食べなさいよ、あなた。そんな細っこい体して。若いんだから、肉を食べないと」

「いや、あの」

「すぐできますよ。それまでアップルパイを食べてなさいな。それもあたしの手作り」

さっさと決めて、マチコは出ていった。

——なんだろう。御大尽《おだいじん》の家とはこういうものだろうか。わからない。

裕福な家から依頼を受けることはままあったが、こんな感じではなかった。探偵とは基本的に、招かれざる客だからだ。たとえ相手が招いた客であっても、探偵が必要になるときは、たいていよくないことが起こったときなのだから。

アップルパイはおいしかった。バターの風味が香る生地はさっくりとしていたし、なかのリンゴは歯ごたえが残っていて、甘酸っぱい。ステーキだとかフォアグラだとか値の張るものより、ずっと贅沢《ぜいたく》なものを食べている感じがした。

「実果子があなたに無理なお願いをしたようで、申し訳ない」

光一がアップルパイを食べ終わるのを待って、靫負は頭をさげた。

「いえ、そんなことは」

「叔母の件はわが家の私的な問題であって、それをよそさまに——しかも八重樫さんに頼んで調べようとするとは」

靫負が実果子に厳しい一瞥を向ける。実果子はびくりと身を縮めた。彼女の前に置かれた紅茶もアップルパイも、まるきり手をつけられていない。

「ですが、うちに関係のないことでもありませんでしたし、両家が絶交に至った原因もそこにあるんでしょう?」

靫負は渋面になった。

「いいえ。これ以上、八重樫さんにご迷惑をおかけするわけにはいかないので、縁を切ったのです。もともと祖父が叔母を八重樫さんのお宅に花を習いに行かせたのは、長年疎遠になっていた八重樫家と小さなところから交流をはじめたいとの思いがあったからです。それが叔母は八重樫さんにかばってもらったうえ、お庭の実を使って服毒自殺をしたのですから」

「かばってもらったというのは、外泊の件ですか」

「そこまでご存じですか。叔母は、八重樫さんのお宅へ花を習いに行くのを口実に逢引《あいびき》をしていました。八重樫さんはそれを、悪い相手じゃないから見守ってやってくれとうちのほうに頭をさげたんですよ」

「それは――」

言いかけて、口を閉じる。頭をさげるのは、当然だろう。きよが城に迷い込んだのは、庭を所有する八重樫家の責任だ。だが、説明のしようがなかった。靫負は光一をじっと見ている。

「逢引の相手は、八重樫家の親戚でした。ですので、八重樫さんのほうでも協力をしたのです。叔母の境遇に同情もしてくださっていたようです」

それは八重樫家のほうで用意した嘘だろうか。それとも牧家がこしらえたものか？

「……でも、きよさんは死んだ」

つぶやくように言うと、靫負は鋭い目をすっと細めた。

「ええ、そのとおりです。――叔母が短歌をたしなんでいたのはご存じですか？」

脈絡のよくわからない問いに、光一はただ「はい」とうなずいた。

「私の父が教えたんですよ。蔵にある和歌の古書など貸し与えて。伯母たちが――ああ、父の姉たちです――叔母にいやがらせをするので、その埋め合わせのように父はなるべく親切にしていたそうです。叔母は短冊を作って歌をしたためていました」

ああ、あの短冊もそれか、と光一は思った。《金の鈴鳴らす》の短冊だ。

「ある日、叔母は蔵で和歌の本を選んでいました。そこへ異母姉たちがやってきて……彼女たちは当時すでに嫁いでいたのですが、なんやかやと実家にやってくることが多かったそうです。どうも、いくらか用立ててくれるよう親に頼みに来ていたようですね」

靫負はやんわりと言うが、小遣いをせびりに来ていたという意味だ。

「そこでどんなやりとりがあったのか、私も詳しくは知りません。ただ、異母姉たちは、叔母を蔵の奥の小部屋に閉じこめたんです。さきほどあなたと実果子がいたあの小部屋ですよ」

光一は小さな窓ひとつしかない薄暗い部屋を思い出した。埃と黴のにおい。靫負の眉間には皺が寄っている。ひとの邪悪さは育ちの善《よ》し悪《あ》しに比例するわけではないことを、光一は仕事を通じてよく学んだ。

「小窓がありますから、暗くはありませんでした。むしろ、真っ暗で何も見えないほうがよかったのです――」

「……どういうことですか?」

「おそらく叔母は、父辺りが開けてくれるだろうと助けを待つことにしたのです。必死に助けを呼んだところで、異母姉たちが喜ぶだけですからね。部屋には暇つぶしにうってつけのものがありました」

「……家伝」

実果子がぽつりとつぶやいた。この部屋に入ってはじめて発した言葉だった。

靭負はぴくりと片眉を動かしたが、娘の言葉にうなずいた。

「そうだ。あそこには、家伝があった。そして叔母は、崩し文字が読めた。和歌を学んでいたから」

──きよは、あの小部屋で家伝を読んだ。

それがなんだというのだろう？

靭負は両手を体の前で組んだ。ふう、と息を吐く。

「いまから私がする話を、けして外には洩らさない、と約束していただけますか。──実果子、おまえもだ」

実果子はびくりと肩を震わせ、一も二もなくうなずいた。光一も、「約束します」と答える。靭負はそれでも眉根をよせ、しばらく口を開かなかった。

「話は、梶坂藩の時代にさかのぼります」

きつく眉根をよせたまま、靭負は言った。

「紀州藩領になる前の話です。われわれの主君は嵩原政嗣公でした。嵩原氏三代目の藩主、そして最後の藩主です。政嗣公は病弱でいらした。だから三日月邸に……当時は花畠御殿と呼びましたが、そこへたびたび療養に出かけておいででした」

それは周平からも聞いた話だ。

「そのうち、政嗣公は二の丸御殿から花畠御殿に〈うまらの方〉を移されました」

「うまらの方？」

「うまら、というのは古い言葉で茨《いばら》のことです。『万葉集』にありますね。政嗣公の側室をそう呼んだのです。豪農の娘で、村に続く道に野茨が群生していたそうで、そこからとった名です。うまらの方も野茨を好んでいたそうで」

――野茨。

ここで耳にしようとは。光一が驚いた様子を見せたからか、靫負は「どうかしましたか」といぶかる。「いえ」と光一は言って、紅茶に口をつけた。

「それは、ひょっとして〈田舎者《いなかもの》〉あるいは〈百姓の娘〉という揶揄《やゆ》ですか」

野茨は観賞用に育てられる牡丹や椿《つばき》とは違う。野生の花である。農村の道端《みちばた》に咲いているような。

靫負はまたも不愉快さを堪えられないように眉をよせる。

「花の名前ですから、表向きは美称です。その実、蔑称《べっしょう》に近い。御殿のなかというのは、陰湿なものですね。うまらの方が周囲からどんな扱いを受けていたか、それだけでわかるというものです」

ため息をついた。

「ですから、政嗣公はうまらの方を花畠御殿に移したのです。おふたりのあいだに生まれた姫君も一緒でした。政嗣公はうまらの方も、姫君も寵愛《ちょうあい》なさっておられた。姫君は政嗣公に似た美しい女児だったそうです。花畠御殿でうまらの方と姫君は暮らし、たびたび政嗣公が訪れる。御三方は平穏に、幸せに暮らしておいでだった。――それがある晩、崩れます。花畠御殿から火の手があがったのです」

それも――周平から聞いた話だ。火事があったのだと。

「政嗣公は城にいらっしゃったので、無事でした。ですが……」

靫負は顔をしかめる。

「うまらの方と、姫君が亡くなりました」

光一は口もとを押さえる。

「その火事は――失火で？」

「付け火でした。火は屋敷と庭の一部を焼きました。焼けかたがひどかったのが、うまらの方の部屋と、姫君の部屋でした。……ふたりの遺体には、刀傷がありました。護衛の者も斬られていました」

「それは――」

「暗殺です」

馴染みのない単語に光一は戸惑う。暗殺。

「側室と姫君を？」

跡目争いで長男が、あるいは次男が狙《ねら》われる、などというのは時代劇でもよく見る筋立てである。しかし、側室と女児を殺す意味はあるのだろうか。

「うまらの方が花畠御殿に移されたのは、身籠《みご》ったからでは、という噂があったのです。だから御用医も住み込んでいるのだと」

「御用医──うちの先祖ですか」

靭負はちょっと光一の顔を眺めて、「ええ、八重樫氏です」とうなずいた。

「つまり、うまらの方が身籠っていて、それが男児だったらまずい、そう思った勢力があって、花畠御殿を襲ったと？」

「もっとはっきり言うなら、その勢力というのは政嗣公の弟君でした。家臣は政嗣公派と弟君派でわかれていたのです。そして……」

靭負は組んだ手に力をこめて、傷が痛むような顔をした。

「牧家のなかでも、政嗣公につく者と弟君につく者とでわかれていました。当主は弟君の一派の筆頭、しかし嫡男は政嗣公派でした」

家中もずいぶん混乱していたわけだ。しかし──。

「当主が弟派だったというと、花畠御殿を襲ったのは……」

靭負が顔に苦渋の色を浮かべた。

「そうです。牧家当主の息がかかった者たちです。彼らはうまらの方と、幼い姫君を手にかけたのです」

そして火をかけ、証拠隠滅を図った。

「実行犯は捕まりませんでした。故に、牧家も弟君もお咎《とが》めがかかるはずもありません。政嗣公は失意からいっそう寝つくことが多くなりました。ですが、意外にもそれからしばらくして弟君が亡くなったのです。鷹狩《たかがり》に行って鏃《やじり》で軽い怪我をしたのですが、その傷が膿《う》んで全身に毒素が回ったのが原因です。当時は毒が鏃に塗られていたのでは、ともささやかれたそうです。真偽のほども、誰がやったのかも不明でした。それからほどなく、政嗣公も病で逝去されました」

靭負は息をついた。組んでいた手をほどいて紅茶を飲む。とうに冷めているだろう。光一は、靭負の話を頭のなかで反芻していた。その話が持つ意味を考えていた。

「八重樫家は、政嗣公の御用医でうまらの方の主治医でもありましたから、当然ながら政嗣公派でした。とくに花畠御殿に住み込んでいた医師は八重樫家当主の嫡男で、政嗣公にもうまらの方にも尽くしていました。彼は牧家の嫡男とも親しかった。政嗣公派の嫡男です。ですが、結果的に牧家は政嗣公を裏切ったのです。――この罪は重い。さきほど、牧家と八重樫家は仲が悪いのではなく、距離をとっていたのだと申しあげました。正確には、牧家は八重樫家に顔向けができないのです。嵩原家の家臣として。裏切り者ですからね。牧家はうしろめたい。八重樫家のほうは、きっと牧家を許していない。そういう間柄です」

この意味がわかりますか、と靫負は問いかけた。

「叔母にとって、これがどんな意味を持っていたか。叔母が心を寄せていたのは、八重樫家の一員なのです。はたして、牧家の人間である自分が受け入れられるのか。叔母はそう思ったのです。叔母は牧家ではつまはじき者でした。それがようやく心の安らぎを得られる場所を見つけたと思ったのに、もしかしたらそこでも自分はつまはじき者なのかもしれない――そう思ったとしたら、どうでしょう。目の前が真っ暗になる心地がするのではありませんか」

「…………」

きよはその日のうちに小部屋から助けだされて、さすがに異母姉たちは父親からきつく叱責を受けた。きよが梅檀の実を飲んだのは、その夜のことだという。

光一は黙りこみ、考えていた。きよの恋人が八重樫家の人間だというのは、作り事だ。だが――。

「……教えてほしいのですが、火事で庭も一部が焼けたと言いましたね。その後、庭はどうなったんですか?」

「修繕されました。屋敷はまるきり建て直しですが、庭のほうは一部の修理ですみました。それから、うまらの方と姫君の供養のために、祠の横に野茨を植えて、拝み墓に石を据えて――」

ああ、そうか、と思った。あれはやはり、拝み墓だったのだ。そして、野茨。

「姫君というのは、当時いくつぐらいだったんでしょう」

「十におなりでした。そう記録に残っております」

十歳の少女。

――姫様。

あの城は、姫君の城か。咲は――。

姫様、と呼ぶあの城の者たちの声がよみがえる。

光一は口を押さえた。牧家の人間が、あの城で歓迎されるはずがない。許されない。きよはそれを悟ったのだ。悟ったから、絶望したのだ。自分は棟《おうち》と一緒にはいられない。あの城では生きられない。裏切り者の牧家の血を引いているのだから。

逃げ場など、どこにもない。

きよの絶望の叫びが、聞こえてくる気がした。

「――大丈夫ですか？」

顔をあげると、靫負の心配げな視線があった。

「すみません、大丈夫です」

光一は冷めた紅茶を口に運ぶ。口のなかが湿ると、いくらか心は落ち着いた。

「……花畠御殿は、どうして八重樫家に譲られたんですか？」

靫負の視線を避けるように手元の紅茶を眺めて、尋ねた。

「功に報《むく》いてです。うまらの方と姫君を守ろうとした。八重樫氏は異常を察知した時点で城に使いを出して、自身はそこに残ってふたりを救おうとしたのです。叶いませんでしたが」

それともうひとつ、とつけ加える。

「屋敷の再建問題です。正直、藩でふたたび建て直すのは財政的に荷が重い。その点、八重樫家は大地主の分限者《ぶげんじゃ》でもありましたから」

そちらの理由のほうが、合点《がてん》がいく。なるほど、と思った。

会話に間があいたところで、扉がノックされる。

「かつ丼ができましたけど、こちらで召しあがります？　それとも食堂で？」

マチコが顔をのぞかせた。

「こちらへ運んでくれ」

靱負の返答に、承知しました、と扉が閉まる。しばらくしてかつ丼が運ばれてきた。光一の前に据えられた膳《ぜん》には、染付のどんぶりが置かれている。蓋を開けると出汁《だし》醤油の香りとともに湯気が立ちのぼった。半熟の玉子でとじられたとんかつが黄金色に輝いて見える。非常においしそうだ。おいしそうなのだが。

光一はちらりと靱負と実果子をうかがった。「遠慮せずに、どうぞ召しあがってください」と靱負にうながされる。食べないわけにもいかない雰囲気で、光一は箸をとった。

「い……いただきます」

かつ丼には三つ葉が散らされていた。食べてみると、衣に出汁が染みていて、肉はやわらかく、見た目に違わずおいしかった。しかし、いったいどうして牧家の書斎で、むっつりと黙った父娘《おやこ》のかたわらで、ひとりかつ丼を食べているのだろうか。光一はかつ丼とともに困惑も一緒に呑みこんでいた。

「……父は叔母に和歌を教えたことを悔やんでいました」

靫負がぽつりと言った。

「それがなければ、叔母が家伝を読むこともなかったでしょうからね。親切が仇《あだ》となりました。真実を知らなかったら、叔母はいまごろどうしていたでしょうね」

あの城で棟《おうち》とふたり、仲睦《むつ》まじく暮らしていただろうか。棟の懐にある鈴の音が聞こえるようで、光一は箸をとめた。宙に向けた視線が、靫負とかち合う。靫負の瞳は静かで深い海のようだった。するりと靫負は視線を外す。ふと光一は、このひとはあの城のことを知っているのではないか、という気がした。

「《闇よりも深き夜には月もなしただわが胸にて金の鈴鳴らす》――この短歌は叔母が毒を飲んだとき、文机の上に置かれていたものです。父がそれを日記に挟んでおいたのです。供養のために、花を添えて。梅檀の実は〈金鈴子《きんれいし》〉とも言いますね。梅檀の実と鈴は、どちらも叔母が好んでいたものです。叔母は母親の形見という鈴を大事にしていましたが、それは叔母の部屋からは見つからなかったそうです。どこかにあるのでしょうね。叔母の思い出の場所に」

鈴は、棟のもとに残っている。鈴だけは、いまもあの城で涼やかな音を立てている。棟がそれに耳を澄ましている――。

光一は胸の辺りがつかえ、マチコが淹れてくれたお茶で流しこんだ。残りのかつ丼を無言で食べ続ける。

「ごちそうさまでした」

食べ終えた光一は腰をあげる。「どうも、お邪魔しました」

「いえ、こちらこそ実果子が申し訳ありませんでした」

靫負は引き留めるでもなく立ちあがる。実果子は肩身が狭そうにうつむいていた。すっかりしおれている。ここまで父親に弱い娘というのもめずらしいのではないか？　逆ならよく見るが。

「実果子さんが悪いわけじゃありませんから、責めないであげてください。大叔母さんのことを知りたかった気持ちはわかるし、僕も知りたかった」

靫負は目を細めて光一を見た。まぶしそうに。なんだろう。そのまなざしは、どこかで感じたことがある気がした。見守るようで、さぐるようで、警告するようなまなざし。

光一の口から、引っかかっていたことが、つと滑りでた。

「あなたは、どうあってもあそこにある家伝を直接読ませたくなかったんですよね」

靫負のまなざしが鋭いものに戻る。

彼の語ったことが実際、あの家伝に書かれていることそのままなのか、光一には判断がつかない。だが、靫負はあれを読ませたくなかった。だからここまで招いて、自分の口からわざわざ説明した。そうではないのか。

「……嘘は言っておりません」

表情の見えない瞳で靫負は言った。

「家伝にあることすべてを語ってはおりません。しかしそれは叔母にかかわりがないからです。あなたが知る必要のないことです」

靫負の口調は頑《かたく》なだった。押しても引いてもびくともしない、扉のようだった。光一は、令法《りょうぶ》を思い出す。——そうだ、令法だ。さっきのまなざしも、いまの頑なさも、令法に似ているのだ。

「実果子、光一さんをお見送りしなさい」

靫負は実果子に目を向ける。「はい」と小さく答えて、実果子は立ちあがった。部屋を出る前に、光一はもうひとつ疑問をぶつけてみた。

「口外されては困るのなら、処分しようとは考えなかったんですか」

「家伝をですか？」

考えもしなかった、という顔を靫負はしていた。

「父も祖父も、いままで当主の誰も、そんなことは考えなかったでしょう。あれは諸刃《もろは》の剣《つるぎ》なのです」

「諸刃の剣？」

「あれは処分などできません。証《あかし》だからです」

——どういう意味だろう。

だが、靫負はそれ以上言葉を口にすることなく、質問も許す雰囲気になかった。

光一は部屋を出て、実果子のあとについて玄関に向かう。

「なんか……申し訳なかったな。君が叱られることになって」

実果子は首をふった。「もともと、わたしが依頼したことですから」

「ふだんからあんなふうに厳しいの？」

「父ですか？　そうですね。兄にもわたしにも厳しいです」

武家だからだろうか。

「たいへんだな」

「いいえ。たいへんだとは思いません」

しょげきっていたくせに、と思った。

「たいへんそうに見えるけどね」

実果子は足をとめ、くるりとふり向いた。無表情に光一を見つめる。若干、怒っているように見えた。光一は、しまった、と口を押さえる。——ひとの家庭のことをあれこれ言うものではない。家の事情など、外からではうかがい知れないことだってある。そう思っていたのに。

「いや——ごめん。よけいなことを言った」

実果子は無言でふたたび前を向く。さきほどよりも足早に歩きだした。

「わたしは父と母の実子ではないので」

歩を進めながら、実果子は言った。

「ここまで育ててもらっただけでもありがたいと思っています」

ああ、と光一は額を押さえる。これだから、うかつによその家庭のことに口を出してはだめなのだ。言わなくともいいことを実果子に言わせてしまった。

「ごめん」

「なにがですか？」

「いや……、俺がよけいなことを言ったもんだから」

実果子はまた足をとめた。ふり向いたその顔は、さきほどより素直に怒っているものだった。光一をきゅっとにらむ。

「あなたは、ちょっとずるいですね」

「え」

ぷいと顔を背ける。拗ねたときの咲のようだった。

「え……、何かまずいことを言った？」

「いいえ。いいひとだなと思っただけです。——あなたって、もてるでしょう。老若男女問わず」

「いや、べつにそんなことないけど」

「嘘です。兄が言ってました。高校時代、『俺よりもてていた』って」

「……数馬君は、俺を誰かと間違えてないか？」

「間違えてません」

なぜそう言い切れるのだろう、と思う。

玄関に着いて、実果子は扉を開ける。外に出てから、実果子は小さな声で言った。

「わたしを産んだのは、父の妹です。学校の先生と不倫して生まれたのがわたしです。父の妹は赤ん坊を父に押しつけて、それきり姿をくらませたそうです」

——彼女がきよにこだわっていた理由の根底が、ようやくわかった気がした。似たような境遇だったから、心を寄せずにはいられなかったのだ。

「……そう君に説明したのは、きっとここのご両親ではないね」

うつむいていた実果子は顔をあげる。小さくうなずいた。

「それをお父さんかお母さんに話したことはある？」

実果子は首をふった。

「俺が親だったなら、子供にまるで気遣いのない、もっとはっきり言うなら悪意をもってそんな説明をした相手とは、縁を切るね」

すくなくとも、靫負は怒ると思う。

実果子は目をしばたたいて、それからほのかに笑った。氷の表面がじんわり、わずかにとけたような笑顔だった。

帰宅した光一は、庭のほうに向かった。城に入るべきか、庭に入るか、橋の前で逡巡する。結局、庭に入ることにした。

門を外して、なかに足を踏み入れる。園路を左のほうに進んだ。梅檀の木は大きく、庭の外からでもその薄紫の花が目につく。光一は木の下で立ちどまると、垂れ下がる花を見あげた。

光一は、この木にどんな言葉をかければいいのか、いまだ迷っている。きよについて。事実をそのまま話すつもりはなかった。棟《おうち》がそれを知ったところで、どうにもならない。いたずらに苦しめるだけだ。それなら、どう言えばいいのか。

光一は木肌を撫でた。硬い樹皮はひんやりとして、けれど手のひらを押し返すような生命力があった。

「……きよさんの親戚に会ったよ」

光一は木肌に手を触れたまま、語りかけた。

「きよさんは、城には行けなかったけど……君のことを忘れてはいなかったよ。《ただわが胸にて金の鈴鳴らす》――きよさんが最後に残した言葉だ。金の鈴って、君のことだろ。彼女は君と一緒に、鈴を鳴らしたかったんだよ」

だから梅檀の実を飲んで死んだのだ。一緒に生きたいと願ったきよの、せめてもの祈りだ。

それ以上、何も言えなかった。

ふっと、目の前を何かがよぎる。花が落ちたのだ。光一はしゃがみこみ、小さな花を拾いあげた。花芯は濃い紫で、花弁の端が薄紫に色づいている。眺めている間に、またひとつ、花が降ってきた。さらに、もうひとつ。

ほつり、ほつりと花は降ってくる。

まるで、静かな慟哭《どうこく》のようだった。


庭を出ると、橋の欄干に咲が腰かけていた。

「危ないぞ」

脚をぷらぷら揺らしている咲に注意すると、咲はぷいと顔を背けた。拗ねているらしい。

「体はもう大丈夫なのか？」

光一は咲の隣、欄干にもたれかかる。

「……大丈夫よ。あのときだって、べつにたいしたことなかったもの」

「そういうのはな、自分で判断しないほうがいいぞ」

咲は唇をとがらせて答えなかった。

「なあ、君は――」

問いかけようとして、光一はやめた。

「なに？」

咲はけげんそうに訊き返してくる。

──君の正体は、殺された姫君なのか？

「いや……、何に怒ってるんだ？」

咲は光一をじっと見あげる。

「コーイチ、庭に来たのに、わたしのところには来てくれなかったわ」

「さっき庭にいたのは、棟《おうち》に用があったからで」

「わたしのところにも来ないとダメよ」

「……そういう決まりなのか？」

咲はむくれた。

「決まりじゃなくっても、来てくれないとイヤなの！」

脚をばたつかせて言うので、光一はあわてて「わかったよ」と答えた。「危ないから、ほら、おりろ」

手をさしだすと、咲はおとなしく自分の手を置いた。光一は咲を抱えて下におろしてやる。咲はにっこりと満足そうに笑った。

「コーイチ、一緒に遊びましょう」

機嫌は直ったらしい。

「かくれんぼと鬼ごっこ、どっちがいい？」

「ふたりで遊ぶのか？」

「そうよ。ふたりじゃなきゃ、イヤよ」

光一は頭をかく。遊ばないとまたへそを曲げそうだ。

「かくれんぼかな」

鬼ごっこは、子供相手とはいえ、いやむしろ子供相手だから、体力的にしんどそうだ。それに庭で走りまわるのは危ないだろう。

「かくれんぼね。じゃあ、わたしがさきに隠れるわ。コーイチ、見つけてね」

言うや否や、咲は門のほうに走ってゆく。扉はいつのまにか開いていた。

「見つけられるかしら。わたしは隠れるのが上手なのよ。元若丸様《もとわかまる》だって、いつも見つけられなかったわ」

「元若丸様って？」

咲は門の前で立ちどまり、くるりとふり返る。

「なあに？」

小首をかしげている。

「いや、元若丸様って、誰だ？」

「知らない。誰？」

光一は絶句した。いま君が言ったことじゃないか――という言葉が出てこなかった。

咲は門の前で笑っている。

「コーイチ、早くわたしを見つけてね」

笑い声をあげて、咲は庭へと飛びこんだ。光一は、その場に立ち尽くしたまま、しばらく動けなかった。門の向こうはいつもの庭なのに、まるで見知らぬ異界のように思えた。

第四章

朽ちる日まで

その日、光一は書庫で本を広げていた。市史の一冊だ。書庫には全巻そろっていた。光一が見ているのは、梶坂藩主嵩原氏の系図だった。女性は《女》としか記されていないが、男性は幼名まで載っている。

――『元若丸』は、ないな。

嵩原氏の男児ではないのか。あと考えられるのは、他家の男児。たとえば、許婚者《いいなずけ》とか。当時なら十歳やそこらで縁組が決まっていてもおかしくない。しかしもちろん、そんなことは載っていない。紀州藩領時代の記録は細かいが、嵩原氏については系図のほか近江《おうみ》から移封されて、のちに無嗣断絶、といったことくらいしか載っていなかった。周平が言っていたとおりだ。

光一は本を閉じ、棚に戻す。書棚の前で腕を組んで、考えこむ。

殺された側室の娘。野茨の精。城。『あのかたをお慰めするのがわたくしどもの役目でございますれば』――お菅の言葉。

あの城はいったいなんなのだろう、と改めて思う。そして父はなぜ、あの庭を朽ち果てさせようとするのか。

光一は息をつく。呼び鈴が鳴る。

「――はい？」

玄関を開けると、いたのは周平だった。

「よっ」と軽くあいさつする周平に、光一は「休日だっていうのに、ほかに行くとこないのか？」と少々あきれた。この叔父は毎週のようにやってきている。

「ごあいさつだな、甥っ子を心配してやってきた叔父に向かって」

「最近はご飯もちゃんと食べてるよ」

「どうだかな。ま、それはそれとして、今日はちょっと用事だよ」

周平は手に提げていたレジ袋を光一に渡す。レジ袋からはソースのいいにおいがした。

「お好み焼き買ってきた」と周平は笑う。「あったかいうちに食べようぜ」

ちょうどお昼で、お腹も空いていたところだった。台所のテーブルで向かい合ってお好み焼きを食べる。薄い生地のなかにしんなりとしたキャベツが山ほど入っていて、たっぷりかかった濃口のソースとよく合っていた。高校生のころ、周平のアパートに遊びに行くと買ってきてくれたお好み焼きだ。なつかしい。

「このお好み焼きの店って、駅裏にあるんだっけ？」

「そっちは支店。これは西町《にしまち》の本店のほう」

「西町に行ってたんだ？」

「いや、殿町《とのまち》」

「へえ……？」

周平が本題に入ったのは、食べ終えてからである。

「梶坂神社の宮司さんがちょっとした知り合いでさ、話を聞きに行ってたんだ」

お茶を飲みながら、そんなことを言った。梶坂神社は殿町にある。

「神社に？　なんで？」

「あの庭だよ」と周平は庭のあるほうを見やる。「庭に、祠があるだろ。ってことは、神さんを祀ってるわけだ。勧請《かんじょう》した記録でもないかと思って、訊きに行ったんだよ」

「嵩原氏の氏神って、梶坂神社なのか？　初代藩主の氏神がそことは聞いてるけど」

「もとは違うんだよ。明治時代に合祀《ごうし》されたんだ。政府の政策だよ。嵩原氏の氏神は雨《う》竜神社《りゅうじんじゃ》って言って、素戔嗚尊《すさのおのみこと》が祭神。雨乞《あまご》いと茅《ち》の輪くぐりで有名な神社だった。梶坂神社にはうちの氏神様も合祀されてるんだぜ。知ってたか？」

「いや、そういうのは全然知らない」

「いままで興味ゼロだったもんな。うちはもともと、鈴ヶ森神社《すずがもりじんじゃ》の氏子。祭神は少彦名《すくなひこなの》神《かみ》。医薬の神だな。あとほかに二、三社が合祀されてる」

そんなに多くの神様が一ヵ所の神社に祀られて、さぞ窮屈だろうな、と思う。

「合祀のせいで、社伝はともかく、各神社の細かい記録なんかは残ってないかと思ったんだけどさ、あるもんだな。望城園に祠を祀った記録があった」

「あったのか」光一は身をのりだした。

「ほんの数行だけどな。藩主の命で望城園の祠に祭神を勧請したって」

「じゃあ、あの祠にはちゃんと神様が祀られていたのか……」

「いや」と周平は続ける。

「それがどうも、途中でやめたらしいんだな」

「やめた？」

「ほら、火事があったろ。そのときに祠も焼けたのかなんなのか、御霊《みたま》抜きをして祠を撤去してるんだよ」

「じゃあ――」

「それ以降、神様は祀られていない。あの祠に神様はいない」

――神様はいない。

だから、あんな祠らしくない造りが許されたのか。あの祠は、見せかけだ。

「……見せかけなら、なくともよかっただろうに……」

なぜわざわざあるのだろう。なんの意味が――。

「あ」

ぽんと声が出て、周平がすこし驚いていた。「なんだよ？」

「三日月か」

「え？」

「周平さん――庭には、月があるんだよ」

「月？」

周平は庭に入ったことがない。だから庭の造作を知らない。光一は電話台からメモ帳とペンをとってきた。

「祠には三日月の家紋が入ってる。二の丸には、二日月の石に、半月形に刈り込んだ槙、石灯籠の小望月《こもちづき》——」

光一は紙に簡単な図を描いた。

「俺も全部はちゃんと確認してないけど、たぶん月をひと巡り表しているんだと思う」

「月をひと巡り、か……」

だから、祠はなくとも三日月は必要だった。佐久間甚六が大風で壊れた祠を修繕したときも、おそらく当主からの注文は『三日月を入れること』だったのだ。それさえ満たしていれば、どんなものでもよかったのではないか。

「じゃあ、なんで月なんだろうな」

周平が言う。家紋が三日月だから？　いや、もっと意味がある。二日月の石が置かれたのは、側室と姫君が殺された事件のあとだ。ひょっとしたら、月のモチーフを取り入れたのは火事で庭を直したあとなのだろうか。

「ひと巡りの月というか、永遠だよな」

周平がそんなことを言ったので、「え？」と訊き返す。

「いや、あの庭は円環状になってるだろ。だから、月が満ちて、欠けて、新月になって、また満ちてゆく——というのを、出口なく永遠にくり返すわけだ」

——永遠。

それは、父の遺した意思とは真逆だった。庭に立ち入らず、朽ち果てさせよ……。光一はこぶしを額に押し当てる。父さん、なぜもっとわかりやすく言葉に遺してくれなかった?

ひととおりしゃべると、周平は帰っていった。光一は周平を見送って、そのまま前庭に出る。今日は雨は降っていないが、じっとりとして蒸《む》し暑《あつ》い。すこし歩いただけで背中に汗がにじんだ。空気が水を含んでいて、息苦しい。光一は濠のそばを歩きながら、向こう側にある庭を眺めた。

「永遠か、朽ち果てるか……」

橋の前で立ちどまる。苔むした高麗門は、放置すればそう遠くないうちに朽ちるだろう。あと十何年? 造られた庭は放っておいたら森になるわけではない。荒れた庭になるだけだ。そしていずれ、庭だったものに成り果て、忘れ去られ、朽ち果てる。

橋を渡り、門を開ける。すでに父の言いつけを破ってしまった自分は、これからどうするべきなのだろう。そんなことを考えながら、庭を歩く。右に向かって、反時計回りに。小望月の石灯籠があり、令法《りょうぶ》がある。半月は槙、二日月の拝み墓には、雪の下が。それらは月を守っているのだろうか。それとも寄り添っているのだろうか。

遠くで呼び鈴の音がした。しまった、来客だ。光一は外濠に近づく。木賊《とくさ》の垣のそばまで行って、屋敷の玄関に立つ人物を見とめた。

姿勢のいい長身の青年だ。ネイビーのシャツに、薄いグレーのチェック柄のパンツ、白い革靴。うしろ姿だけでも、品がよくかつ自信にあふれた雰囲気がにじみでている。

牧数馬だった。

――何の用だろう。

見たところ、彼ひとりしかいない。実果子の送迎役というわけではないようだ。なぜか果物の箱のようなものをふたつも抱えている。それで呼び鈴を何度押しても家主が出てこないものだから、少々苛立っている様子だった。数馬は周囲を見まわす。庭のほうをふり返った数馬と光一は目が合い、おたがい、無言でしばし見合った。

「――いるんなら、声ぐらいかけろ」

数馬が声を張りあげた。「ごめん」と光一は謝る。声が届かなかったようで、「なんだって?」と訊き返されたので、もう一度「ごめん!」と言った。

「べつにいいけど」と不機嫌そうに眉をよせたまま数馬は言い、足もとに抱えていた箱を置いた。

「桃だ。父の使いで来た。実果子が迷惑かけたお詫《わ》びだとさ」

「え? 何?」

数馬はムッとした顔で黙ると、大股で歩きだした。帰る方向ではない。濠に沿って進み、橋に向かっている。光一のほうに来ようとしているのだ。

「あっ、ちょっと待ってくれ」

光一はあわてて来た道を戻った。が、門の近くまで戻ったときには、すでに数馬は門をくぐってなかに入っていた。

走ってきた光一に、数馬はけげんそうに眉をひそめた。

「なんだ?」

「いや……」

この庭は立ち入り禁止——といっても、光一はすでに言いつけを破っている。他人にどうこう言えない。あの城に入ってしまったら、と危惧したが、いまの時点では大丈夫なようだった。

「父の使いで、桃を持ってきた。玄関に置いてある。まだ硬いから、常温で保存しておけよ」

「はあ……それは、どうも」

「こないだ実果子が迷惑をかけたお詫びだと」

「迷惑というわけでは——」

「これが望城園か」

数馬は光一の言葉を無視して、辺りを眺めた。「一般公開しないのがもったいないな」

「まあ、管理がたいへんだから」

無難な返答をしておく。「ああ、そう」と数馬は気のない返事をする。しばし沈黙が落ちた。数馬は動こうとしない。まだ用事でもあるのだろうか。

「……まだ何か?」

数馬は気分を害したように眉根をよせた。気難しそうな顔は父親によく似ている。

「庭がめずらしいから見ていただけだ。うちの庭園はイタリア式だろう」

そうなのか、と思う。「庭が好きなのか?」

「べつに」

「…………」

実果子とはまた違った会話のしにくさがある。用がないならもう帰ればいいのに、と思うが、数馬は門に足を向ける気配がない。光一はかたわらの梶の木を見あげた。青々とした葉が茂っている。風もなく、湿気が多いせいか、緑は色濃くにじんでいるように見えた。

「……父と何を話したんだ?」

数馬はぽつりと言った。顔を向けると、目をそらす。

「何って——」内容は他言無用、と靱負から言われている。「その……君の大叔母さんのことだよ」

「蔵の奥に入ろうとしたんだってな」

「ああ、まあ」正確には、入っている。

「それでよく、追い出されなかったな」

「それはまあ……たしかに」

追い出されるどころか、靫負の対応はとても丁寧だった。厳しくはあったが。

「しかも、自室にまで入れてる」

「え？」

「父さんは、初対面の相手を自分の部屋に招き入れたことなどいままで一度もない」

——それはおそらく、他言無用の話をするためだ。

「あのときは……、実果子さんがいたからじゃないか。あと、牧さんは俺の父のことを知っていた。いいひとだったと」

そこで数馬は、はっとどこかが痛んだような顔をした。何度か口を閉じては開ける。言葉をさがしているようだった。

「その……君のお父さんのことは、まだお若いのに、残念だったと思う……」

彼にしてはめずらしく、ぼそぼそと口にする。迷子のように自信なげな声が、不思議と光一の胸に沁み込んだ。それは身内を亡くした者を不用意に傷つけないか、おそれる声音だったからだ。

「どうもありがとう」

礼を言うと、数馬は気まずそうに顔を背けた。

「数馬君は——」名前を呼ぶと、数馬はぎょっとしたように顔を光一のほうに戻した。

「名前で呼ばれるほど親しくなった覚えはない」

「いや、ご家族と区別がつかないだろ」

靭負も実果子も皆『牧さん』になる。数馬は不服そうだったが、反論しなかった。

「数馬君は、結局俺に何を訊きたいんだ？」

靭負と何を話したとか、彼の自室に招き入れられたとか、それはほんとうに訊きたいことの枝葉に過ぎないのだろう。

数馬は光一に向き直った。眉間の皺が深い。

「うちと八重樫家との関係についてだ」

「ああ……」

「俺が父さんに君とかかわるなと言われたのは、高校のときだ。君がおなじ高校にいるのを知って。絶交しているくらいだから、さぞかし因縁《いんねん》のある間柄なんだと思っていた。それがなんだ、父さんの君への対応は、絶交している家の相手にするものじゃないだろう。わけがわからなくなった」

混乱するのも無理はない。光一だってそうだった。靭負から話を聞いたいまでも、腑に落ちない部分はある。

牧家は主君を裏切った。側室と姫君を暗殺した。だから、主君側についていた八重樫家に対しては、甚だうしろめたい。敵対したいわけではないが、かかわりあいにもなりたくない。だが、過去があるかぎり関係は断ち切れない。そういう、微妙な関係なのだろう。

「……牧さんから俺が聞いた話はあるけど、ほかのひとには話さない約束をしたから、話せない」

数馬は怒るかと思ったが、光一をじっと見たあと、息をついただけだった。

「君はほんとうに高校のころから変わらないな。約束を守る男だ」

「高校のころ、君と話したことがあったか？」

「ない。かかわらないようにしていたんだから、当たり前だろう」

数馬は横を向き、木の下闇《こしたやみ》を眺めた。「評判を聞いていただけだ」

「評判……？」評判がたつほど何かで活躍した覚えはないが。

「かかわるなと言われれば、むしろ気になるだろう。情報は収集していた」

「収集……」

「否応《いやおう》でも耳に入ってくることもあったしな。定期テストなんかじゃ、いつも俺より上だったから腹が立ってた」

「それは……どうも、申し訳ない」

「違う。俺自身に腹が立ってたという意味だ」

そう言って数馬は土を踏み、木々の下を歩きだした。門のほうではなく、庭の奥へと向かって。

「あ、ちょっと、どこへ」

「せっかく望城園に来たんだから、見学したい。案内しろ」

「いや、それは——」

困る、という光一の言葉など聞こえない様子で、数馬はさっさと行ってしまう。城に迷い込まれてはたいへんなので、光一はしかたなくあとに続いた。

「この庭も不思議だな」

歩きながら数馬は言った。

「え？」

「ここを造らせた嵩原政嗣は、どうして城の形にしようと思ったんだろうな」

「そういう遊び心というか、風流ってものじゃないか？」

「そうか？　庭ってものの役目は、結局決まってるじゃないか」

「役目？」

数馬はふり向いた。

「子供の遊び場だよ」

光一は目をみはる。考えもしなかった返答だった。

――子供の遊び場。

「城を模した庭なんて、子供にとっちゃ最高に面白い遊び場だろ。探検するにも隠れるにも最適だ」

たしかに、咲とかくれんぼをしたら、光一は負け通しだった。体の小さな咲の隠れる場所はたくさんあったが、大人の光一が身をひそめられるところは限られていた。

「子供のための庭……」

側室に姫君が生まれたときに造られた庭なのだろうか。姫君のための庭。光一の脳裏に、咲の顔が浮かんだ。

「半月」

数馬が足をとめた。槙の植え込みがある場所だ。

「さっきあった石灯籠は、小望月だったな」

よく見ている。

「ふうん」

つぶやいて、数馬は足を速めた。本丸の島へと渡る橋の前に立つ。島を左から右に眺めて、橋を渡った。祠を検分し、「なるほど、三日月か」と満足したように言ってふたたび橋を渡る。

「月を象っているんだな。嵩原氏の家紋が三日月だからか？」

「さあ」

ふたりの足は拝み墓に向かう。

「この細長い石が、二日月？」

「ああ」

「だんだん欠けていってる。じゃあ、次は朔《さく》――新月か。でも、新月はどう表すんだろう」

数馬は足早に歩く。俄然《がぜん》、興味を惹かれだしたようだ。足もとを気にせず落ち葉や草むらを踏んで歩くので、泥ひとつついていなかった白い革靴がすっかり汚れている。いいのだろうか。光一はTシャツにジーンズという気の抜けた格好なので汚れようがどうでもいいが。

「へえ、なるほど」

橡《とち》の木《き》が生い茂る下を抜けると、黒っぽい岩が据えてあるのが見えた。丸い形をしてい
る。光一は地面に散る橡の木の花をよけて、そばまで近づいた。岩の周囲には椿が植えら
れ、肉厚な葉がつやつやと木洩れ日に照り映えている。黒緑の葉が濃い陰《かげ》を作り、陽が射
しているにもかかわらず、辺りは薄暗く見えた。

「黒く丸い岩で新月を表しているんだな」

玄武岩かな、などと数馬は言っている。

「となると次は、有明の月か」

数馬はどんどん進んでゆく。光一も、庭の月は一度すべてちゃんと確認しなければ、と
思っていたので、ちょうどいい機会だった。

「月はひと巡りある。どうして月なんだと思う?」

せっかくなので、光一は訊いてみた。周平とも話していたことだ。

「新月から満月までか。へえ」

数馬は考えるように一度口を閉じ、ふたたび開いた。

「死と再生」

ぽつりと言う。

「生命の象徴。よみがえりのまじない。そんなとこじゃないか」

――死と再生。

「永遠の生命とか、衰えないものの象徴なら、太陽だろ。月は欠ける。死ぬんだ。それから新しく生まれる」

「死んで、生まれる……」

――生まれ変わる。

ひょっとして、そういう祈りだろうか。死んだ側室と姫君に対する――。

「あった。有明の月だ」

木斛《もっこく》の木があった。黄白色の花をつけている。これは秋になると美しい赤い実になる。かたわらに下野《しもつけ》が植えられており、薄紅の花を鞠《まり》のようにふわりと咲かせていた。それら木々を背に、舟石がある。蓬萊山《ほうらいさん》に向かう舟に見立てた石のことだ。この舟石は端がとがり気味で、細長い。中央がくぼんでいて、反《そ》っているように見える。まるで三日月のよう――いや、三日月とは向きが逆だ。明け方の空に残る月、有明の月である。

数馬は先に進む。おおよそ庭を半周した。萩《はぎ》の植え込みが続き、大山蓮華の白くぼってりとした花が現れる。鳥足升麻《とりあししょうま》が咲き、鳴子百合が小さな花を揺らす。いずれも白い花を下向きに咲かせる。白波のようだ、と思っていると、その向こうに小さな石橋がある。濠や池にかかるのではなく、その下には丘虎《おかとら》の尾《お》が群生している。白く小さな花々が集まり房となって弓なりに垂れる草だ。升麻や鳴子百合と合わせて、池に見立てているのである。

「半月だな。石橋が」

数馬が言った。「上弦と下弦の区別はないらしいな。いや、あちらの半月は月の出で、こちらは月の入りを表しているのか」

どちらもおなじ、お椀を伏せた形だ。上弦なら昇ってくるとき弦が下、下弦なら沈むときに弦が下になる。

しばらく行くと、「おっ」と数馬は声をあげた。地面を見おろしている。

「飛び石だ」

平たい石がひとつ、ふたつ、みっつ、並んでいる。手前の石は細い檸檬《レモン》のような形で、それがふたつめ、みっつめとすこしずつ、ふくらんでいっている。みっつめの石は丸々とはちきれんばかりになった檸檬のようだった。

「臥《ふ》し待ち、居待ち、立ち待ち月ってところかな」

なめらかに言う数馬の顔をしげしげと眺めた。数馬は顔をしかめる。

「なんだ?」

「月の呼びかたなんて、よく知ってるなと思って」

光一もそこまで明確に覚えてはいなかった。

「実果子の影響だ。月待ち講ってあるだろう、月を信仰する集まり……というか、地域の寄合《よりあい》」

「ああ――」

日本史で習った気がする。江戸時代のところで。民俗学の分野か。

「門前の小僧だな。あいつがうるさいから、いろいろ覚えてしまった」

「へえ。仲いいんだな」

なんとなく思ったことを言ったまでだが、数馬は「べつに。ふつうだろ」と素っ気なかった。

「実果子さんは、元気？」

そう尋ねると、数馬は眉をよせた。

「なんでそんなことを訊くんだ？」

「いや、深い意味はないけど。こないだ、お父さんに叱られるはめになったから、その後どうだろうと思っただけだ」

「……元気だよ。父さんに叱られたあととは思えないくらい元気だ。いつもならひと月はしょげ返ってる」

「そう。よかった」

数馬はなぜか不機嫌そうな顔のままだった。さらに歩を進めて、榛《はしばみ》と杜鵑草《ほととぎす》が生い茂るあいだを抜ける。そうすると、花筏《はないかだ》の木が立ち現れる。葉の上にぽつりと花を咲かせる、不思議な木だ。いまはその花が実になっている。花筏のそばに、石灯籠があった。形は小望月の石灯籠とおなじだ。円窓の形が、すこしばかり違う。小望月とは反対側が欠けている。——十六夜月だ。

光一の脳裏に、床に伏していたかぼそい女性が思い浮かぶ。濠の蓮はすっかり朽ちて、もう姿がなかった。

「十六夜だな」

数馬が言い、すこし足をとめただけで先に進む。もうすぐ庭を一周することになる。門が近い。実葛のつぼみを横目に見て、鬼胡桃《おにぐるみ》の梢を見あげて歩く。園路はときおりゆるやかな勾配《こうばい》がついている。庭のなかは、ひととおり歩くとけっこうな距離だ。運動不足の光一は少々疲れてきている。足どりが重い光一を数馬がふり返り、馬鹿にするように鼻を鳴らした。

「もっと体を鍛《きた》えたらどうだ。この庭を毎日歩くだけでもいい運動になるだろう」

「……体を動かすのは昔から苦手なんだ」

「そんなんじゃ、四十越えてからきついぞ。いまから鍛えておけ」

「いや……君は運動が得意そうだからいいけどさ……ひとには向き不向きが……」

歩きながらしゃべると息があがる。鍛えるまでいかずとも、散歩を日課にするくらい、したほうがいいかもしれない。

「べつに得意じゃない。父さんがうるさいからだ」

「うるさい？　運動しろって？」

「運動というより、鍛練だな。牧家の男児たるもの、鍛練を怠るべからず、という」

「家訓？」

「そんなもんかな。物心ついたころから剣道やらされてたし。発想の根幹が武士なんだよな」

「へえ……」

「武士道精神っていうのかな。ときどき息がつまる――あ」数馬は足をとめて、光一をじろりとにらんだ。「これ、父さんには言うなよ」

「言わない。というか、牧さんと個人的な話をする間柄でもないし」

「……父さんは俺より君に対してのほうがまともな世間話をするだろうよ」

冷めた顔で言って、数馬は歩を進める。光一はそのあとを追う。

「俺にはどうにも、父さんのなかに理解できない部分がある。父さんの根っこみたいなものだ。――あのひとは俺に何か隠してる」

だから近づけない、と言った。

――ああ、そうか。俺もだ。

ふいに、すとんと理解した。光一が、ずっと父に抱いていた感情。近づけない。そうだ。ケンカをしたこともなく、嫌いだと思ったこともない――ただ、なんとなく遠かった。薄い膜で隔《へだ》てられているような感覚があった。奇妙な気味の悪さ。踏み込むのもおそろしかった。

「……俺も、父さんのことをそう思ってたよ」

数馬が光一に視線を向ける。

「わからない。父さんはどんな秘密を抱えていたんだろう。いや――」

光一は辺りを見まわした。

「それがこの庭にかかわることだっていうのは、わかってる。父さんの秘密は、きっとこの庭の秘密でもあるんだ」

数馬もぐるりと周囲を眺める。光一たちは、湿り気を帯びた緑のにおいに囲まれている。売子《えご》の木、山査子《さんざし》、金糸梅《きんしばい》。順繰りに木々を眺めていた数馬は、地面に目を落として「おい」と声をあげた。

山菅《やますげ》の咲いている一角がある。白い花が群れ咲いているさまは、銀河のようだ。数馬はその奥に見える石を指さした。そこはゆるやかな斜面になっていて、山菅のあいだに石が埋まっている。丸く平たい石だ。

「これは……伽藍石《がらんいし》だな」

数馬が石の上に身をかがめる。

「伽藍石？」

「寺の礎石だよ、柱の。そういうのを庭石に使うんだ。――なんで俺が説明してるんだ。君の庭だろう」

「そう言われても」

そんな言葉がすぐに出てくる辺り、数馬はやはり庭が好きなのだろう。

「これが満月だ。ひと巡りしたな」

月が満ちて、欠ける。それをくり返す——。

光一は額ににじむ汗を腕でぬぐった。歩いたからばかりではない、むっとするような湿気が増している。蒸し暑さが息苦しい。

「君は庭の秘密が知りたくて、うちの蔵にある資料を見たがったのか？」

数馬は涼しげな顔をしている。鍛えている人間は暑さにも強いのだろうか。

「そうだ。結局、見ることはできなかったけど。牧さんが説明してくれて――いや、それは別件で、庭についてじゃなかったけど。でも、そのときも牧さんは包み隠さず話してくれたわけじゃないと思う」

「直接見られたくなかったから、自分の口から話したんだろう。都合のいいところだけ」

光一はうなずく。「そうだろうな」

牧靱負は、まだ何かを隠している。

数馬は腕を組んで、しばし横を向いた。そちらには小楢《こなら》の木が葉陰《はかげ》を作っている。根元に雪笹《ゆきざさ》が白い花を咲かせていた。

「八重樫」

数馬は光一のほうに顔を戻した。

「俺と君の目的は、おなじなんじゃないか？　俺の知りたいことも、あの蔵の家伝にある気がしてるんだ」

そうかもしれない。あの家伝には、いったい何が書かれているのだろう。靱負は『証』なのだとも言っていた。

数馬の視線とかち合う。おたがい、考えていることが通じた。

「あの家伝を見てみよう」

数馬が言った。

「父さんに気取《けど》られないように、慎重に。平日がいいな。鍵のある場所は知ってる」

「大丈夫か？」

「俺は実果子みたいな下手は打たない。あいつはうしろめたいとすぐ顔と態度に出るからダメなんだ。父さんは忙しい身だから、隙自体はある」

なんとなく、いたずらを共有するような心持ちになる。「蔵に忍びこめそうになったら連絡する」と言う数馬と連絡先を交換して、庭の門を出た。

「実果子はこの庭を見たのか？」

門の前で数馬はそんなことを訊いてきた。光一は「いや」と首をふる。

「じゃあ、実果子に自慢してやろう」

澄ました顔で大人げないことを言う。仲がいいのだか、悪いのだか。

「次に実果子さんが来ることがあれば、案内する。平等に。そう言っておいてくれ」

数馬は眉をよせた。

「自分で言え」

「とくに連絡する用がない」

「……おまえさあ……よくふられるだろ」

急に雑な口調であきれたように言われた。

「なんで」

「なんでもだよ。じゃあな」

数馬は橋を渡り、帰っていった。光一は携帯電話をポケットにしまい、門扉を閉じるためにふり向く。「わっ」と思わず声が出た。

咲がいたからだ。

門を挟んですぐうしろにいた。唇を引き結び、うつむいている。

「い……いつからいたんだ?」

咲はじっと足もとを見つめたまま、答えない。

「咲」

光一は咲の前に膝をついて、顔をのぞきこんだ。咲は泣きそうな顔をしていた。

「どこか怪我したか?」

咲は首をふる。

「……どうしてわたしと遊ばないで、ほかのひとと遊んでいるの?」

「ほかのひとって、さっきの男のひとのことか? 遊んでたわけじゃ――」

「どうしてわたしじゃないひとと楽しそうにしゃべっているの? コーイチはわたしと遊

ばなきゃダメよ。わたしじゃないひとと一緒にいないで。コーイチはずっとわたしのそばにいて！」

咲はまくしたてた。泣きそうに顔を真っ赤にして、スカートを握りしめている。辺りの空気がゆらめき、庭の木々が風もないのにざわざわと葉擦れの音を立てる。急に温度がさがったような気がして、光一の背筋がすっと冷えた。咲の顔はこれまで見てきた咲のようでもあったし、はじめて目にするべつの誰かのようでもあった。無意識のうちにあとずさりそうになり、はっと息をする。軽く頭をふって、目の前の少女の瞳をしっかり見つめた。

「……咲」

光一は言葉に迷った。いままでも咲が光一を独占したくて怒ったり拗ねたりしたことはあったが、子供のことだからとあいまいになだめすかしてきたのだ。きっと、それがよくなかった。

「俺は君とずっと一緒にはいられない。生きている場所が違うからな。たまに巡り会う接点ができて、おなじときを過ごすだけだ。俺たちは――」

「そんなのはいや。わたしはずっと一緒にいたい」

咲は両手を伸ばした。足が門の敷居を踏む。咲ははっとしたように身を引いた。一、二歩あとずさる。

「咲？」

「来ないで」

咲は頭を抱える。顔から血の気が引き、青白くなる。

「さ——」

あきらかに様子のおかしい咲に、光一は門を越えようと足を踏みだした。

「来ないで！」

鋭い叫びに、足がとまる。

「コーイチ、もう庭に来ちゃダメ。城にも入っちゃいけない。もしまた城に来たら、わたし、きっとコーイチを帰したくなくなるわ。あの城に閉じこめて、二度と離れない」

咲の声は震えていた。

「一緒にいたいけど、いたらいけない。もう会っちゃいけないの」

大きな瞳が見る間に潤んで、雨粒のようにぽつっと雫が落ちる。

「咲？」

「コーイチ、ほんとうはね、わたしは、わたしを見つけてほしいの」

咲の目からは次から次へと雫が滴《したた》り落《お》ちる。光一は咲のほうへ近づこうとふたたび足を踏みだしかけた。

「もう庭に入ってはいけない」

咲の口から出たとは思えない、低く深い声がして、鋭い風が一陣吹きつけた。体がうしろに押し返されるほどの風圧だった。思わず目を閉じる。

バタン！　と強い音がした。同時に風がやむ。目を開けると、門の扉がぴったりと閉じて、門がかかっていた。

「咲！」

光一は古ぼけた門の脆《もろ》さも考えず、扉を思いきり叩《たた》いた。が、扉は光一のこぶしを撥ねつけ、びくともしなかった。みしりと軋《きし》む音すらしない。まるで鉄扉のようだった。門もおなじだ。わずかも動かない。

二、三歩さがって、橋から門を見あげる。門は光一を拒絶していた。ぽつっ、と頰に雫があたる。ひとつ、ふたつとその雫は増え、次第に地面を斑にしていった。雨脚はすぐにひどくなり、光一は頭から濡れそぼつ。それでもしばらく、その場から動けなかった。

――わたしを見つけてほしいの。

かくれんぼをしたときも、そんなことを言っていた。――早くわたしを見つけてね。

咲を見つけるとは、どういうことなのだろう。

それから数日たったが、門はけして開かなかったし、咲も姿を見せることはなかった。雨続きなので外に出ることもなく、光一は書庫で本を開いていた。『花畠御殿本草図譜』を中心に、アルバムなどをくり返し眺めている。新しくわかることは何もない。ほかに庭の資料がないかとさがしてみても、見当たらなかった。あるのは古い医学書ばかりだ。

数馬からも連絡はない。いや、正確に言えば連絡はあるが、家伝に関するものではない。『運動はしているか』だの『体をもっと鍛えろ』だの、どうでもいいメッセージを送ってくる。たぶん、先日庭を歩いて光一のあまりの運動不足ぶりに驚いたのではないかと思う。そのうち『既読無視はやめろ』というお叱りのメッセージが届いた。面倒なので放置している。

雨粒が窓を叩いている。机に置いていた携帯電話が震えた。数馬からの着信だった。『運動しろ』という説教だったら面倒だな、と思いつつ電話に出る。

「はい？」

「おまえな、返信ぐらいしろよ」

いきなり叱られた。

「いや、運動しろとか言われても返しようがないし」

「返しようぐらい、いくらでもあるだろ。考えろよ」

「それは……面倒かな……」

「おまえ友だちいないだろ」

すこしムッとした。「用がないなら切るぞ」

「用はある。——今日、蔵に入れそうだ」

それをさきに言え、と思った。携帯電話を持ち直す。

「牧さんは？」

「仕事で東京に行ってる。明日の午後まで帰らない。鍵は確保してある」

「いまから行く」

　通話を切って、光一は家を出た。雨が降るなか、車を走らせる。牧家の屋敷に着くと、前に実果子に教えてもらった車庫のほうに車を回す。そこから庭を突っ切って玄関に急いだ。呼び鈴を鳴らすと、数馬が扉を開ける。

「早く入れ」

　雫の滴る傘を傘立てに入れて、玄関のなかに入る。

「父さんは明日まで帰らないが、母さんと実果子はどちらも夕方ごろには帰ってくる」

「実果子さんには話してないのか？」

「話したらあいつは挙動不審になって父さんにばれる」

　数馬は光一を蔵に案内する。屋敷のなかにはほかにひとの気配がない。「マチコさんは？」と訊くと、「いるよ」とだけ返ってきた。

　蔵のダイヤル錠を開けて、なかに入る。数馬はシャツの胸ポケットから鍵をとりだし、奥にある扉の錠を開けた。

「鍵の保管場所は、前から変わってないのか？」

　実果子に持ちだされてから、変えたとばかり思っていたが。

「昔から決まってるんだよ。当主の書斎の抽斗《ひきだし》。父さんはそういう決まりを変えられないひとだから。持ちだすなら実果子だし、叱りつけた以上、もう持ちだすことはないと思ってるんだろう。俺は古文書なんかに興味ないからさ」

「──興味ない？」

「一般的な古文書にはってことだ。ここの家伝には興味ある」

「いや、……古文書を読むこと自体は、できるんだよな？」

「は？」数馬は目を丸くした。「できるわけないだろう」

「えっ」

「『えっ』て……おまえは読めるんだろ？　こういうのを調べてるんだから」

光一は静かに首をふった。数馬は真顔になる。

「──いや、待て。やりようはある。いまは文明の利器があるんだから」

自分に言い聞かせるように言って、数馬はポケットから携帯電話をとりだす。写真をとればいい、ということだ。切り替えが早い。頭の回転が速いのか。

「ともかく家伝の確認だ」

扉を開けて、小部屋に入る。光一は隅にある本箱の前に膝をついた。蓋を開ける。

「何冊ある？　あんまり数がないといいんだが」

「一、二、三……五冊だな」

「五冊か。容量、足りるかな」

数馬は携帯電話を見てつぶやく。光一は本をとりだし、表紙を確認していたが、つと手をとめた。

「……いや。足りないな」

「え？」

「本の数が足りない。これ、通し番号がふってあるだろ」

光一は本を横にある櫃の上に並べた。『系図家譜』と表紙の題簽《だいせん》——題字を書いた細い紙片である——に記されている。番号もふってあった。

「……三巻がない」

並べた本は五冊。だが、番号は六まであった。三が抜けている。

「紛失したのか？　いや、ありえないな。家伝だぞ」

数馬が言う。たしかに。それに、以前これを確認した実果子はそんなことは言っていなかった。あのときはあったのだ。

「——抜かれた？」

光一は数馬と顔を見合わせた。

「父さんだ」

数馬が舌打ちする。

「俺たちが忍びこむのを見越して、抜き取ったんだ。見られたくない巻だけ」

ぬかりのないひとだ。光一たちの知りたいことは、おそらくそこに書かれている。

光一は腕を組み、櫃の上に並べた和本を眺めた。

「……でも、どの辺りを知られたくないのか、というのは推測できるんじゃないか」

二巻と四巻を手にとる。

「このあいだに起こった出来事だ」

光一は四巻を数馬にさしだした。

「時代は特定できるだろうけどさ」と言いつつ、数馬は表紙を開く。光一も二巻をうしろから開いた。携帯電話をとりだし、写真に撮る。

「さっぱり読めないな。見開きで十枚くらい撮っておけばいいか」

「そうだな」

おそらくそのときの当主の名前が出てくる頻度は高いだろうから、わかるひとが読めばすぐわかるのだろうと思う。

「解読は実果子さんに頼むのか？」

「あいつはだめだ。言ったろ、すぐ顔に出る。忍びこんだのが父さんにばれる」

「たぶんもうばれてる気もするけど」

東京出張もわざと隙を見せたのではないか、とすら思う。数馬は渋い顔をして黙った。

「俺の叔父に頼もうか」

「読めるのか？」

「ああ」

「早く言え。今日つれてくればよかったのに」

「そしたら当分ここから出てこなくなる」

こんな埃っぽいとこに？　と数馬は顔をしかめる。彼は古文書にも骨董にもロマンを覚えないたちらしい。

「俺はだめだな、埃や黴のにおい。誰の手垢《てあか》がついているかわからない古い本も無理だ。できれば触りたくない」

「潔癖性なのか」

「きれい好きと言え」

文句を言いながらも数馬は本のページを丁寧にめくって写真を撮っている。

「これくらいでいいか。あとでメールに添付して送る」

「ああ、頼む」

光一も写真を撮り終わる。本をもとどおりに戻して、蔵を出た。

「しかし、抜けた三巻がいつごろの時代を収めたものかわかっても、結局肝心の中身はわからないだろう。どうするつもりだ？」

「うん……」光一は生返事をして考え込む。

「何を考えてるんだ？」

「いや……、俺は三巻にはおそらく嵩原政嗣に仕えたころのことが書かれているんじゃないかと思ってるんだが」

「嵩原政嗣っていうと――」

数馬は足をとめた。壁のほうに顔を向ける。

「このひとか」

以前にも見た、肖像画が飾ってある。嵩原政嗣のものだ。

「そうだ。やっぱり鍵はこの藩主だと思う」

あの庭を造り、八重樫家に与えた藩主。

だとすると、三巻には靱負が話してくれた以上の秘密があるということだ。藩主を裏切り、側室と姫君を殺したという以上のこと。

「あのさ」数馬がふたたび廊下を歩きながら言う。

「おまえの家には、家伝みたいなのはないのか?」

「ない。——と思う」

「うちのあの蔵みたいに、どこかの隠し部屋に置いてあるとか」

「隠し部屋……なんてものは、見たことも聞いたこともない」

「ないから隠し部屋なんだろう。実はあるかもしれないぞ」

どうだろう。光一はううんと唸《うな》る。

「あったら叔父がまっさきに見つけてそうな気がするんだけどなあ……」

「おまえの叔父さんは何者だ。探偵か」

「叔父のことは、実果子さんは知ってたけど」

「なんで実果子が——ああ、実果子と同類か?」

「似たようなものだと思う」

「なるほどな。——待てよ。八重樫の……郷土史家？」

「そう。なんだ、知ってるのか」

「牧家文書を調べさせてくれと言ってやってきた八重樫家の人間を追い返したことがある」

「……それだよ」

「あれか。いけずうずうしい男だったから追い払った。俺は『研究のため』を大義名分にしてずかずか家にあがりこもうとするやつが嫌いなんだ。八重樫家の人間は家に入れないほうがいいんだろうとも思ってたし」

「叔父は悪いひとじゃないけど、失礼があったなら謝る」

「……いや、あのときは俺も虫の居所が悪かったせいもあるから、べつに」

数馬は気まずそうに目をそらした。

「おまえのそういうところは、昔からたちが悪いなと思ってたけど、やっぱりそうだな」

「なんだ、それ」

「すっと身を引くところ。おなじ土俵に立たないところ。こっちが悪いと思わせられる。誠実そうに見えてたちが悪い」

「……なんで俺は突然責められてるんだ？」

そういえば、実果子にも『ずるい』と言われたことを思い出した。

「兄妹《きょうだい》そろって、似たようなことを言うんだな」

「実果子も?」

へえ、と数馬は窓のほうに目を向けた。雨はいつのまにかやんでいる。水滴が窓にまだら模様を描いていた。

「似てるところもあるもんだな」

「一緒に暮らしていれば、それはそうだろう」

数馬は光一をふり向いた。

「——実果子から聞いたのか?」

「え?」

「実果子がうちの両親の実子じゃないと」

そうか、『一緒に暮らしていれば』ではなく、『兄妹なのだから』と言うべきだったのか、と光一は自分の失敗を悟る。

「——ああ」

「ふうん。あいつが自分から言うとは思わなかった」

「いや、俺が言わせてしまったというか……」

「あいつは勢いでそんなことを打ち明けはしない。おまえにわかってほしかったんだろう」

玄関に着いた。光一は靴を履いて外に出る。あいさつのためにふり返ると、数馬が光一をじっと見ていた。光一はちょっとたじろぐ。

「実果子はいろいろと難しいやつではあるが、かわいいところもあるんだ。よろしく頼む」

「え……？　ああ、うん」

――頼むって、何を？

と訊く前に、扉は閉じてしまった。頭をかいて、玄関を離れる。見あげれば、鈍色の雲が途切れ、空の端にすっきりとした青い色がのぞいていた。

数馬からのメールに添付されていた写真と、自分が撮った写真をつけて、光一は周平にメールを送った。それから二階にあがり、書庫に入る。

「隠し部屋か……」

あるとしたら、納戸かこの書庫だろうか。よく本棚のうしろに扉があったりするが――。

「……ないな」

壁際の書架から本を抜いて、すこしばかり動かしてみた。どの書架の裏にも、扉などない。光一は腰に手をあて、息を吐く。疲れた。やはりもうすこし筋力をつけるべきかもしれない。

本を戻すのはひと休みしてからにしよう、と光一は椅子に座る。テーブルの上に置いておいた携帯電話が震えた。見れば、周平からの電話だ。外はまだ薄明るいが、終業時刻は過ぎている。帰宅してメールを見たのだろう。

「もしもし？」

「おい、メールのあの写真、なんだよ。牧家文書か？　見たことないやつなんだけど」

周平は興奮したようにまくしたてる。

「そう。牧家の家伝の一部。読めた？」

「なんでそんなのを──」

「あとで説明するから。あれって、書かれた内容がいつごろのことかってわかる？」

「あとでって」と不満そうに言うのが聞こえたが、「わかるよ」と続いた。

「わかる？」

あっさり言われて、光一は電話を持ち直す。

「牧家が、嵩原氏のどの代に仕えてたころかっていうのが知りたいんだけど」

「ひとつは、嵩原政直《まさなお》。もうひとつは嵩原氏じゃない。紀州藩領時代。初代南竜《なんりゅう》公の時代。徳川頼宣《よりのぶ》のことな」

「嵩原氏と紀州藩領……嵩原政直というのは、嵩原政嗣の父親？」

「そうだよ。系図見りゃわかると思うけど」

「ちょっと待って」

光一はテーブルに積んだ本のなかから、市史の一冊を抜き出す。ページをめくって、系図を見た。系図の最後にあるのが政嗣。その前は、政直だ。

「たしかに。――じゃあ、やっぱり三巻には嵩原政嗣の代のことが書かれているんだ」

「え?」

「周平さん、ありがとう。助かった。また今度お礼するから」

光一はあわただしく電話を切った。なんなんだいったい、とあとで周平には叱られるかもしれない。

数馬にメッセージを送り、ついでに隠し部屋はなかったことも知らせておいた。『疲れた』とも書いたので、返信には『筋肉をつけろ』と書かれていた。

『俺は三巻が隠してありそうなところをさがしてみるよ』

と、数馬は返信してきた。

――俺はどうしよう。

光一はテーブルに積まれた本を眺めた。もうすこし、資料をあたってみようか。

和本の入った巻き帙を手にとってみる。『内科秘録』。医学書だ。小鉤を外して巻き帙を開き、和綴じの本をとりだす。江戸時代のものなのだろうが、版元から出版されたものではなく、それの写本らしい。ところどころ小さな紙を貼って、書き損じを修正してある。写本だから、どこかに庭や藩主について書かれていたりしないだろうか、と淡い期待を持ってページをめくった。これは崩し字ではなく楷書《かいしょ》の漢字で書かれているので、かろうじて光一にも読める。漢文なので意味をとるのは難しいが、庭や藩主の名前などが出てくればわかる。

——まあ、そんな都合のいいことがあるわけないか。

最後までページをくったが、写本でしかなかった。息をついて本を閉じかけた手をとめる。

ふたたびページをぱらぱらとめくる。ときおり手をとめる。

和綴じの本というのは、だいたいページが袋綴《ふくろと》じになっている。その袋綴じになった内側から表に、墨がうっすらと透けていた。光一は本を傾けて、上からページの内側をのぞきこむ。

——何か書いてある。

いくつかのページの内側に、文字が書かれているのが見える。崩し字なので、読めはしない。胸が跳ねた。

——ほかの和本はどうだ？

調べてみよう、と腰をあげかけて、光一は開いたページにある書き損じの修正部分に目が引き寄せられた。紙を貼って直してある部分だ。《無》とあった。ほかのページの修正部分もさがしてみる。

《外》《口》《用》。ほかにそれだけあった。

——口外無用。

言ってはならない、という意味だ。

光一は携帯電話を手にとり、通話履歴を表示させる。解読を頼むなら、周平——いや。

牧兄妹の顔が浮かぶ。光一は実果子に電話をかけた。

呼び鈴が鳴る。やってきたのは数馬と実果子だ。光一が実果子に数馬と一緒に来てくれるよう頼んだのである。

「隠し部屋じゃなくて、隠し文書だったのか」

階段をあがりながら数馬が言った。

「まだ内容はわからないけど」

光一はちらりと実果子をふり返る。「事情は数馬君から聞いた？」

「はい」実果子はうなずく。「ふたりで家のことを調べてるんですよね」

「そう。解読は周平さん——俺の叔父に頼んでもよかったんだけどさ、どのみち数馬君を呼ぶつもりだったから、それなら実果子さんに頼んだほうがいいかと思ったんだ」

「なんで俺じゃなくて実果子に連絡するんだ」

数馬はまず自分に連絡が来なかったことが不満らしい。

「解読してくれるのは実果子さんなんだから、直接頼むのが礼儀だろ」

「俺はついでか」

「数馬君は自分が優先されないといやなんだな。覚えておく」

「ひとを子供みたいに言うな。あとな」数馬が顔をしかめる。「俺のことを君づけで呼ぶの、やめてくれないか？」

「じゃあ、なんて呼ぶのがいいんだ？」

「呼び捨てでいいよ、もう」

書庫に入ると、ずらりと並ぶ書架に実果子が目を輝かせた。表情は変わっていないが。

「すばらしい蔵書ですね」

端の書架から本の背表紙を舐めるように眺める。

「遊びに来たんじゃないんだぞ」と釘を刺す数馬に、実果子はちょっと眉をよせた。「わかってる」

兄相手にはいくらか表情も変わるらしい。敬語でもない。当たり前か。そんなことを考えながら、光一は一冊の和本をテーブルの上に広げた。『内科秘録』である。

「写本なんだけど、紙で修正してある箇所があって――」

《口外無用》の言葉を示す。

「内側に文字が書かれてる」

光一は本を実果子にさしだした。実果子はページをのぞきこむ。

「たしかに、書かれていますね」とうなずく。「こういうことは、ときどきあります。本の構造上、内側は見えませんから、紙の節約に反故を再利用するんです。それで大きな発見があったりもします」

ただ、と実果子は本を閉じ、表紙を眺める。

「これは反故紙の再利用ではなくて、意図的でしょうね。――見てください」

実果子は本を綴じてある糸を指さした。

「この糸はそう古いものじゃありません。綴《つづ》り直されています」

そう言われてよくよく見ると、たしかに糸は古びていない。ほかの和本も出してみたが、それらの糸は色褪せ、ところどころほつれていた。

「内側に文字が書かれているのは、この一冊だけだった」

「糸の具合から見ても、そうでしょうね」

ほどいてみましょう、と実果子は言う。光一は用意してあった糸切り鋏を手渡した。実果子は一ヵ所を切ると、器用に本から糸を外してゆく。光一は、前にこの本の糸を外して、また綴り直したのはいったい誰だろうか、と考えていた。

——きっと、父だ。

「あとで戻すときに困らないよう、順番に並べますね」

実果子はばらけた本のページを、端からテーブルの上に並べていった。すべてのページの裏に文字が書かれているわけではない。総ページの半分ほどだ。並べ終えたあと、裏に文字のあるものだけ選《よ》り分《わ》けた。

「解読できそう？」

「解読といいますか、正しくは翻刻《ほんこく》ですね」

実果子が細かいことを訂正する。「崩し字をみんなが読める字にすることです。——とりあえず、コピーをとりましょう。プリンターはありますか？」

父の書斎にスキャナー付きのプリンターがあった。いまも光一が使っている。そこへ案内する。

コピーをとっているあいだ、数馬は開けた窓から退屈そうに外を眺めていた。外はもう暗く、ねっとりとした濃い闇が見えるだけだ。窓を開けても涼しくはならず、肌が汗ばむ。だが昼間よりはよほどましだった。

「明るいと庭がよく見えるんだけどな」

光一が言うと、

「月は見えるぞ」

数馬は窓枠に手をついた。「いい月だ」

たしかに、月が出ていた。薄雲がかかっている。煙に取り巻かれたような月で、ときに白々《しらじら》と、ときに翳り、ゆらゆらと形を変える。水面に映る月のようだった。

コピーがとれたので書庫に戻る。書庫は冷房が効いているので涼しかった。光一と数馬で、ばらしたページをとりあえずもとの順番に重ねる。綴じ直すのはあとだ。実果子はコピーした紙をぱらぱらとめくっていた。

「順番はたぶんこう……最初はこれ……」

難しい顔でぶつぶつとつぶやいている。ここからは光一と数馬ができることはない。実果子が読み解いてくれるのを待つだけだ。

実果子は鞄から筆記具と本をとりだし、脇に置く。

「癖《くせ》のない字なので、そう時間はかからないと思います。お手本のように読みやすいです」

そう言う実果子に、「飲み物でも持ってこようか」と光一は尋ねる。

「あたたかいお茶と、麦茶ならどっちがいい？」

「俺は麦茶がいい」数馬が先に答える。

「君は持ってくるのを手伝う側だ。――俺はお茶にする。実果子さんは？」

「あ……わたしもあたたかいほうがいいです」

「冷房で冷えるもんな」

「そうか？　ここ暑くないか？」

「君はたぶん体温が高いんじゃないか」

「筋肉がないから体が冷えるんだ。筋トレしろよ」

などと言いながらふたりで書庫を出る。「筋トレって、たとえばなに」「スクワットとか」筋肉痛になりそうだ。

台所で光一はお茶を淹れ、数馬には勝手に冷蔵庫から麦茶を出してもらう。

「うわ、冷蔵庫に何もない。おまえの食生活はどうなってるんだ」

「何もなくはない」

「野菜ジュースと納豆くらいじゃないか」

「じゅうぶんだろ」

数馬があわれみをこめた目で光一を見る。

「今夜はよかったな。マチコさんの弁当があって」

そうなのだ。今回も牧家のお弁当付きで彼らはやってきた。夕食だそうだ。光一の家に行くと聞いて、急遽《きゅうきょ》作ってくれたというのだから頭がさがる。

「おまえが細い体してるから、ろくなものを食べてないんじゃないかと思ってるんだ、マチコさんは。当たってたみたいだな」

「……君や君のお父さんが体格いいだけで、俺は標準だと思う……」

「庭をちょっと歩いただけで息切れしてる成人男性を標準とは言わない。筋肉をつけろ」

筋肉筋肉と、何かの宗教でもすすめられている気分になってくる。筋肉教か。生返事をして、湯呑茶碗《ゆのみぢゃわん》にお茶をつぐ。数馬はついだ麦茶をひと息に半分ほど飲んで、湯気の立つお茶をちらりと見やった。

「よく気が回るよな」

「え？」

「俺が麦茶と言ったから、おまえはあたたかいお茶にしたんだろ。実果子が遠慮せずどちらでも選べるように」

「……いやまあ、そこまで深く考えてないけど」

「深く考えなくても自然とできるってか」

「知らないよ。悪いのか」

「いや、すごいと思う」

光一は思わず数馬の顔を眺めた。数馬はすでに麦茶を飲み干していた。二杯目をつぐために冷蔵庫を開ける。

「……それは……どうも……」

ぼそぼそと礼を言ったが、数馬には聞こえていないようだった。兄も妹も、返ってくる反応がよくわからなくてやりにくい。

お盆に湯呑茶碗をのせて、台所を出る。解読にはどれくらいの時間がかかるのだろう。いや、翻刻というのだったか。実果子は『読みやすい』と言っていたが、光一には波打った線がぐねぐねと続いているようにしか見えなかった。

書庫の扉をノックして開ける。実果子はペンを握りしめて、コピー用紙を凝視していた。

「実果子さん？」

その顔がこわばっているので、光一は眉をひそめた。

「おい、どうかしたのか」数馬がすばやく実果子のもとに歩みよった。「読めたのか？」

「——読めた」

硬い声で言う。

「えっ、もう？」

もっと時間のかかるものだと思っていたので、光一は驚いた。

「崩しかたに癖があると手間取るんですが……これは読みやすかったので。書き手の癖がわかっているひとだけじゃなく、いろんなひとに読まれることを前提に、きちんと書かれているんです。読み継がれてゆくことを、と言ったほうがいいかもしれません」

――隠されていたのに？

光一の疑問を読んだように、「不特定多数という意味ではなく、しかるべきひとに受け継がれてゆくことを想定しているのだと思います」と実果子は言った。

「しかるべきひと……？」

「それは八重樫さんであり、八重樫さんのお父様であり、お祖父様であり――ずっと、八重樫家に受け継がれていかなくてはならないものです」

「どういうことだ？」

しびれを切らしたように数馬が言い、実果子の向かいの椅子にどかっと座る。光一もその隣に腰をおろした。

実果子の顔はなかば青ざめていた。

「ここに書かれているのは、花畠御殿が襲われて側室と姫君が亡くなられたときのことです」

「側室と姫君？」

数馬が訊き返す。そういえば、彼はその辺りを何も知らないのだった。

「嵩原政嗣公の側室と姫君が、ここにあった屋敷で暮らしていたの。でも、あるとき襲われて、殺されてしまった。側室の懐妊を疑った弟君の差し金で」

「お家騒動みたいなものか」と数馬は理解する。

「弟君の一派の筆頭は牧家当主だったから、花畠御殿の一件は牧家のしわざよ」

「――うちの？」数馬は眉をよせた。「母娘《おやこ》を殺した側だって言うのか」

「そう。……でも、すこし違う」

実果子は光一のほうに目を向けた。

「当時、八重樫氏は主治医として花畠御殿に住み込んでいました」

光一はうなずく。靫負からすでに聞いていることだ。

「彼は妻子をともなっていました。側室の身のまわりのことを任せるのに、女手もあったほうが都合がよかったからのようです。子供は女児で、姫君と歳もおなじで遊び相手になりました。――そしてご存じのように、側室と姫君は殺された。ですが、ここに秘密がふたつあります」

「ふたつ？」

「そうです」実果子はコピー用紙を手で押さえた。「ここに書いてあることによれば、襲撃を受けた晩、八重樫氏は寝ていた姫君を抱えて、屋敷を抜けだしたのです」

「――抜けだした？」

「とはいえ、門は襲撃者の一味に押さえられていて、外に逃げることはできませんでした。彼は庭に逃げこみ、姫君を抱えて令法《りょうぶ》の木によじのぼり、そこに身を潜めていました。母親たちを助けねばと、屋敷に戻りたがる姫君を気絶させて。屋敷から火の手があがり、庭にもそれが及ぶなか、助けが来るまで姫君を抱いてじっと息を殺していたのです」

「待ってくれ」

光一はいったん話をとめた。

「それじゃあ、姫君は生き残っていたのか？　殺されずに？」

「……形式上は、亡くなっています」

「形式上？」

実果子は視線を落とした。

「身代わりが必要でした。そうでないと、襲撃犯たちはいつまでも姫君をさがして立ち去らなかったでしょう」

「身代わり？　――まさか」

姫君とおない年の、遊び相手の女児――。

「八重樫氏の娘です。八重樫氏は、自分の娘を姫君の身代わりに屋敷に残していったのです」

「馬鹿な」

光一はうめくように言って、口もとを押さえた。――自分の娘を身代わりに？　みすみす殺されるとわかっていながら、姫君を助けるために？

「自分の娘を、まさかそんな――」

「ありうるだろ」と言ったのは、眉間に皺をよせた数馬だった。「忠義の時代だぜ。あるじ第一だ。主君のためならそれくらいする」

光一は髪をかきむしった。

「……殺されたのは八重樫の娘で、姫君は生き残っていた。それで？　秘密はふたつだと言ったよな。もうひとつは？」

「もうひとつは、どうしてそうまでして姫君を助けたか、ということにもつながります。――そもそも、側室と姫君はなぜ城を出て花畠御殿に移ってきたと思いますか？」

「それは、たしか農家出身の側室を慮《おもんぱか》ってのことだったんじゃ……」

「父はそう説明していましたね。それもあったのかもしれません。ですが、いちばんの理由は姫君です」

「姫君が理由？」

「大きくなってきた姫君を、そのまま城に住まわせておくのは問題があったからです。誤魔化せなくなるから」

「それって――」

口を挟んだのは、数馬だ。光一がそちらを見ると、数馬は光一のほうに体を向ける。

「跡目争いがあって、側室は懐妊を疑われて殺されるくらいだったわけだろ。それで、大きくなってきたのが問題となったら、答えはこれじゃないか？　――実は姫君じゃなくて、若君だったんだ」

あっ、と光一は声をあげた。

——女の子じゃなくて、男の子だったら。

「そのとおりです」

実果子が言った。

「側室は子供が殺されるのをおそれて、男児であったのを女児と偽って育てていたのです。したがって、八重樫氏が助けたのは若君です。政嗣公の跡継ぎですから、死なせるわけにはいかなかったのです。たとえ自分の娘を犠牲にしてでも」

姫君は実は男児で、殺されたのは、八重樫家の娘。待てよ、と思う。

——では、咲は。

「八重樫家が花畠御殿を褒美に与えられたのも納得がいくでしょう。娘を犠牲にして、若君を助けたのですから」

実果子の話は続いている。

「ですが、若君はそれ以降も表舞台には出てきていません。なぜか。政嗣公は、若君のことを公にして、また暗殺されるのをおそれました。己の寿命も尽きかけている。守れる者がいない。ですから、政嗣公は八重樫氏に若君を託したのです」

「——託した」

「世間から隠して、嵩原氏の血を継ぐことを隠して、とにかく生かせと。……八重樫氏には、京都に遊学している弟がいました。彼は若君を京都につれてゆき、弟の子にしたのです。それから――」

「……待ってくれ」

光一は額を押さえた。混乱している。まさか――。

「それから、旅先で娘が病にかかって死んだことにして帰国した八重樫氏は、数十年ののちに弟の息子を養子に迎えて、家督を譲ります。――それがあなたの先祖です、八重樫さん」

実果子は静かにその事実を告げた。

「……まさか」

光一は笑おうとしたが、頬がひきつっただけだった。

「じゃあ、こいつは八重樫じゃなく、嵩原氏の血を継いでるっていうのか？」

数馬が言う。「そんな話が――」

「そう思うと、父さんの態度もすごく納得できるの」

実果子はテーブルに置いた自分の手を見つめながら言った。

「八重樫さんに対する父さんのもてなしかたは、驚くぐらい丁寧で恭《うやうや》しかった。まるで主従関係にあるみたいだと思った。兄さんだって、知ってるでしょう？　父さんがどれだけ武家精神をひきずってるか」

数馬は黙る。光一も靫負の態度を思い出していた。実果子への厳しさ、それに対して光一への礼節に満ちた物腰。あれはあるじに対してのものか。

——元若丸様。

咲が口にした名前が脳裏によみがえる。

「……その若君の名前というのは、わかるのか？」

はい、と実果子は手もとの紙に目を落とす。

「八重樫家の息子になってからは、長松《ちょうまつ》。姫君だったころは豊《とよ》姫。若君としての名は、元若丸といったそうです」

元若丸。やはりそうか。

「じゃあ、殺された八重樫の女の子の名前は？」

これにも、実果子ははっきりと答えた。

「咲です」

マチコ特製のお弁当を三人で食べてから、数馬と実果子は帰っていった。お弁当の中身はさまざまな具の入ったおにぎりと、玉子焼きと、きんぴらだった。

実果子は翻刻したものを清書して改めて渡すと言っていた。本も綴じ直してくれるというので、お願いした。光一は数馬に、明日、靫負に会えないか訊いてもらうことにした。今日知ったことを確認するためだ。靫負はすべてを知っているのだろう。

——父さんは？

父も知っていたのか。知っていただろう。

咲が八重樫の娘であること。若君の代わりに殺されたこと。その若君の子孫が自分であること――。

咲の父親は、きっと娘を思ってあの庭を造り直したのだろう。月の庭。死と再生の庭。

「……かなしい城だ」

光一はベッドに横になり、咲や城のことを考えていた。咲を慰めているのだと、お菅は言っていた。あの庭の草木たちはきっと、咲をあわれに思っているのだろう。あわれな、救われぬ子供の魂。咲はずっとあの庭にいる。

――父さん。あなたはだから……。

いつのまにか、光一は眠っていた。

目が覚めると、陽はすっかり高くあがっていた。開け放したままの窓から強い陽射しがさしこみ、背中がぐっしょりと汗に濡れている。

「あっつ……」

光一はうめいて起きあがる。風呂にも入らず寝てしまった。べたべた肌に貼りつくTシャツを脱ぎ捨てると、枕元で携帯電話のランプが明滅していた。確認してみると、数馬からのメッセージが届いている。

『父さんは午後一時には帰宅する。それ以降は予定をあけてるとさ』

『ありがとう』と光一はメッセージを返す。『じゃあ午後一時半ごろにお邪魔する』

またすぐ数馬からの返信が来た。

『十二時に来い。マチコさんが昼食を用意してくれる。父さんからもおまえにちゃんと食事させろと頼まれてる』

――牧家の人々は、俺の食生活をいったいどんなものだと思っているのだろう。

おそらく想像されているほどひどくはないと思うのだが。しかしせっかくなので厚意に甘えることにした。

シャワーを浴び、洗濯物を洗って、干して、などしているとほどよい時間になった。外はよく晴れているので、洗濯物もすぐ乾きそうだ。ひょっとしたら、梅雨明けしたのかもしれない。

ネイビーのパンツと白のTシャツを選び、麻のジャケットを羽織って玄関を出る。庭の門に目を向けた。扉はぴたりと閉まり、閂がかかっている。濠の向こう側は、ひっそりとして静かだった。いや、蟬《せみ》は鳴いているし、陽光に照らされた木々の緑は力強く濃い。だが、それでも息をひそめているかのような静けさがあった。ただじっと身を伏せ、光一をうかがっているような。

「……行ってきます」

誰にともなくそう告げて、光一は車に向かった。

牧家では数馬と実果子に出迎えられた。ふたりとも笑顔ひとつ浮かべるでもないので、まるで歓迎されている気がしない。が、これが彼らのふつうである。

光一はすぐに食堂へと案内された。すでにテーブルにはいくつか料理の皿が並んでいる。あんまり豪勢な料理が出てきたらどうしようかと思ったが、並んでいるのは茄子《なす》の煮浸しやいんげんのごま和《あ》えなどの惣菜で、すこしほっとした。

「……いつもここで食事してるのか？」

すすめられた椅子に腰をおろして、光一は室内を見まわす。

「そうだが？」

それが何か、というふうに数馬は訊き返してくる。彼は光一の向かいに座った。その隣に実果子が。

食堂は広々として、大きな暖炉《だんろ》があり、マントルピースには銀の燭台《しょくだい》と色絵の皿が飾ってある。椅子が十脚、悠々と並ぶテーブルには清潔な白いテーブルクロスが敷かれ、頭上には花をかたどったガラスのシャンデリアが吊りさがっていた。壁紙もアールヌーヴォーの凝った植物柄だ。建てられた当時のものだろうか。

「おまえのうちだって半分洋館なんだから、こんなもんだろ」

「いや、洋館のほうは医院に使ってたから。落ち着かなくて結局、日本家屋を増築したんだろうな」

そういえば、とふと思う。

「どうして屋敷を建て直したんだろう」

たしか、そのときの当主は高祖父の父だ。

「時代も変わって、それを機に新しくしたかったんじゃないか」

「新しく……」

「望城園の一般公開をなさったのも、おなじかたですよね」

と、実果子が言う。「一新したいというお考えがあったのかもしれませんね」

それは、牧家もおなじだったのかもしれない、と光一は部屋を眺める。城から離れ、洋館を建てて、八重樫家とも距離を置き——。

続き部屋の扉が開いて、マチコがワゴンを押して入ってきた。どうやら隣が配膳室《はいぜんしつ》で、厨房《ちゅうぼう》とつながっているらしい。ワゴンには味噌汁や炊《た》き込《こ》みご飯、肉豆腐などがのっていて、それをマチコが光一たちの前に置いてゆく。

「おかずもご飯もたくさん作りましたから、おかわりしてくださいね。というより、あなたはおかわりしなさいよ。たくさん食べなさい。まあそんな細い体して、青白い顔で！」

光一はマチコになかば叱られるように言われた。数馬のようにほどよく日焼けして、細身ながら筋肉もしっかりついているような青年と比べられては、誰でもだいたい不健康に見えるのでは、と思う。

「おまえはもっと日光にあたるといい。朝陽を浴びるのは大事だぞ」

食事をしながら数馬が言う。彼が片手に持っている飯茶碗はどんぶりで、しかも大盛りだった。見ているだけで胃がもたれる。

「日光は苦手なんだよ……目も肌もひりひりするし。赤くなるだけで日焼けしないし」

光一はのろのろと箸を動かして、ご飯を口に運ぶ。炊き込みご飯には生姜《しょうが》と鶏挽き肉《ひにく》が入っていた。あっさりとしていて食べやすく、生姜の辛みで食が進む。夏場にはちょうどいい。

「日焼け止めを塗って、サングラスをかけるだけでだいぶ違いますよ」

わたしもそのタイプですけど、と実果子が言う。彼女の前に並ぶ器からは、どんどん中身が減ってゆく。前も思ったのだが、彼女は兄に負けず劣《おと》らず、けっこうな量を食べる。見ていて清々しいほど。

「この辺りでサングラスなんてかけてたら、あやしくないか……?」

「色の濃いサングラスはあやしいですが、色の薄いものを選べばいいと思います」

「ふうん、色の薄いのか。さがしてみるよ。ありがとう」

実果子は箸をとめた。「あ、いえ……礼を言われるほどのことでは」

無表情に視線をさまよわせている実果子の隣で、数馬がマチコにどんぶりをさしだす。

「マチコさん、おかわりお願いします」

ふたりの食べっぷりを見ているだけで満腹になる。光一は結局おかわりをしなかったが、それでもふだんよりは多く食べた気がした。遠慮せずにたくさん食べろとマチコには言われたが、食べている。比較対象がおかしいのだ。

食後にお茶を飲んでいたところに、マチコが「お帰りになったようですよ」と知らせに来た。数馬と実果子のまとう空気がぴしりと引き締まる。「場所を変えるぞ」と光一は応接間につれていかれた。数馬と実果子は光一ひとりを部屋に残して、父親を出迎えに行く。

ソファに座って待っていると、靱負が数馬と実果子を伴ってやってきた。立ちあがろうとした光一を靱負は制する。

「どうか、そのままで」

光一は腰をおろした。靱負は光一の正面のソファに座る。数馬と実果子は靱負のうしろに立ったままだ。座るつもりはないらしい。

「あなたが先日いらっしゃったときから、そう遠くないうちに真実に行き当たるだろうと思っていました」

靱負はそう口火を切った。

「うちにある家伝は隠すことができても、八重樫家にあるものは私の手の及ぶものではありませんから」

「……あなたは家伝を、『証』だと言いましたね」

光一が確認すると、靱負はゆっくりとうなずく。

「そうです。うちにある家伝も、あなたの家にある文書も、大事な証です。あなたが嵩原氏の末裔《まつえい》であるという」

やはりそういう意味だったのか、と思う。

「そんなもの——もはやいまの時代、なんの意味もない代物でしょうに、どうしていまだ後生大事に秘匿なさっているのですか?」

　靫負が光一をじっと見据えた。

「わが牧家の主家は、いまも昔も、嵩原家です。つまりは、あなたです。それを見失っては、牧家は牧家でなくなるのです」

「……アイデンティティ、みたいなものですか」

「そう思っていただいてけっこうです。——政嗣公と弟君が対立していたおり、牧家の嫡男が父親に反して政嗣公派であったことは、お話ししていましたね。花畠御殿が襲われたあと、嫡男は烈火のごとく怒り、父親を隠居に追いこみました。当主になった彼は、八重樫家に協力して若君を京に逃がし、それ以後も陰から若君を支えたのです。彼も八重樫氏も、ほとぼりが冷めたら国に若君を迎え、政嗣公の跡継ぎとして擁立するつもりでした」

　それはそうだろう、と思う。だからこそ、娘を犠牲にしてまで若君を助けたのだろう。

「ですが」と靫負は眉をよせる。

「その前に政嗣公は亡くなってしまわれた。弟君が亡くなられ、もう国もとに呼び戻しても命の危険はあるまいと準備を整えていた矢先のことでした。根回しもまだじゅうぶんでないなか、嫡子であると宣言しても争いを生むでしょう。幕府の有力者に渡りをつけて、嫡子であることを認めてもらい、御家再興を願うほかありませんでした」

「……でも、御家再興も叶わなかった、ということですよね。結果的には」

「そうです」靫負はまるで自分が当事者であったかのように悔しげな顔をした。不思議だ。いくら先祖のこととはいえ、遠い昔の話ではないか。

——牧家のアイデンティティというより、彼のアイデンティティなのか。

何が彼をそうさせるのか、光一にはわからないが。

「ご落胤《らくいん》だの庶子だの、そんな与太話は山ほどあります。証明するのは難しいことでした。そもそも、若君は姫君で通っていたのですから。——何より、若君さまが乗り気ではなかった」

光一はすこし首をかしげる。「御家再興に熱心でなかったということですか」

「ええ。家というものに執着がなかった——というより、むしろ厭《いと》うておいでだったということです」

「………」

「当人にその気がなくては、家臣もついてきません。ひそかに味方についていた人々も、ひとり去り、ふたり去り、とそのうち御家再興の願いは立ち消えになりました。残ったのは、ただ八重樫家と牧家の両家のみです」

靱負は無念そうにゆるく首をふった。

「牧家が城代をつとめていたのは、ひとえにいつか嵩原家の殿をお迎えするためです。明治になってそれが永遠に叶わぬこととなっては、城にいても意味はない。だから、城下を遠く離れたこの地に移ったのです。八重樫家は——」

靱負はいったん口を閉じ、また開いた。

「八重樫家がどのような思惑で屋敷を建て替え、庭を人々に公開したのかはわかりません。祖父が叔母を八重樫家に花を習いに通わせたのは、様子をうかがうためでした。八重樫家には、実は牧家も知らない秘密があるのではないか——と」

——牧家は、知らないのだ。

光一は表情にその驚きを出さなかった。牧家は知らない。あの城のことを。だからさぐろうとした。

「きよさんの外泊を咎めることができなかったのは、八重樫家の当主が、嵩原氏の血を継ぐ者だから……？」

「牧家は、八重樫の当主にだけは逆らえません」

あるじだから。

光一は唇を噛んだ。

「叔母が死んで、牧家はもう八重樫家とかかわるのをやめました。もとどおり、陰から見守ってゆくことを選んだのです。——光一さん？　どうかしましたか？」

靫負はけげんそうに眉をひそめる。光一はうなだれ、両手を握り合わせていた。

「……屋敷を壊して洋館に建て替えて、庭を公開した八重樫の当主の気持ちが、俺にはわかる気がする」

ぎゅっと手に力がこもる。

「壊したかったんだ。屋敷も、庭も、古いしきたりも。そうして解放したかった。囚《とら》われたままのあわれな少女を」

「あわれな少女……？」

「なぜ、あなたはひとことも口にしないんだろう。ずっと滔々と話をしてきて、どうしてただの一度も身代わりになった少女を悼む言葉が出てこないんだろう。若君、若君とそればかりだ。俺はそれがすごく不思議で――すごく失望する」

光一は顔をあげて靫負を見た。靫負は目をみはっていた。いままで、まるで思いもしなかった指摘であったように。光一は奥歯を嚙みしめた。

「若君が疎《うと》んじたのも当然じゃないか。家の都合で娘として育てられて、命を狙われて、あげく、遊び相手だった少女を身代わりに殺されて。感謝などするものか。若君が助けられたのも、政嗣公のために過ぎないのだから。あるじとはそんなに大事なものか？　幼い少女を殺さねばならないほど？　俺だったら、きっと許さない。あるじのために親が娘を身代わりにさしださなくてはならなかった仕組みそのものを。そんなのは、忠義という名の化け物じゃないか」

「光一さ――」

「想像してみてくれ、親に身代わりにさしだされた少女の気持ちを。彼女は殺されるためにさしだされたんだ。暗い夜に取り残されて、冷たい刃で貫《つらぬ》かれて、ひとり死んでいったんだ。たった十歳の女の子だぞ」

――それがどれほどおそろしかったたか。

青ざめて震えていた咲の姿がよみがえる。息がつまった。

「俺たちは——いままでの当主たちは皆、ずっと、その少女を悼んできたんだ。きっと、そうやっていままであの庭を見守ってきた」

光一とおなじように咲に出会い、真実を知り、悼んだ。おそらくそうして続いてきたのだ。

「俺は……ようやくわかった気がする。自分の役目が」

つぶやき、光一は立ちあがる。靭負の制止を無視して、光一は部屋を出た。牧家をあとにして、家に向かう。

——庭に入らなくては。

いや、違う。城だ。あの城に行かなくては。咲に会わねばならない。

家に着くと、光一は庭へと向かった。高麗門は変わらずぴたりと閉じている。光一は橋を渡り、閉じた扉の前に立った。

「——咲。ここを開けてくれないか」

応答はなかったし、門も扉もびくとも動かない。扉を叩いてもおなじだった。

「咲」

何度か呼びかけて、光一は息を吐く。一歩さがって、扉を見あげた。

「門を開けろ、咲。元若丸の血を引く者としての、命令だ。俺を城に入れろ」

風もないのに、木々の梢が揺れた。葉擦れの音がせわしなく響く。扉がみしりときしみ、門が突然、勢いよく横に外れて、落ちた。

ゆっくりと扉が開く。きしんだ音がする。門の向こう側に、令法《りょうぶ》が立っていた。

「卑怯《ひきょう》なご命令でございますな。元若丸様のお名前をお出しになるとは」

「すまない。そうでもしないと、門を開けてくれないと思った」

厳しい顔のままため息をついて、令法は内門へと足を向けた。

「どうぞお入りくだされ。姫様がお待ちです」

光一は門のなかへと足を踏み入れた。

「令法。元若丸はあの晩、八重樫とともにあなたのところに隠れていたんだろう?」

令法のあとに続きながら、光一は尋ねた。令法はちらともふり向かない。

「……元若丸様は、屋敷のほうへ戻ろうとしておいででした。母上と咲を助けねばと、必死に訴えておられた。あの医師が――八重樫の者が元若丸様の腹を殴って気絶させると、抱えあげてそれがしの枝に身を隠したのです。医師は元若丸様を抱えて、声を殺して泣いておりました」

――娘を見殺しにする父親の気持ちというのは、想像もつかない。

「夜が明けるころ、医師の髪は灰をかぶったように白くなっておりました。ひと晩でずいぶんと老けたように見えました。元若丸様は、目を見開いて焼け落ちた屋敷を見つめておいでした。泣いてはおられませんでした」

玄関の前で光一は一度立ちどまる。御殿を見あげた。

「庭をいまのように造り直したのは、医師の養子になった元若丸じゃないか？」

令法はふり返った。

「さようにございます」

「母親と、咲のため？」

「ご母堂はきちんと葬られてございますれば。姫様は、ご自身としてではなく、豊姫様として葬られております。元若丸様は、咲様のために庭をお造りになったのです」

あの庭は、咲の墓標なのだ。

「咲様の好きだった花や木を元若丸様は植えました。野茨もそのひとつです。『城の者が母上をこの花になぞらえて馬鹿にする』、と元若丸様はお好きではなかったようですが、咲様はとてもかわいらしい花で大好きだとおっしゃって……。それで元若丸様もずいぶんと慰められたようでございました。おふたりにとって、とくべつな木だったのでございましょう――咲様の御心は野茨に宿っておりますれば」

元若丸様はとりわけ野茨を大事に世話しておいででした、と言う。

「朝な夕な、二日月の石に手を合わせ、野茨に語りかけていらっしゃった。それが良かったのか、どうか」

「え？」

「あの庭は、元若丸様の祈りであり、贖罪《しょくざい》であり――呪いでございます」

令法は御殿のなかに入る。光一も続いた。なかはひんやりとしている。

「呪い、とは」

「元若丸様の想《おも》いと、ひと巡りの月のまじないが、姫様をここに縛りつけてしまいました」

金地濃彩の襖絵が光一を迎える。襖のなかで花が開き、蝶《ちょう》が舞う。欄間の天女が琵琶《びわ》を弾《ひ》き、花を降らせる。

廊下の角で、お菅が待っていた。光一に向かって頭をさげる。角を曲がると、お菅が光一のうしろをついてきた。

牡丹に杜若《かきつばた》、朝顔《あさがお》、菊、石蕗《つわぶき》、水仙……四季折々の花が咲き乱れる襖の前で、令法は足をとめる。

「姫様。殿をおつれしました」

——殿。俺のことか？

襖はひとりでに開いた。と思ったが、部屋にいた女中ふたりがなかから開けたのだった。座敷には、咲がいる。いつもの洋装ではない。小袖姿で、長い髪をうしろで束ねている。光一を見て、すこし困ったような顔をした。

「もう来ちゃダメって言ったのに」

光一は咲の前まで進み、膝をついた。

「『わたしを見つけて』と、君が言ったんだろう。——見つけたよ。君が誰だかわかった」

咲、と名を呼ぶと、咲はすこしくすぐったそうに目を細めた。

「それから考えていたんだ。俺は君に何ができるんだろう」

咲は小首をかしげた。

「きっと、八重樫の当主は庭を守ってゆくことが役目なんだろう。君の城を守ることが……。だけど、それでいいんだろうか」

庭を守ることは、咲をずっとここに縛りつけることでもある。

——咲を解放する手段はないのだろうか？

「俺の父は、庭を放置しろという言葉を遺した。朽ちるにまかせよ、と。庭がなくなれば、君は解放されるんだろうか？」

咲は黙ったまま、じっと光一を見ていた。瞳には何の感情もうかがえない。

「咲？」

「……解放って、何？」

咲は口を開いた。

「わたしがいなくなるということ？　このお城がなくなるということ？　それはいや。わたしは、そんなこと、望んでない」

「さ」

き、と言う前に、咲は光一にしがみついた。

「わたしはずっとここにいる。コーイチと一緒にいる。いなくなるのはいや。ひとりはいや。暗くて痛くて、怖いのはもういや。コーイチがずっと一緒にいて」

「なりません、姫様――」

お菅が近づこうとした。その瞬間、薄いガラスが割れるような音がして、お菅の姿は消えた。「あっ」という、お菅のかすかな声だけ残して。

「邪魔をしないで」

光一にしがみついたまま、咲が言った。女中たちが何か声をあげたが、咲のひとにらみで彼女たちの姿もかき消えた。

「咲？」

光一は咲の腕をほどこうとしたが、咲は離れない。力ずくでひきはがすことはできたが、それは躊躇《ちゅうちょ》した。そんな真似はしたくない。

「もう来てはならぬと、それがしは申しあげました」

廊下から、令法が冷ややかな声で言った。

「すべてを知ったうえでふたたびおいでになったからには、覚悟がおありなのでしょうな」

ここにとどまる覚悟が。低い声が響く。

光一は咲を見おろした。しがみつく咲は、顔をあげる。

咲は泣いていた。

「コーイチ、逃げて」

するりと腕が離れる。

「一緒にいたいけど、ひとりはいやだけど、コーイチはここにいてはダメ。ここでひとはまともに生きられない。戻って」

咲は両手で小袖を握りしめた。きっと、その手で光一にすがりつかないように。

「でも、ひとりはいやと願ってしまうから、自分でもとめられない。だから、コーイチ、わたしから逃げて。この城から逃げて」

「姫様！」

令法が座敷に入ってこようとする。「来ないで」咲がひと声叫ぶと、白い花弁が吹雪のように舞い、令法の姿が消えた。

「消えても、すぐに戻ってくるから、早く逃げて」

廊下とは反対側の襖が開く。その奥の座敷の襖も、さらにその奥の襖も——音を立てて、道を作るように開いていった。

「早く！」

咲の言葉に押されるようにして、光一は駆けだした。座敷に入ると、背後で襖が閉まる。つぎの座敷に入ると、また背後で襖が閉まる、というのをくり返し、光一は走った。花の香りがする。小さな花弁が舞い、まとわりつく。楽の音がする。いったい自分がいま、御殿のどの辺りを走っているのか、見当もつかない。

「殿、殿」

あどけない声が響く。子供の笑い声。鳴子百合たちだった。——そうだ、この子たちは最初から、俺を『殿』と呼んでいた——。

元若丸の血を引く、城主ということか。

——この城は、『殿』を待っているのか？

だから本丸に住む者はなく、二の丸御殿にいるのか？

腕に、脚に、鳴子百合たちの手が絡まる。軽くふりほどくだけでふわりと離れたが、つぎからつぎへと群がってくるので、きりがない。軽やかな笑い声が絶え間なく転がる。前へ進めない。

「放せ」

いくらそう言っても、鳴子百合たちは笑うばかりで離れない。どうしたらいいのか。

「鳴子、こちらへおいで」

まだ幼さの残る、可憐な声がした。顔を向けると、横手の襖の向こうに、下働き姿の女中が立っている。両手に竹の皮にのせたおにぎりを持っている。

お雪だ。彼女は光一を見て、にこりと笑った。

「おにぎり」鳴子百合の歓声があがる。光一から離れると、わらわらとお雪のほうへと駆けていった。お雪はくるりと背を向け、隣の座敷へと走ってゆく。それを鳴子百合が追いかける。

「行ってください。走って」

お雪が叫んだ。「——ありがとう」光一は走りだす。座敷から座敷へ。走って、走って、ようやく座敷を抜ける。抜けたさきは玄関だった。外に出ようとして、あわてて足をとめる。外は白砂利の敷かれた広場ではなかった。広がるのは一面、青空を映す湖だった。その上に細い桟橋のようなものが渡されている。門はその先にあった。

——落ちたらどうなるのだろう。

ごくりとつばを飲む。

「殿」

うしろから声がした。子供の声なのか、大人なのか、男なのか女なのかも判然としない、そのすべてであるかのような声だった。

ひるんでいる場合ではない。光一は桟橋に足をかけた。橋はまっすぐ門に続いているわけではなく、短い板をつなげて造ってある。ときどき折れ曲がり、蛇行《だこう》してつながっていた。慎重に、かつすばやくその上を進む。水に濡れているところもあり、すべりそうになる。自分の吐く荒い息がやけに大きく聞こえた。

足首に何かが絡まり、思わず前につんのめって膝をついた。見れば、蔦《つた》が絡みついている。引っ張っても外れないし、ちぎれない。それどころか、蔦は光一を水のなかにひきずりこもうとする。

「うわっ……」

水に濡れた板で手がすべり、脚がうしろに引っ張られる。板をつかんだが、引っ張る力が驚くほど強くて指はすぐにも剝がれてしまいそうだった。己の筋力のなさをこのときほど呪ったことはない。

ひときわ強い力で体が引きずられたとき、涼やかな鈴の音がした。つぎの瞬間、脚を引っ張る力が消える。ふり返ると、刀を抜いた若侍がいた。

棟《おうち》だ。

彼が一刀のもと、蔦を切ってくれたらしい。ちらりとうしろを確認して、「立ってください」と光一をうながす。言われるがまま立ちあがると、「走って」と命令される。

「私が援護します。門まで走ってください」

「あ──ありがとう」

なおも光一に絡みつこうとする蔦を、棟が薙《な》ぎ払《はら》う。光一は走った。門が近づいてくる。

「コーイチ」

遠くから投げかけられた声に、光一は足をとめる。

「ふり返らないでください。そのまま走って」

棟が鋭く言う。だが、光一は動かなかった。ふり返る。

咲が橋の上に立っている。小袖の裾は水に浸《つ》かって濡れていた。両手を握りしめ、頬は涙のあとが残っている。いまも泣きそうな顔をしていた。

ひとりはいやだ、という叫びが聞こえるようで、同時に、逃げて、という願いも聞こえるようだった。

「――咲。君をひとりにはしない」

光一はそう語りかけた。

「いつか庭が朽ち果てるまで、俺がいる。それまで俺は生きて、俺が死ぬとき、君を一緒につれてゆくよ」

咲の顔がゆがんだ。瞳から、ほたほたと雫が落ちて、小袖に染みこむ。

「――うん」

咲はうなずいた。

「約束よ」

「ああ」

棟が刀を鞘《さや》にしまう。光一は咲に背を向け、歩きだした。一歩進むたび、水がひいてゆく。内門にたどりついたときには、水はすっかりなくなっていた。門をまたぐと、橋も消える。ふり返ると、そこにあるのは緑の木々だった。御殿もない。棟も咲もいない。

光一は前を向き、外門をくぐる。白い陽光が辺りを包み、目を閉じた。

目を開けると、真上に青空が見えた。隅々《すみずみ》まで光に満ちた、まぶしい夏空だ。春のあいだ、薄いヴェールをまとっているようだったのが、それを脱ぎ捨てて、くっきりと冴えた青を見せている。

横たわっていた光一は、ゆっくりと起きあがった。背中が痛い。濠にかかる橋の上にいた。

「――光一さん」

駆けよってくる足音があった。ふたりぶん。そちらを向くと、実果子と数馬がいた。

「昨日、あれから何度かお電話したのですが、つながらなかったので直接来ました」

「何やってるんだ？　まさか、こんなとこで寝てたのか？」

「いや……」

光一は立ちあがる。すこしよろめいて、欄干に手をついた。

「おい、大丈夫か？」

「ああ」

欄干をつかむ手に力をこめると、自分の肉体がいまここにあることを実感する。「ああ――大丈夫だ」

数馬たちのほうに向き直る。

「昨日はすまなかった。急に帰ってしまって」

「べつに。父さんはあわててたけど。父さんのそんな姿ははじめて見たから、面白かったよ」

数馬は悪巧《わるだく》みをする子供のような笑みを浮かべる。実果子はいつもの無表情で黙っていた。

「元気ならそれでいい。ほら」と、数馬は持っていた風呂敷包みを光一に押しつける。

「これは？」

「マチコさんが作ってくれた朝食。食べろよ」

「……君たちは俺の食生活を心配しすぎじゃないか……？」

そのうち三食の世話をされそうな気がする。

「おまえは自分の心配をしなさすぎだから、それくらいでちょうどいいんだろうよ」

じゃあな、と言って数馬はきびすを返す。実果子は光一に向かって深々と頭をさげてから、兄を追いかけていった。

立ち去るふたりを見送り、光一は屋敷に戻る。風呂敷包みを開けてみると、重箱のなかにおにぎりと煮しめが入っていた。白ごまと梅干しとじゃこを混ぜこんだおにぎりをひとつ、立ったまま食べてみる。おいしかった。嚙みしめて飲みこむごとに、自分の血肉になってゆくようだった。

光一は応接室に入り、窓を開けて庭を眺める。朝の白い光のなかで見る庭は、静かに呼吸しているように見えた。


午前のまだ気温があがりすぎないうち、光一は庭を歩き、木陰で休む。父は庭に入ることを禁じたが、これくらいは許してほしい。あれ以来、咲は姿を見せない。光一が城に迷いこむこともない。咲は、もう光一の前に姿を現さないつもりだろうか。

——さびしい思いをしてないか？

野茨の前で光一は語りかける。そうして咲の返答を待っている。

蟬の声がかまびすしい庭を出て、応接室の掃き出し窓からなかに入る。ここで咲にアイスを出してやった。ひと口食べて、咲は顔を輝かせていた。

呼び鈴が鳴る。客か、と光一は玄関に向かう。「はい」と扉を開けた。

扉の向こうに立っていた客人を見て、光一はちょっと目をみはり、すぐにほほえんだ。

「ひさしぶり。――アイス食べるか?」

咲ははじめうつむいていたが、その言葉に顔をあげて、

「うん」

と、はにかんだ笑みを浮かべた。

本書は書き下ろしです。

この物語はフィクションです。実在の人物・団体とは一切関係ありません。

〈著者紹介〉

白川紺子（しらかわ・こうこ）

三重県出身。同志社大学文学部卒。雑誌「Cobalt」短編小説新人賞に入選の後、2012年度ロマン大賞受賞。主な著書に『下鴨アンティーク』『契約結婚はじめました。』『後宮の烏』シリーズ（集英社オレンジ文庫）、『ブライディ家の押しかけ花婿』『夜葬師と霧の侯爵』（集英社コバルト文庫）などの著書がある。

三《み》日《か》月《づき》邸《てい》花《はな》図《ず》鑑《かん》　花《はな》の城《しろ》のアリス

2019年9月18日　第1刷発行　　定価はカバーに表示してあります

著者……………………白《しら》川《かわ》紺《こう》子《こ》

発行者……………………渡瀬昌彦

発行所……………………株式会社 講談社

〒112-8001 東京都文京区音羽2-12-21

編集03-5395-3506

販売03-5395-5817

業務03-5395-3615

本文データ制作…………講談社デジタル製作

印刷……………………豊国印刷株式会社

製本……………………株式会社国宝社

カバー印刷………………株式会社新藤慶昌堂

装丁フォーマット………ムシカゴグラフィクス

本文フォーマット………next door design

ISBN978-4-06-516682-6　N.D.C.913　378p　15cm

講談社
タイガ

瀬川貴次

百鬼一歌
月下の死美女

イラスト
Minoru

歌人の家に生まれ、和歌のことにしか興味が持てない貴公子・希家《まれいえ》は、武士が台頭してきた動乱の世でもお構いなし。詩作のためなら、と物騒な平安京《へいあんきょう》でも怯《ひる》まず吟行していた夜、花に囲まれた月下の死美女を発見する。そして連続する不可解な事件——御所での変死、都《みやこ》を揺るがす鵺《ぬえ》の呪い。怪異譚《かいいたん》を探し集める宮仕えの少女・陽羽《ひわ》と出会った希家は、凸凹《でこぼこ》コンビで幽玄な謎を解く。

講談社
タイガ

凪良ゆう

神さまのビオトープ

イラスト
東久世

うる波《は》は、事故死した夫「鹿野《かの》くん」の幽霊と一緒に暮らしている。彼の存在は秘密にしていたが、大学の後輩で恋人どうしの佐々《ささ》と千花《ちか》に知られてしまう。うる波が事実を打ち明けて程なく佐々は不審な死を遂げる。遺された千花が秘匿するある事情とは？機械の親友を持つ少年、小さな子どもを一途に愛する青年など、密やかな愛情がこぼれ落ちる瞬間をとらえた四編の救済の物語。

講談社タイガ

久賀理世

ふりむけばそこにいる
奇譚蒐集家　小泉八雲

イラスト
市川けい

19世紀英国。父母を亡くし、一族から疎《うと》まれて北イングランドの神学校に送られたオーランドは、この世の怪を蒐集《しゅうしゅう》する奇妙な少年と出会う。生者を道連れに誘う幽霊列車、夜の寄宿舎を彷徨《さまよ》う砂男と聖母マリアの顕現《けんげん》、哀切に歌う人魚の木乃伊《ミイラ》の正体とは。怪異が、孤独な少年たちの友情を育んでゆく。のちに『怪談』を著したラフカディオ・ハーン——小泉八雲《こいずみやくも》の青春を綴《つづ》る奇譚《きたん》集。

講談社
タイガ

大沼紀子

路地裏のほたる食堂

イラスト
山中ヒコ

お腹を空《す》かせた高校生が甘酸っぱい匂いに誘われて暖簾《のれん》をくぐったのは、屋台の料理店「ほたる食堂」。風の吹くまま気の向くまま、居場所を持たずに営業するこの店では、子供は原則無料。ただし条件がひとつ。それは誰も知らないあなたの秘密を教えること……。彼が語り始めた〝秘密〟とは？　真っ暗闇にあたたかな明かりをともす路地裏の食堂を舞台に、足りない何かを満たしてくれる優しい物語。